マスカレード

假面游戏

ゲーム

〔日〕东野圭吾 著

史诗 译

南海出版公司

新经典文化股份有限公司
www.readinglife.com
出 品

假面游戏

1

　不抱任何期待点了国产红酒，却出乎意料地回味悠长。这难道是料理的魔力？

　新田浩介将筷子伸向小碗，碗里是生腌马肉拌纳豆。放入口中，生肉与纳豆的香气绝妙地交织在一起，直冲鼻腔。马肉的柔软与纳豆的黏稠萦绕在唇齿之间，散发出恰到好处的狂野，让人不禁想端起酒杯。啜一口红酒含在嘴里，新田确信，果然是料理的魔力。

　吧台对侧，一个身穿白色半袖厨师服的男人正在熟练地切着马肉，锋利的厨刀干脆利落地剔除雪白的脂肪，留下的红肉仿佛蛋白质的聚合体，高蛋白、低卡路里的特质一目了然。

　接下来的烤肉是这一餐的主菜。吧台上放着燃气炉和小号烧烤锅，年轻的女服务员向新田介绍了烧烤方法，听起来并不难。

　将烤好的肉蘸上特制的盐味酱料一尝，香气伴随着肉汁在口中扩散。新田再次将手伸向酒杯，但杯子已经空了。他带着罪恶感又点了一杯。再来一杯就好。

新田一边烤肉，一边留意着身后的情形。店内一共有八张四人桌，上座率过半。客人多种多样，既有情侣，也有工作结束后聚餐的上班族。目之所及没有小孩，大概是因为很多父母都不敢让孩子吃生肉。

新田将目光投向墙边架子上整齐排列的烧酒瓶。那些酒瓶似乎都是客人保存在这里的，数量超过了二十瓶，看起来常客不少。

店里有两名员工，女员工负责上菜，男员工负责在烹饪中打下手。处理马肉的男人正是店主，还有一位穿着罩衫式围裙接待客人的女士，据事先拜访过这里的侦查员所说，是店主的夫人。

过了晚上十点，客人渐渐减少，新田也正在享用套餐中的最后一道料理。是用马肉汤煮的乌冬面，味道同样绝妙。面条偏细，大概产自长崎县的五岛群岛。

酒足饭饱，新田招呼女服务员结账。用信用卡付过钱后，新田对仍然在吧台后方烹调菜肴的店主说："打扰您一下。"

店主停下手，抬起头来。新田探身向前，小心翼翼地将上衣内侧的警察手册展示给对方，尽量不让别人看到。"我有些事情想问您的夫人。"

店主一脸困惑，似乎完全没有料到这位一直独自在吧台旁默默用餐的客人竟然是这种身份。但是他的表情中并没有太多意外，大概也是因为心里有所准备。微微颔首后，他朝新田背后"喂"了一声，夫人立刻明白了他的意思，走上前来。

店主探身和穿围裙的夫人耳语了几句，夫人随即面露讶异地看向新田。

"是关于入江君的事吗？"她小声问道。

"是的。"新田继续压低声音，"侦查员应该已经打扰过了，但我还有些事想问您。不知您百忙之中能否抽出些时间？不会太久的。"

"我知道了。"

新田示意夫人坐在旁边，夫人说了句"失礼了"，弯腰坐下。

"您刚才叫他入江君，他应该是你们店的常客吧？"

"是啊，多的时候一个月来两三次吧。他喜欢马肋排，每次至少要吃两人份的量。毕竟他还年轻，饭量大，酒量也不小，一瓶烧酒转眼就空了——"说到这里，她露出尴尬的表情，"不是还年轻，是曾经那么年轻。"

她改口道，但新田并没有对此做出回应。"听说他总是和同事一起来。"

"没错，每次都是三四个同龄人一起来，有时还有女孩子。"

"在您看来，他是个什么样的年轻人？"

听起来漫不经心的提问让夫人面露难色。"该怎么说好呢……"

"说说您的印象就行，比如性格活泼啊，或者完全相反，看起来内心阴暗之类的。"

"在我看来，他是个开朗、充满活力的孩子，特别健谈，虽然一喝多就会变成大嗓门，多少有些吵闹。"

"他都说过什么呢？"

"这个嘛……"夫人歪头说道，"虽然嗓门大，但我也不可能每次都能听清楚，毕竟还要接待其他客人。我记得他聊过公司的事，说领导坏话之类的。"

"他聊过爱好或者运动的话题吗？"

"爱好啊……"夫人面无表情，"运动的话，倒是提到过拳击。"

"是他提起的话题吗？"

"是的。他好像知道得特别详细，大谈特谈以前的著名选手，不过其他人似乎没什么兴趣。"

"那爱好呢？"

"他经常聊起动画，现在的人都喜欢看动画呢。不过我记得他说过不喜欢打游戏，小时候家里不给他买，结果朋友们聊天时他插不上话，很是难堪。"

"您听他聊起过休假时做什么吗？或者日常有什么习惯？"

"休假吗？我还没了解到那个份儿上。"夫人缓缓地摇了摇头，"我不记得了。或许听到过，但我这边毕竟也还要工作。"

"您说得对。"新田苦笑道，"我明白了，百忙之中多有打扰。"

"不好意思，没帮上忙。"

"别这么说，您提供了很多信息。料理非常美味，谢谢您的招待。"

"非常感谢。"夫人说道。吧台内侧的店主也点头示意。

走出店门，凛冽的空气扑面而来。虽说地球温度上升，但毕竟已经到了十二月。新田披上外套，迈开步子。

笔直伸向前方的道路没有铺设沥青，取而代之的是地砖。胭脂色的地砖以道路中线为界，左右两侧的浓淡截然不同，颜色更加鲜艳的那一侧应该是重新铺过的。

道路两侧没有人行道，只用白线标出路肩，但是想一直走在白线内侧却不太容易，不时会被店铺的招牌和自行车挡住去路。白天的果蔬店前，水果和蔬菜摆得满满当当，总是将白线内侧的空间据为己有。人们无视白线，大摇大摆地走在车道上。

这是入江悠斗每天通勤都会经过的道路，他留下的手机中的定位信息提供了这一事实。从这里出发前往他居住的公寓和公司都只需要步行十分钟，也就是说，他的通勤时间大约为二十分钟。

入江就职的公司专门承接生产设备的改造业务。入江负责焊接工作，尤其擅长钨极氩弧焊。不过，就连前去取证问询的侦查员也不明白这是一种什么样的技术。

四天前的十二月二日是工作日，入江却没有出现在公司。上司几次拨打他的手机，始终无人接听。吃过午餐，一位同事骑着自行车前往他的公寓。

房门没有上锁。推开门，出现在眼前的是仿佛蹲坐在地的入江，身穿卫衣和运动裤，胸口一片黑红。看到地上沾血的刀，同事明白了状况。

午后十二点三十五分，通信指令中心接到通报。辖区警察局和机动搜查队对附近一带进行了搜查，却一无所获。死亡时间已经超过十二小时，这一点无须司法解剖即可判明。行凶时间推断为前一天晚上的八点到十二点之间。左右两侧相邻的房间都有人居住，但是没有听到任何声响，毕竟他们都是深夜才回来的。

发现尸体的那天晚上，新田走访了案发现场所在的公寓。警方决定设立特别搜查本部，隶属警视厅搜查一科的新田及部下们被安排负责此案。

这是一幢双层公寓，十年前建成，看起来不算太旧。打开房门，左边即是水池，冰箱就放在水池下方，右边是配有坐便器和浴缸的卫生间。屋内面积大约九平方米，分成两层，入江睡在上层，下层并排摆放着衣帽架和储物柜，用来收纳内衣和日用品。

这是个乏味的房间，没有电视，也没有漫画或杂志等书籍。发现尸体时，廉价的矮脚桌上只有柠檬鸡尾酒的罐子、吃到一半的鱼肉肠和手机。

入江悠斗的个人情况已经大致查明。

他出生在千叶县船桥市，上小学时父母离婚，他跟随父亲生活。父亲是建筑工人，对儿子的教育毫不上心。

十七岁时，入江犯下案子。他打算把自行车停到禁止停车的地方，被路过的学生提醒。他一气之下揍了对方，不是一拳两拳，而是连他本人都记不清楚的暴打。倒下的学生被送到医院，昏迷不醒。

入江没有逃跑，被当场逮捕。不久后，他被送上家庭裁判所[①]，受到保护处分，进入少年院接受管教。

入江在少年院中生活了一年三个月，在这期间接受教育，学会了焊接和金属切削等技能。他在这一方面似乎颇有天赋，很快便考取了资格证书。

离开少年院的日子终于到来，父亲却去向不明。母亲也已经重组家庭，拒绝接纳入江。于是入江住进更生保护设施[②]，准备就业。

幸运的是，入江很快就找到了工作，也就是他生前工作的那家公司，高超的焊接技术得到了认可。不过，直到这次案件发生，人事部的职员才从侦查员那里得知入江的前科。对于简历上写的高中退学，入江解释为想要习得一门技术，于是一边打工一边学艺。这

---

① 日本的一种初级法院，审判和调解家庭内部事件和青少年刑事案。
② 面向刑满释放人员、受监管者等人群的机构，通过提供食宿和培训等帮助其自立，并预防再次犯罪。

一说明并没有引起人事部的怀疑。

十九岁的春天，顺利找到工作的入江也租到了房子，开始了全新的生活，直到四年半后的这个初冬被人夺去性命。

根据调查被害人人际关系的调查组所言，入江既没有卷入麻烦，也没有在工作和生活中树敌。

那么，凶手的动机到底是什么呢？

以金钱为目的是不可能的，实际上也没有物品被盗。钱包完好地放在屋内，里面也没有被翻过的痕迹。

有人能从入江悠斗的死亡中获利吗？警方做了全面的筛查，最后不得不得出结论：这种可能性近乎为零。

因此，话题就回到取证问询上了。有没有对入江怀恨在心的人？

回顾入江的人生，这样的人有一个，那就是他十七岁时所犯案件的被害人。准确地说，是被害人的家人。

被害人名叫神谷文和，当时读大学二年级，与母亲两人居住在神奈川县藤泽市。他就读于东京都内的大学，从家到学校单程需要花费一个半小时。母亲神谷良美在医院从事事务工作，丈夫已在多年前去世。

遭到入江悠斗暴力相向后，神谷文和成了植物人，大约一年后离世。入江的犯罪事实本极有可能从伤害变成伤害致死，但最终判决并未变更，大概是因为难以证明他的行为与被害人的死亡有因果关系。

新田派侦查员去找神谷良美，无论如何必须确认她的不在场证明。此外新田也想了解她如今对入江悠斗的想法。

根据侦查员的报告，神谷良美有不在场证明。那天晚上，她先和朋友一起去横滨观看戏剧演出，然后两人又在横滨共进晚餐，最后去了酒吧。分别时已接近夜里十二点，她是打车回家的。手机上的定位信息与上述行程一致，朋友也提供了证词，应该没有说谎。

不过，侦查员的汇报里还是有让新田在意的地方。

神谷良美知道入江悠斗已遭杀害。看了新闻后，她已经预想到警察可能会找上门来。

其实，新田事先已对侦查员做出指示，如果神谷良美认为入江悠斗就是杀死儿子的凶手，那么就当场质问她：你为什么知道入江悠斗的名字？受到保护处分的少年犯的名字是不会公之于众的，被害人一方应该也无从得知。

神谷良美的回答是她已做过调查。

"儿子离开后，我曾想过提起民事诉讼，就调查了一下，因为不知道名字是没法提起诉讼的。"

但是，她最终放弃了诉讼。周围人劝她那样只会浪费时间。

新田没有漏过这一点：神谷良美掌握着害死儿子的凶手的真实身份。如果没有不在场证明，她将是最可疑的人。而且，构成不在场证明的那场演出，神谷良美是邀请者。据朋友说，这是神谷良美第一次邀请她观看戏剧演出，这让她十分惊讶。

还有一点。

入江悠斗的手机提供了各种各样的信息，去餐厅吃马肉料理也好，通勤路线也好，都来自他的手机。

根据定位信息，每到周六傍晚，入江悠斗都会做出一系列奇怪的举动。离开公寓后，他会在附近的街道上徘徊大约两个小时，哪家店都不进，只是走来走去，最后回到家中。从时长来看，他不像是在慢跑，但如果是健走，速度又未免太慢。难道是在散步？可是，二十四岁的年轻人会每周六花两个小时散步吗？

入江行走的路线大体上是固定的，但并不总是完全相同。相似的路线也存在细微的差别，有时他甚至会一开始就朝着另一个方向前进。

这个习惯至少从他去年秋天换新手机后就开始了，几乎从不间断。仔细一查，没有出门的周六都是雨天。

这一点与案件是否相关尚不可知，但是新田认为必须解开疑团。因此他以外出吃晚餐为借口离开了搜查本部，特意走访入江常去的餐厅，只不过并没有什么收获。

新田停下脚步。左思右想间，他不知不觉来到了入江的公寓旁。

这是一栋带有室外楼梯的毫不起眼的双层公寓。公寓不临街，必须通过一条路况堪忧的狭窄私道才能抵达。入江的房间位于一层，光照不佳，租金也因此相对便宜。

杀人犯专门来到这样的房间，杀死了住在其中的无名年轻人。

目的何在？

2

入江悠斗被杀三个星期后，管理官 ① 稻垣命令新田携带调查资料前往警视厅总部的会议室。

新田正沿着走廊走向会议室，西服内侧传来了手机振动的感觉。他停下脚步，一边靠近墙壁一边取出手机。打来电话的是负责监视神谷良美的部下。新田顺便看了一眼时间，刚过中午一点。

"我是新田。有行动了？"

"就在刚才，神谷良美离开了公寓，衣着打扮与平时明显不同，手提包也很大，或许是去旅行。"

"跟上去，你们几个一起行动，别跟丢了。"

"是！"

收起手机，新田陷入思考：神谷良美想去哪里呢？得知杀死儿子的男人已经殒命，她是打算外出旅行转换心情吗？

---

① 日本警察的警衔由上向下分为警视总监、警视监、警视长、警视正、警视、警部、警部补、巡查部长、巡查。稻垣属警视一级，对应的职位为管理官。

关于入江悠斗的人际关系，新田打算彻底调查清楚。留在手机里的信息已经悉数分析，但至今没有找到任何与案件相关的内容。

这样一来，剩下的就只有对神谷良美的怀疑了。新田派部下前去监视，不过对方此前没有任何动静。

走进会议室一看，已经有人先一步到来，再熟悉不过的面孔瞬间化解了新田的紧张。

"辛苦了。"

"你也被叫来了啊。"像往常一样板着脸的，是曾经共事的前辈刑警本宫。稻垣担任组长时，本宫是稻垣的得力助手，新田曾数次听从他的命令行事。后来，本宫和新田二人经历了多次调动，目前都是搜查一科的组长。①

"是的，让我带上调查资料过来。"

"我也是。话说回来，管理官说的要事到底指什么，我大概能猜到。"本宫说着，瞥了一眼桌上的文件。

本宫负责的是一个星期前发生的杀人案。一个名叫高坂义广的四十岁男人在狛江市的儿童公园被杀。此人在附近的产业废弃物处理厂工作，下班后到一家提供家常菜套餐的餐厅喝啤酒、吃晚饭，然后在返回公寓的路上遇袭身亡。这是他日常的固定安排，因此凶手很可能是在掌握他的生活轨迹后伺机埋伏的。天黑以后，案发现场几乎无人路过。

新田之所以知道案件内容，是因为他出席过最初的调查会议。与入江悠斗的案件一样，死者同样是被小巧锋利的刀从正面刺中胸

---

① 本宫、新田和下文的梓均属警部一级，对应的职位为组长。

部，因此稻垣要求新田对此案也要有所把握。当然，本宫也知道这一点。

不过直到目前，警方并未发现两起案件的关联之处，所以调查工作一直都在分头推进。

新田在本宫旁边的椅子上坐下。"你听说吉祥寺的案件了吗？"

"听说了啊。"本宫回答，"听说是刀子。"

"嗯……"

事态或许会迎来新的局面，新田已经听闻相关情况。三天前的夜晚，一名男子在吉祥寺的街边遇袭，凶器是一把小巧锋利的刀，而且又是被刺中胸部。

敲门声响起。"请进。"新田应道。

门咔嗒一声开了，一个身穿黑色西服套装的女人走了进来。"打扰了。"她声音沙哑。

女人留着乌黑的短发，个子不矮，匀称的身材让她的鹅蛋脸看起来紧致小巧。

新田也认识她，毕竟她是搜查一科负责盗窃凶杀等大案的组长。大家都叫她梓警部，但是新田并不知道她的全名。

"非常抱歉来迟了，我是第七组的梓。"她低头致意，"二位是本宫警部和新田警部吧？还请多多关照。"

"请多关照。"新田招呼她到旁边的椅子就座。

然而，梓先朝门口点了点头，一个身材矮胖的男人慢吞吞地出现在那里。一看到那张脸，新田不由得高声脱口而出："能势先生！"

"您好。"男人的表情缓和下来，多少有些腼腆。

"这是怎么了，连能势先生都被叫来了。"本宫也亲切地说道。

梓不明所以地望着眼前的画面，但语气依旧平和。"稻垣管理官联系我，让我带着能势来这里一趟。我也没问具体理由，不过看起来能势与两位交情不浅啊。"

"嗯，说来话长了。"新田含混了一句。

新田与能势分属不同部门，但曾两次合作。能势属于从基层一路爬上来的刑警，一双慧眼让新田刮目相看。新田并不知道他已经调至梓的手下。

待两人就座，新田问道："吉祥寺的案件是梓警部负责吗？"

"是的。"梓的脸像能乐面具一样毫无表情，"我上任时，管理官就说过，根据案件的具体情况，可能要和已经成立的特别搜查本部合作，让我做好准备。现在看来已经成了现实。"

稻垣肯定认为带上能势能让与新田、本宫的合作更加顺利。

新田正要询问吉祥寺案件的调查进展，开门的声音响起。往门口一看，新田条件反射般地站起身来，其他人也做出了同样的反应。首先进来的是搜查一科的科长尾崎①，随后便是稻垣。

尾崎像往常一样昂首挺胸，显得气势威严，乌黑的大背头看起来应该染过。他手掌向下轻轻挥动，示意众人就座，自己随即在会议室靠内的位子坐下。看到稻垣也在旁边就座，新田等人依次坐了下来。

"抱歉突然把你们叫过来。"稻垣语气生硬，"你们之间至少都面熟吧？都自我介绍过了？"

众人交换了眼神，答道："是的。"

---

① 尾崎属警视正一级，对应的职位为科长。

"那我就直入正题了。叫你们来不是为了别的，你们现在各自负责的案件可能存在关联，需要确定今后的调查方向。"

"是同一个……凶手吗？"本宫慎重地问道。

"还不能断言，但可能性很高。"

"因为杀人手法吧。"新田说，"都是从正面用刀刺死被害人。"

稻垣点点头，环视众人。"有凶器照片吗？"

众人从带来的资料中拿出凶器照片，摆在桌上。

三件凶器都是细长小巧的刀，但不是同款。

"还是有点不一样啊。"本宫嘟囔。

"但是样式很像。"新田说，"刀刃长度都将近十五厘米，刀柄的宽度和长度也相似。"

"如果是同一个凶手，就算刀的样式不同，也会选择用起来顺手的尺寸和形状。"说这句话的是梓。

"我也这么认为。"稻垣说，"不管是在商店还是在网上，一次买好几把同款的刀肯定会给人留下印象，应该会换地方买。"

"很有可能啊。"本宫表示同意。

新田拿出手机一通操作。

"在我负责的案件中，根据被害人的体形和刀刺入的角度推断，凶手的身高应该在一米七左右。当然也可能是个子更高的人弯腰行凶，但是看准对方的漏洞从正面行凶需要相当敏捷的身手，考虑到这一点，凶手的身高应该不会低于一米六，也不会超过一米八。"

"我负责的案件也是。"本宫说，"不过一米七差不多是日本男人的平均身高，而且近些年这么高的女人也不少，只凭这一点很难断定是同一凶手吧。"

"管理官，"梓微微抬了抬手，"让科学搜查研究所鉴定一下这三把刀怎么样？"她的目光在尾崎和稻垣身上来回转移，"根据我们这里的鉴定结果，凶器有被打磨过的痕迹。如果是同一凶手，那么本宫警部和新田警部负责的案件的凶器很可能也是如此。只要分析一下刀刃，就能判断出所用的打磨方法、磨刀石是否相同。"

"这样啊……"稻垣看向尾崎。见尾崎默默地点了点头，稻垣的目光回到梓的身上。"就这么办。交给你没问题吧？"

"只要另两位没有异议。"

"没问题。"新田回答。本宫也说了句"那就拜托你了"。两个人的声音都有气无力。让女警部抢先提出了好方案，心里自然不会痛快。

"梓警部，你的着眼点很不错。"一直听着部下们发言的尾崎出声道。

"感谢您的肯定。"梓低下头，没有表情的脸似乎舒缓了一些。

"稻垣警视，差不多该告诉他们那件事了吧。"尾崎似乎在催促什么。

"是的。"稻垣应道，随即再次环顾众人，"有人注意到三起案件在行凶手法之外的共通点了吗？"

没人回答。这并不奇怪，毕竟他们还没有互相沟通过案件详情。

稻垣看向本宫。"你那边被杀的男人有前科吧。"

"是的。"本宫说着打开资料，"被害人叫高坂义广，二十年前犯下强盗杀人罪，被判有期徒刑十八年，去年才从千叶的监狱出来。"

新田对此也有所耳闻，第一场调查会议上就已讲明被害人的经历。至于为什么犯下强盗杀人的重罪却只判了十八年，据说是考虑

到他犯案时刚满二十岁。^①

"梓警部。"稻垣唤道,"你跟他们介绍一下你那里被害人的情况。"

"好的。能势警部补,资料。"梓的话音刚落,能势已将摊开的资料推到上司面前。梓的目光落在上面。"被害人叫村山慎二,三十四岁,在餐饮店工作。六年前因为公表罪及公表目的提供罪,被判有期徒刑三年,缓刑五年。"

"也有前科?"本宫一对细眉皱了起来,"那么,新田你那边的被害人也一样?"

"我这边的被害人没有前科,不过被逮捕过。他十七岁时在街上和别人打架,把对方打到昏迷不醒,后来在少年院待了一年多。对方成了植物人,一年后就死了。"

"这不是和杀人一样了嘛。"本宫甩出一句。

"在遗属看来是这样的。"

"我这边也一样。"梓说。

新田看向女警部的侧脸。"是公表罪吧?"

"是公表罪及公表目的提供罪。被害人曾违反所谓的色情报复防治法,也就是禁止通过传播私密图片和影像危害他人的法律。村山慎二把前女友的全裸照片发到了网上,结果那个正在上初中三年级的女生休学一年后自杀。难以想象遗属是什么心情。"

"三十岁的男人和初中女生交往,到头来还做色情报复这种事?这也和杀人没两样啊。"本宫喃喃道。

---

① 在 2022 年 4 月以前,日本《少年法》所指的少年是未满 20 岁者,即未成年人。

"这样就清楚了。"尾崎开口道，"诸位目前负责的案件的被害人都有前科，而且不是一般的案件，都导致了他人的死亡。在我和稻垣警视看来，如果只把这当成巧合，未免也太乐观了，所以才把诸位指挥官召集起来。"

"科长，您认为这是连环杀人案吗？"新田问。

尾崎露出了微妙的笑意。

"三个星期，三人被杀，作案频率都能赶上有名的开膛手杰克了。难道三个毫无关联的凶手恰好集中出现了吗？"

冰冷的语气吐出的话语让新田无法反驳。

"眼下的方针只有一个，就是彻底调查被害人的遗属——"稻垣说，"不是眼前的这些被害人，而是他们过去所犯案件的被害人。我们要确认各位遗属的行动，查清他们的人际关系。三起案件一定有相关之处。特别搜查本部暂且保留，一旦发现什么关联，就正式开始联合调查，到时候就该离找到案件出口不远了。"

"是！"众人一齐回答，声音铿锵有力。

"我再说一句。"尾崎再次开口，"现在还不知道凶手有几人，如果凶手认为这一连串的犯罪都是正当行为，那么毫无疑问，这是凶手目中无人的错觉，是对刑事司法系统的亵渎。我们决不允许这样的事情发生，一定要将凶手捉拿归案，让其付出应有的代价。希望诸位在调查时铭记在心，这是对警察的挑战。我就说这么多。"

搜查一科科长的话语掷地有声，每说一句，屋内空气便沉重一分。众人无法出声回应，只有默默低头。

"那就拜托各位了。"稻垣说道。

看到稻垣和尾崎起身，新田等人也全体起立，低头目送二人离开。待屋门关上，众人重新坐好。

"吓了我一跳啊，完全没想到是这样。"本宫说道，"竟然有可能是连环杀人案。那么凶手的目的又是什么？"

"我感觉科长说得没错。"新田说，"凶手认为这是正当的行为，只是在为理应偿命的人送葬。"

"是复仇吗？说到我手头的案件，可能性确实很高。"本宫表示赞同，"对于高坂义广二十年前犯下的案子，被害人的所有遗属都认为该判他死刑，这是理所当然的。强盗杀人通常至少要判无期徒刑，可高坂只判了十八年，而且从一开始就没有被提请死刑。明明杀了人，竟然只付出这么点儿代价就回归社会，遗属肯定不能接受。国家不惩处你，那么等你从监狱出来，就让我亲手灭了你——遗属有这种想法也不奇怪。当然，在得知被害人有前科时，我们也第一时间怀疑过遗属，但是他们都有不在场证明。"

"我这里也一样。"新田说，"遭被害人入江悠斗殴打而身亡的男子，只有一名亲属，就是他的母亲。我们至今仍在监视她，不过她在案发当日的不在场证明无懈可击。"

"这样啊。"本宫点点头，看向梓。新田的视线也随之转向那边。

梓轻轻吐了口气。"能势警部补，"她说，"请给他们说明一下。"

"好的。"能势将资料拉到眼前。不知什么时候，他已经戴上了老花镜。"正如梓警部所说，村山慎二六年前违反色情报复防治法，被判有罪，受害的少女因此自杀。我们就少女的遗属是否因怀恨在心而复仇展开调查，具体来说，就是调查了她的父母。根据侦查员的报告，母亲因女儿自杀患上抑郁症，并且不断加重，也因此丧失了行为能力。大家都知道他们憎恨加害者，不过这次案发时，我们已确认少女的父亲就在其经营的店里；母亲虽然独自在家，没有不在场证明，但是考虑到她的病情，应该不可能犯案。以上就是我们的看法。"说到这里，能势摘下眼镜。

"无论哪个遗属都有明确的不在场证明，这反而很可疑啊。"本宫摩挲着下巴。

"其实，我正在摸索行凶者另有其人的可能性。"新田说，"例如，周围是否有可以帮助那位母亲复仇的人，或者有人和她一样对她死去的儿子感情深厚。但是听了刚才那番话，我觉得之前恐怕是想偏了。"

"什么意思？"

"确实想偏了啊。"梓在新田回答之前开了口，"如果是独立案件，确实有那种可能性。但类似的案件连续发生了三起，就是另一回事了。每起案件都有人同情遗属，进而代替遗属完成复仇，这也太不现实了。新田警部想说的就是这点吧？"

话都被别人说完了，新田只能挠挠鼻翼，表示赞同。

"三起案子并非各有凶手，那就是同一凶手了？"本宫瞪圆了眼睛，"那家伙正在代替遗属们复仇？"

"对了！"能势一拍桌子，"以前有个系列古装剧很受欢迎，叫'必杀系列'。为了让穷凶极恶的人恶有恶报，洗刷可怜的老百姓心中的怨恨，职业杀手们与恶人们展开对决。那里面的杀人方法可谓是各有特色——"

"能势警部补。"梓冷冷地瞪了一眼年长的部下，竖起食指压在唇上，示意他闭嘴。

眉飞色舞的能势缩了缩脖子。"抱歉。"

"真有人会从遗属那里收钱来完成复仇吗？"本宫一脸难以置信的表情。

"可能性并非为零。"新田说，"网上到处都是见不得人的交易。梓警部，你怎么想？"

"应该是有可能的。"女警部面无表情地点点头。

新田口袋里的手机振动起来。"不好意思。"他说着拿出手机一看，是跟踪神谷良美的部下打来的。

"我是新田，怎么了？已经知道神谷良美要去哪里了？"

"是的，我们在东京。"

"东京？东京的哪里？"

"是您熟悉的地方。"部下意味深长地说，"东京柯尔特西亚大饭店的大堂。刚才，下午三点，神谷良美办理了入住。"

3

　　走出警视厅总部大楼，一辆空出租车恰好驶来。新田抬手拦停，坐到后排，能势也钻了进来。新田告知司机要去箱崎的东京柯尔特西亚大饭店，司机立刻表示明白。

　　神谷良美住进东京饭店的原因尚不明了，或许和案件毫无关联。但是根据部下的调查，她已向工作的医院提交了休假申请。有什么事情要请假处理？新田无论如何都想查明情况，于是决定亲自走一趟。正好与本宫等人的谈话也告一段落，他便率先离开了会议室。

　　结果，能势追了出来，询问能否同行。新田没有理由拒绝。

　　"是梓警部的命令吗？"出租车发动后，新田问道，"她是不是让你跟我一起去了解情况？"

　　"哈哈哈。"能势发出尴尬的笑声，"算是吧。"

　　"我不太了解梓警部，听说是个很能干的人。"

　　"她很优秀，也很有野心，毕竟那么年轻就当上了搜查一科的组长，是能和您匹敌的精英。女性身份多少会带来不便，但是在她身上完全感觉不到，很了不起。"

一边赞美上司，一边不忘捧着交谈的对象，能势依然像以前一样能说会道。

不一会儿，出租车驶入东京柯尔特西亚大饭店的门廊。身穿制服的门童上前招呼："欢迎光临。"

"真让人怀念啊。"能势满脸喜悦地抬头望着入口，"我以为不会再来这里了，至少不会再因为工作来了。"

"我也是。"

这座饭店中曾发生过两起杀人未遂案。两起案件没有关联，时间也相隔甚久，但是都由稻垣和部下们负责。第一起案件依靠某种特殊的侦查方法得以解决，因此第二起案件发生后，被召集起来的依旧是精通这一方法的成员。新田也是其中一员，并承担了最重要的任务。

所谓特殊方法，就是卧底调查。为了找出真凶，新田化身饭店前台的接待员，为此还剪去了长发。那已经是多年以前的事了。

时隔许久，大堂比新田记忆中的更加宽敞，挑高至二楼的空间似乎也比过去更高了。

看到巨大的圣诞树，新田想起今天是十二月二十三日星期五。也就是说，明天既是平安夜，又是星期六。这正是饭店热闹的时候，大堂里人来人往。

新田看向前台，原本设在那里的礼宾台已经不见。过去坐在那儿的女士对新田照顾有加，没有她的帮助，案件就不可能解决。

身着西服套装的男人走了过来，正是负责监视神谷良美的部下富永。

"办理入住之后，神谷良美就没有离开房间。"

"你们在哪里监视呢？刚才我在电话里说了，饭店地下也有出入口。"

"我们知道，地下也在监视。"

"还没有和饭店工作人员接触吧？"

"没有。"

"好。"

新田的视线移向前台。幸好此时没有客人，一男一女两名前台接待员正无所事事。两人都非常年轻，新田并不认识。

"能势先生，请待在这里。富永，你们继续监视。"新田说罢，便朝前台走去。

女接待员注意到了新田，立刻笑脸相迎。"您要入住吗？"

"不是，我是这个身份。"新田从上衣内侧拿出警察手册，示意对方。见她脸色一变，新田收起手册。"久我先生在吗？"

"久我……客房部长吗？"

"哦，可能是吧，他以前是前台经理。能请你转告他有个姓新田的人来访吗？你就说警视厅的新田，他应该知道。"

"新田先生对吗？请稍等。"女接待员拿出自己的手机，这样大概比使用内线电话联系得快。

三言两语后，女接待员将手机从嘴边移开，看向新田。"久我先生在办公楼，他问您能不能去他那里。"

饭店的人事部、营业部等事务性部门都设在办公楼。

"没问题，我可以现在就过去吗？"

女接待员向手机那头询问了两句后，点了点头。"可以。"

"谢谢。"

"您知道办公楼怎么走吗？"

"我知道。"

知道得太清楚，以至于都厌烦了——新田在心中继续说道。

他回到能势身旁说明了情况。

"我能一起去吗？"

"当然。"

办公楼与饭店一路之隔。以前发生案件时，新田等人曾在办公楼设置了现场对策本部。"这里也很久没来过了啊。"能势仰望着大楼说道。

来到客房部的办公处，久我正坐在窗前的座位上打电话。看到新田，久我握着电话点头致意，新田也微微颔首。

事情处理完毕，久我将电话收进口袋，站起身。

"好久不见，新田先生。"

"之前承蒙您的照顾。"新田再次低头问候。

"这么说的应该是我们才对。多亏有你们在，事情才没闹大。"

双方交换了名片。意外的是，能势与久我并不认识。得知能势也曾参与昔日案件的调查，久我稍显惊讶。

"话说回来，新田先生，您可真是飞黄腾达了啊。"久我看着名片说道。

"您也一样。"

久我的笑容还挂在脸上，眉头却皱了起来。"饭店服务人员这种工作，只要没有太大的过失，差不多都能往上走。"

"您太谦虚了。"

"谦虚才是这份工作的本质。"久我戏谑般扬起眉毛,"好了,二位请坐。"

双方换到会议用的空间,相向而坐。

"我看了一下大堂,礼宾台没有了啊。"

听到新田的疑问,久我轻轻点头。"我们觉得让前台接待员兼顾比较好,对他们来说也是一种锻炼。"

"这样啊。"

"其实这是表面的理由——主要还是为了节约开支。"

新田点点头。"我明白了。"

"饭店业也不好过啊。那么言归正传,新田先生,您今天来有什么事?我从刚才起就一直很在意。"久我露出准备探查真相的表情。

"请不要这么警惕。"新田的脸颊瞬间放松下来,又立刻回归严肃,"在我们目前调查的案件中,一直关注追踪的一位案件相关人员刚刚入住了你们饭店。"

"入住了我们饭店……"久我面露不安。

"是一位居住在藤泽市的女士。她独自住进东京市中心的饭店实属奇怪,我们怀疑这一行为与案件有关,不排除她打算与别人在此见面。所以我想拜托您,不知能不能给我们看看住宿者和预订人的名单?"

"原来是这么回事啊。"笑容已经完全从久我脸上消失。

"我们绝对不会把名单带到外边。而且,除非发现决定性的证据,我们不会主动接触客人。如果需要接触,我们也会提前告知。还请您答应我们的请求,拜托。"

新田一低下头,旁边的能势也立刻效仿。

久我深深地叹了口气。"我知道了。"他说，"你们多次出手相助，我也明白您是值得信赖的人。那么，今天就当作是我个人的判断，而非饭店的官方应对，您看如何？如果有什么信息需要作为证据提交，您再重新申请。"

"没问题，非常感谢。"

久我起身回到座位，将笔记本电脑抱了过来，在新田和能势面前操作键盘。"这是已经入住的客人和预订了的客人。"他将液晶屏幕转向新田他们。

屏幕上排列着一串串姓名，以及相关的电话号码、邮箱地址和预订信息。新田的视线在上面飞速移动，找到了神谷良美的名字。她预订了两晚的单人房，应该是第一次入住这家饭店。如果是回头客，信息上会有标注。

在东京住两晚，究竟打算做什么呢？

新田正在思考，能势突然"啊"了一声。

"怎么了？"

能势用食指指向屏幕。指尖前方是第二天的预订人名单，里面可见"前岛隆明"这一名字。

"这个人怎么了？"新田问道。

能势转向新田，眼睛眨了又眨。

"这是遭遇色情报复后自杀的少女的父亲。"

4

警视厅会议室，下午四点二十分。

"这字可真难看啊，就不能写得认真点儿吗？"新田正面朝白板站立，骂声从背后飞来。

他回过头。"那本宫你来写啊。"

"说什么胡话！要是我来写，岂不是更看不懂了。"

"那就请你不要抱怨。"

"新田先生，还是我来写吧。"能势抱歉般准备起身。

"没关系，我来写。指使其他组的主任干这干那，可对不起梓警部。"

"什么啊，那指使其他组的组长就可以吗？"本宫语带威胁。[①]

"那要看是谁。"

"你这混账。"

---

① 能势属警部补一级，对应的职位为主任，位在组长之下。

"别再吵那些无聊的架，赶紧写。"稻垣焦躁地说，"写成什么样都行，只要能看得懂。"

"是。"新田答道。他重新面向白板，将笔记内容抄了上去。

入江悠斗，伤害罪（送入少年院），被害人神谷文和，遗属神谷良美（母亲）

高坂义广，强盗杀人罪（有期徒刑十八年），被害人森元俊惠，遗属森元雅司（长子）

村山慎二，色情报复（有期徒刑三年，缓刑五年），被害人前岛唯花，遗属前岛隆明（父亲）

新田刚写完，会议室的门就开了，梓走了进来。"非常抱歉，我来迟了。"她走得似乎很急，气息有些急促。

"噢，梓警部，真抱歉让你来回跑。"稻垣表示歉意。

"没有，您过言了。"

"情况都了解了吧？"

"是的，能势已经报告给我了。"梓坐下来，视线转向白板，"真是出人意料啊。"

"没错，听到新田的说明，我都不敢相信自己的耳朵。"

"我也觉得不可思议。"新田说，"既然三名被害人遗属已经聚齐，那就不能再当成巧合来处理了。"

稻垣的鼻子上堆起皱纹。"是啊……"

从能势那里听说了预订人名单上的前岛隆明的身份，一股不祥的预感立刻涌上新田的心头。他急忙将这份名单发给本宫，结果不出所料，其中也有高坂义广二十年前犯下的强盗杀人案的被害人遗属，即森元雅司。他是被害女性的儿子，准备从这天开始入住两晚。明天是星期六，应该不用上班。

一度解散的几人再次聚集在警视厅总部的会议室，正是这个原因。

"到底是怎么回事？"稻垣抬头看向白板，"曾致人死亡的人一个个被杀掉，而过去那些案件的三名被害人遗属住进了同一家饭店……"

"这不可能是巧合。"新田说道，"只能认为这三人之间有所联系，并且出于某种目的在饭店会合。也就是说，今后三人接触的可能性很高。前岛明天入住，所以他们可能在那之后才会正式行动。"

"已经确认他们各自的动向了吗？"

听到管理官的提问，三名组长纷纷点头。据本宫说，森元雅司在新宿的保险公司工作，目前尚未下班。梓的部下正监视的前岛隆明在自由之丘经营一家餐厅，今天正常营业，前岛就在厨房。

"他们会不会是共犯？"梓提出想法。

众人的视线集中到女警部身上。

"共犯……什么意思？"稻垣问。

"三人各有憎恨的对象，他们夺走了三人深爱的家人的性命，却没有被判死刑，依然悠闲自在地生活在世上。三人无法接受这一现状，希望能亲手进行制裁，可是一旦出手，自己就会率先遭到怀疑。那样一来，接受制裁的对象就从凶手变成了自己，实在得不偿失。于是，他们就和抱有同样烦恼的人联合起来——"

"对了！"本宫打了个响指，"交换杀人。"

"没错，让别人帮忙杀掉自己想杀的对象，自己也代替别人行凶，这样就能制造出完美的不在场证明。"

"还真有可能……"稻垣轻轻点了点头，"新田，你怎么想？"

"可能性很大。本宫提到了交换杀人，但也可以说是轮换杀人。而且，如果是三人联手，那么谋杀可以由其余两人来执行。杀人这种事，一个人做和两个人做是有很大区别的。"

"那这三人为什么要在饭店集合？"

"为了商量今后的行动计划？"本宫提出想法。

"没有必要特意见面吧。"梓立刻接过话题。

"要是想面对面商量，也可以在网上开会。"能势对上司的看法表示赞同。

新田看向白板，一个念头忽地闪过他的脑海。"难道……"

"什么？"稻垣追问。

"也许有第四个人。"

"第四个人？"

"这样啊。"能势一拍膝盖，"联手的不见得只有他们三人。"

"是的。"新田答道，随即转向稻垣，"他们很可能有四个人，除了必须制造不在场证明的一个人，剩下的三人合作完成犯罪计划。"

"这可不是开玩笑。"稻垣皱起眉头，"如果你猜中了，那么很可能会在饭店发生第四起杀人案。"

新田一言不发地盯着稻垣。这怎么可能是玩笑，他想，现状证明不存在其他可能。梓、本宫和能势都沉默不语，他们一定也是这么想的。

"偏偏又是那家饭店啊……这都第三次了，怎么会这样？"稻垣呻吟般喃喃自语。

新田也有同感。如果只有两次，还可以理解为巧合，实际上也确实如此。可这是第三次了，不能再简单地用巧合来解释了。

"总之我先向尾崎科长报告，你们就在这里商量对策。"稻垣站起身，急匆匆地走出房间。

"商量对策，说得倒是简单。"本宫一脸苦相。

"我认为应该去找应对网络犯罪的专家。"梓说，"凶手们恐怕是通过网络认识的，例如被害人联合会或遗属联合会之类的网站或社交平台。首先应该调查那三人是否在类似的地方发布过什么。"

"我也有同感，但不能只用常规手法调查。就算他们发布过什么，可能也是匿名的。"

"你说得没错。"梓一脸平静，"发布者的名字自不用说，他们应该也不会在发布的内容里提及真实的姓名，因此我们要先查找与描述相近的案件。一旦找到，就能知道三人是在哪个平台认识的，而第四个人很可能也使用同一平台。彻查全部内容，从头推断出相应案件，自然能找到被害人遗属。如果遗属的名字在饭店的预订人名单中，一切就都吻合了。"

新田花了些时间才听懂梓用飞快的语速说出的内容。这位女警部的头脑似乎相当灵活。

"明白是明白了，但是这工作可不简单啊。"

"所以才需要依靠专家。不用担心，那边有可靠的人。"梓信心满满地说。

"请容我说一句。"一直默默倾听的本宫开口了，"那些人既然是通过网站或社交平台认识的，那么这次的计划也是在那些地方制订的吧？"

"不，我认为不可能。"梓立刻否定道，"我们很容易就能浏览的那些网站和社交平台，运营方近来对内容审查得越来越严格，一旦发现什么问题就会立刻删除。因此从事地下交易的家伙都在使用特殊的软件，即使互发信息，过一段时间也会消除，且无法恢复，这就是所谓的'会消失的社交平台'。你们没听说过吗？"

本宫歪了歪头，继而转向新田。"你知道吗？"

"我略有了解，Telegram 之类的吧。"

"是的。"梓扬起鼻尖。

"完蛋了，我落伍了。"本宫叹了口气。

"不过，就算是利用那种特殊的网络空间联络，他们相遇的地方也应该是普通的网站或平台。"梓的语气依旧充满自信，"我想调查清楚。"

"那么困难的工作就交给你了，我们这边来负责实际的舞台。"

听到本宫这么说，梓疑惑地皱起眉头。"实际的舞台？"

"每个人擅长的东西可是不一样的——对吧，新田？"本宫说着，手搭上了新田的肩头。

新田明白这位前辈组长在说什么，他默默地注视着白板。

又是那家饭店吗——

5

藤木手拿 A4 大小的资料，神色平和。白发似乎有所增加，但是掌管超一流饭店的堂堂威严让他丝毫不显衰老。

晚上六点半，新田与稻垣正在东京柯尔特西亚大饭店的总经理办公室内，桌子对面坐着总经理藤木和客房部长久我。自从上次的案件结束后，新田还没有进过这个房间。

藤木抬起头，摘掉老花镜，将资料放在桌上。"情况我都了解了。"

摆在面前的是预订人名单的复印件，神谷良美、森元雅司和前岛隆明的名字已用黄色马克笔标出。

"我想你们应该已经明白了，情况十分紧迫。"稻垣说。

藤木点点头。"是啊，如果你们的推理没错，饭店里可能又会发生残忍的案件。三个人试图合作杀死一个人，想想就……真是可怕的时代。"

"我们一定会阻止案件发生。"新田语气坚定，"我们会像处理过去两起案件一样，让它终止在未遂阶段。我向你们保证。"

藤木露出沉稳的笑容。"你能这么说，比其他任何人都让我们安心。"

"您过奖了。"新田低下头。

"不过究竟是怎么回事，为什么我们饭店总被人盯上……"

"我们也百思不得其解。也许这不是单纯的巧合。"

听到新田的话，藤木的脸色阴沉下来。"你是什么意思？"

"凶手可能知道过去的案件，故意选择了这家饭店，不过目的还不甚明确。因此我也想问你们，关于过去的案件，有没有客人提起过，或者有没有外部人士询问过？"

藤木看向身旁的久我。"我倒是没听说过这种事……"

久我摇了摇头。"没有，应该没有。我们已经要求了解情况的员工保守秘密，就算有人询问，也要回答不知道。"

"当时我们已经说好了吧。"藤木看向稻垣，"即使案件公开，也不会公布饭店名字和卧底调查的情况。"

"我们一直都遵守约定。"稻垣断言，"审判记录中应该也隐去了饭店名。"

"那我们就放心了。"

"只是人的嘴没有把门的，说不定就从哪里泄露了信息。能请你们再跟员工们确认一遍吗？"

"我知道了。"藤木回答。

"你们愿意配合调查吧？"稻垣确认道。

"当然愿意，不过你们具体希望我们做什么呢？"

听到藤木的提问，稻垣用眼神催促新田回答。

"首先，请允许我们监视这三个人的行动。"新田指了指复印的资料，"不仅通过摄像头监视，还要在大堂安排扮成客人的侦查员。不过只有这些可能还是不够，必须通过某些方法接触这三个人，掌握相关信息。因此——"他停顿了几秒，继续说道，"希望像之前那两起案件一样，请允许我们进行卧底调查，让侦查员扮成员工，进入各个部门工作。"

藤木的表情不出所料地蒙上一层阴云。"果然要到这一步啊。"

一旁的久我一声不吭，面色同样严峻。

"拜托了。"稻垣低下头，"根据过去的经验，这是调查的关键，我想总经理您也十分清楚这一点。"

"过去的两起案件确实如此。可是根据你们所说，这次的嫌疑人已经确定，只要监视他们应该就够了。"

你来说明一下——稻垣用目光示意新田。

"其实情况没有那么简单。"新田开口道。

"什么意思？四个人都有复仇的对象，其中一个人制造出不在场证明，另外三个人代替他完成复仇——我的理解没错吧？"

"因为已经判明身份的嫌疑人有三名，为了方便说明，我们才那么说的。但是同伙很可能不止四人，也许有五六个人，或者更多。"

"怎么会……"藤木和久我面面相觑。惊愕是难免的。

"无法接受审判结果，想要亲手制裁出狱的凶手，这样的人有很多。他们通过网络相识，制订了这次的计划。如果我们的推理没有问题，那么参与计划的不见得只有四个人，在这家饭店行凶也可能仅是计划中的一部分。也就是说，我们也有必要怀疑其他客人。"

"你们的意思是，杀人案将不仅在饭店发生，还会继续发生在别的地方？"

"是的，所以我们无论如何都要让它终止在这个阶段。"

藤木的眉头越皱越紧。他指尖不时触碰眉间，陷入了深思。

新田瞥了一眼手表，快到晚上七点了。富永稍早前打来电话，报告神谷良美已经离开房间，似乎去了最顶层的餐厅，但是后续情况尚不清楚。本宫那边也接到报告，森元雅司已经下班，或许不久后就会来办理入住。无论如何，必须尽早开始卧底调查。

藤木终于抬起头来。"由哪位刑警来扮成哪个职位的员工，你们有具体计划吗？"

看来终于下定决心了。事情向前推进一步，旁边的稻垣似乎松了口气。

新田从旁边的文件夹中拿出另一份资料。

"大概是这些人，其中前台一人，行李服务台一人，保洁员两人，此外还有四名预备人员。考虑到客人的感受，扮成保洁员的刑警会穿着制服，但是并不参与实际工作，只在清扫嫌疑人的房间时在场。上次发生案件时应该也是这样。目前我们并不打算让他们进入其他房间。行李员也是如此，不会接触其他客人。"

"扮成保洁员的刑警会接触行李吗？"藤木问道。

"绝对不会，我保证。"新田立刻回答，"如果嫌疑人发现行李被人动过，就前功尽弃了。"

藤木点点头。"请允许我看一下。"他伸手拿过资料，上面列着将会参与卧底的侦查员姓名和职务。久我也从旁看过去。

"怎么样？"藤木问久我。

"前台接待员一人……吗？"久我嘟囔道，"是关根巡查部长啊。"

"是在上次的案件中扮成行李员的侦查员，您还记得吧？他对饭店很了解，能够适应饭店的风格，英语也会一些。只要今晚加以训练，应该能应对。"

"但是，行李员和前台接待员的工作内容完全不同，只会简单的英语是无法承担前台工作的。"毕竟是曾经的前台经理，久我慎之又慎。

"我们明白，所以实际工作就让真正的接待员们来完成，关根尽量不参与。"

"可是明天就是平安夜了，比平常都要热闹，各种各样的客人聚集在饭店，不知道会发生什么。恕我直言，我非常担心……"久我看向藤木，似乎在征求意见。

藤木表情严峻地轻轻点头。"正如久我所说，只要站到前台，就必须能在紧要关头进行最基本的应对。在客人看来，面前的人就是饭店服务员，没有别的身份。新田先生，你对此应该再清楚不过了。"

"您说得确实没错……"

"新田，"稻垣从旁说道，"你去吧。"

"哎？"

"前台接待员，你去当就好了。总经理，久我部长，你们觉得怎么样？"

"唔。"藤木点点头，"那我们倒是能放心。"

"我也有同感。"久我也表示肯定。

"不不，请稍等一下。"听到对话脱离了自己的掌控，新田慌忙看着稻垣插话道，"我必须在办公楼的对策本部负责指挥。"

"指挥就让本宫来负责，然后梓警部负责后方支援和信息分析，能势警部补也能协助。情况紧急，少说废话。"

"可是……"

稻垣投来锐利的目光——你还有什么意见吗?

"这对我们双方来说都是最好的选择。"藤木表情柔和，但是语气中透着一种不容分说的强硬。

6

看了一眼时间，已经接近晚上十点。饭店大堂里或许会看到刚吃完晚餐的客人们的身影，前来东京出差的商务人士也大都在这个时间回到饭店。多数饭店员工已经结束工作，从此时到次日清晨，本应是饭店的安静时刻。

在二楼的一间宴会厅里，截然相反的一幕正在上演。扮成饭店员工的侦查员们正在分头接受细致的员工培训，诸位男侦查员的发型都已打理完毕。

新田也是其中一员。需要练习的不仅有说话方式和礼仪，还有行走和站立的姿态。负责培训他的是白天那位女接待员，态度和措辞都十分温和，但是在要求上没有一丝放松。新田不知道重复了多少遍，才掌握了向客人低头鞠躬时的正确角度。

新田毕竟有经验在身，很快便从训练中解放出来。但是其他人或许要练习到半夜才能过关，负责培训的饭店员工同样辛苦。

新田和前台经理中条来到一旁没有人的地方，开始讨论接下来的事项。中条看起来四十多岁，身材中等，白皮肤和高鼻梁很容易给人留下深刻印象。过去办案时，新田并没有见过他。

"我有几件事要拜托您。"新田说，"根据以前的经验，有人会在办理入住时提出各种奇怪或无理的要求。我在前台那就正好，如果我不在，能不能立刻联系我？只要有一点儿不正常的就告诉我，多么细微的事都行。"他递出写有手机号码的便笺纸。

中条不安地接过来，眼睛眨了又眨，随后看向新田。"让接待员直接给您打电话行吗？"

"不，请指定一个人负责联系。如果可能，最好是中条先生您。"

"这样啊，我明白了。"中条显得不太自信。

"明天的前台接待员名单确定了吗？"

"已经排好班了，您有什么要求吗？"

"在目前这种情形下，请尽量不要安排经验尚浅的新人。如果有经历过之前案件的人在就好了。"

"啊……这样吗。"

"您有什么问题吗？"

"说句实话，我完全不了解过去的案件，那时我正好被派到其他连锁饭店去了。那我去找熟悉当时情况的人谈谈。"

"拜托您了。另外……"新田继续道，"我们打算在大堂安排数名扮成客人的侦查员。为了不和真正的客人混淆，我会尽可能告诉您什么样的侦查员在什么地方，但是肯定也有来不及的时候。有人可能会被临时调派过来，还请您提前告诉各位员工，让大家随机应变。"

"您说随机应变，能不能举个例子？"

"这有点难，因为我们也不知道会发生什么。"

"这样啊……"中条越来越没底气了，眉梢也耷拉下来。

"情况非常棘手，但还是拜托您了。"

"嗯，我会想办法努力的，但是……"中条闪烁其词。

"怎么了？"

"抱歉，正如刚才所说，我没有这方面的经验，不知道怎么做才合适。"

"这是当然的。"新田慢慢点了点头，"没人能习惯这种事。正因如此，我才希望你们不要放过哪怕一点儿异常。辛苦就到后天早上，我们会全力阻止犯罪的发生，但是直接与客人接触的你们才是关键。"

"嗯……是啊。好的，我会全力以赴。"中条双颊紧绷。

继续沟通了若干事项后，新田放走了中条。这位前台经理自始至终都惴惴不安。或许不该说什么"你们才是关键"吧，新田有些后悔，这恐怕让对方更加紧张了。

走出宴会厅，放在制服内侧口袋里的手机响了，是富永打来的。他一直在受命监视神谷良美。根据他的报告，在餐厅吃完晚餐后，神谷良美回到了房间。

"我是新田，怎么了？"

"神谷良美离开房间，进了地下的酒吧。"

"我知道了，你就待在酒吧入口。"

新田下到大堂，又搭上前往地下的扶梯。握着手机站在墙边的富永逐渐出现在视线里。他走下扶梯，走近富永，可是看向这边的富永似乎并没有第一时间注意到他。迟了一拍后，富永露出惊讶的表情。

"组长……还真如传闻所言啊。"

"传闻？什么传闻？"

"那个，就是说比起做刑警，您更适合在饭店工作……"

新田眉头一皱。"真是多嘴。现在什么情况？"

"神谷良美坐在右侧靠内的座位，现在还只有她一个人。"

"在喝什么吗？"

"哎？"

"我是说饮品。神谷良美点了什么？"

"啊，这我不知道……"

"我明白了。"

新田一转身，迈步走向酒吧。

刚一进店，站在收银台后的男员工立刻露出惊讶的表情，大概是因为看到陌生人正穿着饭店的制服。但是新田一点头，他便立刻心领神会。卧底调查开始一事应该已经通知了全体员工。

新田拿出手机，找到神谷良美的照片。那是从驾照数据库中下载的。[①] 她素面朝天，但相貌端庄。

新田在店内缓步走动。上座率大概有百分之四十，多数是情侣。右后方靠墙的地方有一位女客人，背靠墙壁，面朝走道，新田很容易就能确认她的长相，是神谷良美无疑。驾照显示她已年过五十，但仍然是个面容清瘦的美人。如果再年轻些，或许会有男人跟她搭讪。

新田若无其事地走近。穿着饭店制服的男人即使在店内徘徊，

---

① 在日本，驾照是最重要的身份证明文件之一，包含持有者的姓名、出生日期、户籍、住址、肖像等信息，因此常被用于犯罪调查。

也不会有客人感到奇怪。卧底调查的好处真是不胜枚举。

神谷良美正在操作手机，桌子上放着雪莉酒杯。剩下一半的液体不一定是雪莉酒，但肯定是酒。不含酒精的鸡尾酒不会使用那种杯子。

新田并不了解神谷良美的酒量如何。无论如何，她今晚实行计划的可能性已然变低。如果打算行动，应该不会喝酒。

走出店外，新田叫来富永："你现在进去，尽量坐到旁边的位置上，记下神谷良美的一举一动。"

"是。"富永说着走向酒吧。

新田返回一层，来到办公楼。现场对策本部就在二层的会议室里，侦查员们忙个不停。本宫正按照稻垣的命令负责指挥。身穿制服的新田一露面，本宫立刻不加掩饰地兴高采烈起来。

"真不错啊，比起干巴巴的刑警装扮，还是这身更适合你。"他的话和富永的如出一辙。

"我原本打算决不穿成这样的。"新田伸出手，按了按固定成三七分的头发。

"这不是没办法嘛。我也能理解总经理他们说的，让毫无经验的人站到前台，客人也会觉得奇怪，弄不好还会坏了饭店的名声。为了不让凶手们起疑心，也为了推进调查，这是最好的办法。"

新田"啧"了一声。"真是看热闹不嫌事大……"

"喂，这态度可不是一流服务人员该有的啊。"本宫笑嘻嘻的。

"我现在又不是在工作。倒是你这边，进展怎么样了？"

"我们正在加紧梳理客人的情况。数量太多了，不好办。"

"首先调查他们有没有前科不就行了？如果我们的推理没错，

那么必须查出的就是第四个复仇目标到底是谁。在遗属看来该像前三个死者一样受到天谴的人，必然有前科。"

"你不说我也知道，正在认真调查呢。今天入住的客人也好，明天之后预订的客人也好，其中都有被逮捕过的人。不过他们犯的几乎都是违反交通规则之类的轻罪，不太可能需要天谴。"

"曾经置人于死地的客人一个都没有吗？"

"不。"本宫的表情冰冷起来，"现在我们只找到一个。"他拿过一张资料，"七年前，有个男人因过失驾驶致他人死伤被判有罪。他在高速公路上疲劳驾驶，撞上前方车辆，导致司机受伤。而且不幸的是，坐在副驾驶的女性朋友被抛出车外，遭到对侧车道上的车辆撞击后身亡。最后判了他三年有期徒刑，缓刑五年。"

本宫将资料出示给新田，照片上的人看起来不过是一名普通的公司职员。根据出生日期，此人今年正好四十岁，因此引发事故应该是在三十三岁的时候。

"缓刑五年吗……那已经到期了。"

"遗属恐怕无法接受吧。肇事者夺走了别人的性命，却连监狱都没进。不过，对于交通事故，遗属的感情相对复杂，也会出现无法斥责肇事者的情况。疲劳驾驶就是典型，和酒后驾车不一样，并不是故意的。"

这么看来，这起事故确实还不到需要天谴的程度，但是——

"总之能请你详细调查一下那起事故吗？"

"当然，我也是这么打算的。"

"其他就没有了吗？"

"也许还有，但目前还没发现。首先，确认客人身份这件事就很棘手。我们一直在查看驾照数据库，看是否有匹配的名字，但如果不将客人与驾照照片进行比对，就无法确定是不是本人。相反，就算数据库中查不到信息，也不意味着客人用了假名，因为现在没有驾照的人也很多。"

"使用信用卡支付的客人在入住时应该留下了信用卡的信息。另外，如果是在网上支付的，那么事先就能判明信用卡号码和持卡人姓名。"

"这我当然知道，饭店已经提供相关信息了。到目前为止，我们还没有发现入住姓名和持卡姓名不一致的情况。但是新田啊，这也不代表没人使用假名。"

"我明白，也有可能是使用他人名下的信用卡，伪装成那个人入住。"

"没错。"

"电话号码呢？"

"我们已经请电信公司提供信息了。这种情况经常出现，就算不是命令，他们应该也会自愿提供帮助。不过这次毕竟不是一两个电话号码，而是好几百个。不知道他们能不能迅速回应……"本宫歪头咬着嘴唇。

就算客人预订时用了假名，电话号码也很可能是真实的，因为一旦出了什么问题，饭店联系不上客人可就麻烦了，因此警方才会委托电信公司提供用户的信息。一旦到手，就能知道机主是谁。

话虽如此，提供几百人的信息对电信公司来说也是个大麻烦。正如本宫所说，就算电信公司同意协助，也不知道能不能赶在下一起案件发生之前。

"还有一个问题。"本宫一脸苦涩。

"什么问题？"

"不是所有客人都独自入住。"

"这倒是。"新田立刻理解了本宫的意思，"两个人以上一起入住时，饭店只能掌握代表者的姓名。"

"没错。"

"那样的客人有多少组？"

"大概两百组，绝大多数都住双床房，其中还有加床后变成三人间的，大概是带孩子入住的家庭，但也不能断定他们和案件无关。"

"是啊。"

复仇目标不一定没有同伴。若是如此，那三个人又打算怎么行凶呢？不，还可能是四个人或五个人——

"那边情况如何？"

"那边？"

"梓警部那边，她不是说要找网络犯罪的专家吗。"

"谁知道呢。"本宫歪了歪头，"那种 IT 相关的东西，我可搞不懂。话说回来——"他看了看四周，压低声音，"我也不太擅长应付那个女警部。"

"是吗？"

"总是自信满满的样子，态度那么强硬。不知道她结没结婚，要是结了，她老公可够受的。"

"倒是没戴戒指。"

本宫一个劲儿地盯着新田。"你看得真仔细啊，对她感兴趣？"

"你适可而止吧。"

无聊的对话正在继续，门口传来"各位辛苦了"的声音。能势走了进来，跟在后面的两名年轻刑警双手提着便利店的塑料袋，里面装着饭团和三明治之类的东西。会议室里的人们欢呼起来。

"今天很多人都要通宵吧，不填饱肚子可不行。"能势说着朝新田他们走来，手里同样提着塑料袋，"来点儿什么吗？"他打开袋子，里面有好几种饮料。

"那我就不客气了。"新田选了罐装咖啡，本宫的手则伸向瓶装日本茶。

"卧底调查的准备工作已经完成了啊。"能势眯起眼睛看着新田。

"没想到这种事情竟然要做三次。"新田耸了耸肩，"你那边怎么样？有什么成果了吗？"

"这个嘛……"能势不快地歪过头，"我倒是想带来好消息，但是目前还没有。简而言之，我们还没发现神谷良美、森元雅司和前岛隆明之间有什么联系。"

"果然如此啊。"

"我们调查了他们在工作中接触过的人、毕业的学校和此前的居住地，没有任何交集。我还想哪怕三人中有两人相关也好，但是到头来也没发现物理上的连接点。"

"没有物理上的连接点，就意味着他们果然还是在网上认识的啊。"

"我认为可能性很高。我们组长应该正在和网络犯罪对策科的人商议，结束后就会过来。"

"哎？这种时间赶过来干什么？"本宫说道，"今天晚上应该不会发生什么，好好休息不就行了。"

"那怎么行。"能势笑眯眯地说，"毕竟其他组长都在工作。"

"我们对什么网络啊信息啊一窍不通，所以只能干体力活儿嘛——啊，不好意思。"本宫站起身，手机似乎接到了来电。

新田将咖啡含在口中，冰冷的苦味滋润着干渴的喉咙。他知道自己非常紧张。

"那三个人最晚也会在后天正午退房。"能势抬头看向旁边的白板，上面并排贴着神谷良美、森元雅司和前岛隆明的驾照照片，"要在那之前决一胜负啊。"

"他们的目标人物不知道什么时候退房。如果三人计划在饭店内行凶，时限应该是后天黎明。"

能势一脸严肃地点头赞同，表情随即缓和下来。"我没想到能三次与您共事。"

"以后也许还会共事呢，不过应该不会在饭店里了。"

"不。"能势轻轻摇了摇头，"恐怕这是最后一次了。等到三月末，我就退休了。"

新田一惊。"能势先生，你今年……"

"我最近刚过了六十岁生日。女儿在网上给我买了红色的贺寿背心，连帽子都买了，还穿上拍了纪念照。"

"这样啊……那个，该怎么说，多年来……"

新田还没有说出"辛苦了"，能势已经伸手制止。"这句台词还太早，等案子解决后再说吧。"

能势说得没错。"好的。"新田语气坚定地回答。

本宫快步跑了回来。"森元雅司要来了。他离开新宿的公司后，一直和看起来像是上司的人在新宿站旁边的居酒屋喝酒。刚才他和上司道别，坐上出租车，似乎正在往这边来。"

新田看着手表起身，快到晚上十一点了。"我去前台确认一下。"

来到前台，姓安冈的男接待员站在那里。两人已经见过面，对方知道新田的身份。

"有一位男客人很快就会到。"新田说，"到时候能让我来接待吗？我知道那个人的样子。"

"没问题吗？"安冈一脸不安。

"放心吧……我是很想这么说，但是能让我再复习一遍电脑的使用方法吗？"

"当然可以。"

安冈再次讲解了办理入住的步骤，新田努力记在脑中。时隔这么久，饭店的工作果然让人紧张。

房间已经选好，房卡也准备完毕。在安冈的建议下，新田选了 0911 号房间，那里通过摄像头监控起来非常方便。

一个身穿西服套装的男人穿过入口的玻璃门走了进来，是森元雅司。他身材比想象中矮小，背着商务背包。

森元径直走到前台。新田朝安冈点头示意后，便冲森元露出微笑。"欢迎光临，您要办理入住吗？"

"我姓森元。"

新田开始操作电脑。在刚才的练习中，他已经确认过森元的预订情况。

"森元先生，您预订了两晚的标准双床房，您看没有问题吧？"

"是的。"森元面无表情地点点头。

"那么请您在这里填写信息。"新田将住宿登记表放到森元面前。

新田一边假装准备房卡，一边观察用圆珠笔填写登记表的森元。一张戴着金边眼镜的瘦脸看起来有些神经质。根据资料，森元今年三十四岁，有一个儿子。母亲因强盗杀人案去世时，森元应该还在上初中。虽然处在叛逆期，但他不可能不憎恨杀害母亲的凶手。新田不禁回想起本宫的话："被害人的所有遗属都认为该判死刑。"

有人从入口走了进来。新田用余光一瞥，心中不禁一惊：是梓。和她同行的一男一女大概都是她的部下吧。他们在大堂中央停下脚步，看向这边。

怎么能站在那里？新田忍不住想要"啧"一声。就不怕森元起疑心吗？

"写好了。"森元说道。

"非常感谢。森元先生，您是用现金支付吗？"

"不，用卡。"

"好的，那么请允许我复印一下。"

"请。"森元递出信用卡。新田一边复印一边确认持卡人姓名，确实是森元雅司。

"让您久等了，请收好您的信用卡，然后这是您的房卡。"新田递出放有信用卡和房卡的卡套，"请您慢慢享受饭店时光。"

森元把卡套拿在手里，刚要离开，又停下脚步走了回来。"这里有酒吧吗？"

"啊，有的。"新田努力保持平静，"在地下一层。"

"地下吗……"森元环视四周。

"森元先生，如果需要，我可以带您去。"

"啊……那就拜托你了。"

"好的。"新田说着走出前台，"我帮您拿行李。"

"不，不用了。"

"没问题吗？那您这边请。"

新田将森元带到了通向地下的扶梯边。梓和部下们正坐在沙发上，无一不目露凶光，一看就是正在进行监视工作的刑警。

不过，都这个时间了，森元为什么要去酒吧？是和神谷良美约好了吗？

来到地下一层，新田把森元带进酒吧。服务员走上前来，给森元安排了远离神谷良美的位置。

富永就坐在与神谷良美相隔两桌的座位上，似乎没有注意到森元的到来。

新田拿出手机，正打算发信息通知富永，一男一女从外面走了进来，是梓的部下们。他们看都没看新田一眼，径直向里走去。服务员叫住他们，将他们领到座位上。看起来是打算装成客人。

看到梓站在门口，新田走到外面。

"梓警部，我的部下就在店内，监视的工作请交给我。"

"不，我有我的考虑。"梓从挎包里取出平板电脑，"坐下了吗？……相机呢？……稍等。"她的耳朵上戴着附带麦克风的耳机，看起来是在和店内的部下通话。

梓开始操作平板电脑。

"好的，看见了，两个都能看见，就保持这样。"

新田伸长脖子，窥向显示屏。屏幕上有两个画面，显示的都是酒吧内部的样子。一边是神谷良美，另一边是森元雅司。

"梓警部，这是……"

"嗯。"梓点点头，"我让部下们带着相机进去的。"

"这可不行啊，没有取得饭店的许可吧？"

"需要获得许可吗？"

"当然。在店内偷拍一旦被发现，是会遭到起诉的。"

"没关系，看不出来，都伪装成圆珠笔或车钥匙了，不会有人怀疑的。"

梓的部下们使用的应该是所谓的间谍相机。

"问题不在这里。"

"拍到的影像一旦外传确实麻烦，不过我们只用它协助调查，也不会留在报告里。先不说这个，我有事拜托新田警部你。"

"什么事？"

"听说神谷良美住在 0707 号房。森元雅司呢？"

"0911 号房。"

"是吗，那能帮我准备一下这两个房间的房卡吗？"

"啊？"

"对于前台接待员来说应该很简单吧？拜托了。或者你有万能卡也行。"

"拿房卡干什么？"

梓一脸不可思议地抬头看着新田。"当然是检查行李啊。森元雅司还没进房间，只去神谷良美那里也行。"

"你说什么呢？怎么能这么做！"

梓无法理解般皱起眉头。"为什么？"

"就算是嫌疑人的房间，没有调查令也不能随便进。"

"但我听说也有扮成保洁员的侦查员，他们应该能自由出入客房吧？我觉得这没什么区别。"

"完全不一样。"新田摆了摆手，"真正的保洁员在清扫以外的时间是不会进入客房的，扮成保洁员的侦查员也一样，严禁私自进屋。所以他们既没有万能卡，也不能随便碰行李。这是和饭店商量好的。"

"必须严格遵守？"

"当然。"

"如果不告诉饭店呢？"

"肯定会被发现的。饭店里安装了房间指示器，随时关注追踪所有房间的状态。监视神谷良美他们的不只有警察，饭店也明白他们是重要人物，会不时检查他们房间的状况。如果他们人在酒吧，房门却开了，屋里灯也亮了，饭店方面肯定会觉得奇怪。顺便说一句，每一次开门的时间都会留在记录中。如果被告上法庭，这些都足以作为非法入侵的证据。"

话已至此，梓也无法反驳，只能不甘心地咬住嘴唇。不过片刻之后，她突然叹了口气，猛地抬起头。"新田警部，你了解得真详细啊，就像饭店里的人一样。"

新田移开目光，随即又重新盯住梓的脸。"您过言了。"

"什么？"

"今天傍晚你和管理官说过吧？'您过言了。'没有这种说法，应该是'您言重了'。"

梓不悦地皱起眉头。

新田指着她的尖下巴继续说道："我话说在前面。通常情况下，饭店是不会同意警方突然进行卧底调查的，必须要花更多时间准备。这次饭店之所以立刻同意，是因为我们双方在过往的成功经历中建立了信任。这可不是一件简单的事。以前我们也曾一心追捕凶手，以致违反了各种规则，与饭店发生冲突。信任是在每次冲突之后的商谈和交涉中一点点获得的。一旦遭到破坏，一切努力都会付诸东流，连调查都不能再进行了。请务必牢记。"

看到梓的眼中浮现怒色，新田毫不犹豫地转过身，大踏步向扶梯走去。

7

直到半夜十二点，新田都守在前台。不过接下来应该不会再有人办理入住了，新田决定返回办公楼。除了取消订单的客人，其他客人都已到达。也许还会有没提前预订的客人出现，但是计划杀人的家伙不可能做出这种事来。

返回办公楼前，新田瞥了一眼通往地下的扶梯。不知道梓的部下们是否仍在偷拍神谷良美他们。梓本人返回办公楼已经有一段时间了，她应该知道新田就在前台，却看都没看一眼，肩膀耸起的背影仿佛燃烧着愤怒的火焰。

竟然想出那种办法——

酒吧是公共场所，万一被饭店察觉到偷拍一事，好歹还能找到借口搪塞。但是擅自进入客房调查行李可就百口难辩了。以前办案时，和保洁员一起进入客房的刑警曾擅自打开客人的书包，结果遭到了藤木的严正抗议。

必须留意那个女警部，新田想。要是因为她乱来，让饭店成了敌对方，可就无法挽回了。

走进办公楼的会议室，本宫正在吃方便面。梓坐在远离本宫的地方操作电脑，另有三名侦查员正在处理事务工作。

新田在本宫旁边坐下。"辛苦了。"

"你那边什么情况？"

"森元雅司办了入住，然后去酒吧了。"

本宫停下筷子。"和神谷良美接触了吗？"

"我让部下在那里监视，目前还没有收到报告。梓警部那边也有两名刑警在酒吧里。"

"这样啊。"本宫瞥了一眼梓，两人似乎没有交谈过。

"你这边怎么样？查清什么了吗？"

"只查清一点。"本宫喝干面汤，将碗和一次性筷子扔进用来当垃圾桶的纸箱，"我之前跟你说了吧，有个男人七年前因为过失驾驶致人死伤被判有罪。"

"那个疲劳驾驶的？"

"没错，就是那个有期徒刑三年、缓刑五年的。根据调查，双方已经达成和解，男人还支付了赔偿金。遗属接受了赔偿金，应该就不会再复仇。可以把那个男人排除在外了。"

"是啊。"

"此外就没再发现有重大前科的客人了。曾经导致他人死亡的家伙很多都不使用真名，就算有信用卡也不见得是本人的。"

"确实如此。"

特别是那些黑道上的人，通过非正规渠道拿到别人的信用卡并不难。

门口传来声响，门随之打开，梓派去监视神谷良美和森元雅司的部下回来了。富永也紧随其后，来到新田面前。

"辛苦了。"新田慰劳道，"什么情况？"

"没有什么特别的举动。两个人别说交谈了，直到离店为止，连站都没站起来过。十二点半截止点单后，神谷良美先走了，十分钟后森元也离开了。"

"两人喝了多少酒？"

"嗯……"富永打开笔记本，"从我进店后，神谷良美又续了两杯鸡尾酒，森元喝了三杯碳酸威士忌。"

"喝了不少啊，看来到明早之前都不会有行动了。辛苦你了。很累了吧？赶紧去休息室休息吧。"

"是。"富永一脸安心地走出了会议室。

新田看向梓。她正将部下们交给她的 SD 卡插入电脑，准备检查录像。也许是察觉到了新田的视线，她转过身来。

"新田警部，你们要不要一起看？"

"可以吗？"

"当然，只要你们不排斥偷拍。"

"这个问题就先不讨论了。"新田站起身。他并不赞成这样的手法，但是看一看并没有什么坏处。

电脑显示器上有两个画面，和梓之前在平板电脑上确认的画面一致，一边是神谷良美，另一边是森元雅司。光线昏暗，画质并不清晰，但表情和动作都能分辨。

"啊，这是什么？"新田背后传来声音，是本宫。

男刑警开始操作电脑，两个画面同时动了起来。

"两部摄像机是同时开始拍摄的。"梓说,"也就是说,两个画面捕捉的是完全相同的时段。"

确实如此,从森元雅司身旁走过的服务员立刻就出现在了神谷良美的画面里。

新田来回注视着两个画面。神谷良美时而摆弄手机,时而抬起头来。森元雅司一边喝威士忌,一边看着放在桌上的手机。

"两个人到现在都没有对视过吧?"新田说。

"我也注意看了,应该没有。"梓表示赞同,"也可能是他们已经看到对方了,但是刻意不去对视。"

"在酒吧碰面却不接触,也不看对方,到底是怎么回事?"本宫语带焦躁。

"莫非是为了确认彼此的存在?"新田指着两个画面,"同伙是否按照约定来到饭店,必须亲自确认一下。如果没来,计划就乱了。"

"这样啊。"

"不过应该不止如此。他们难道不是在装成陌生人的同时偷偷联络吗?"

"偷偷联络?"

"这个——"新田指向神谷良美的手边,"用手机。刚才她不停地触碰手机屏幕,可能是在给森元发信息。"

"还有这一手啊。"

所有人都盯住画面。神谷良美与森元雅司都没有特别夸张的举动,只是不断续酒。

"停一下。"梓命令部下暂停画面,"稍微往回倒五分钟。对,就是那里，开始播放。"

画面上，神谷良美正在操作手机，森元也依然呆滞地盯着自己的手机。

"请仔细看神谷良美的手，这个动作是在输入信息。好的，现在发送出去了。然后她放下了手机。"

画面中神谷良美的动作与梓的解说完全一致。将手机放到桌上后，她端起了鸡尾酒。

过了片刻，神谷良美再次拿起手机。看过屏幕后，她又开始输入信息。

"就是这里。"梓说，"能看清吧，神谷良美给某人发了信息，收到回复后又继续打字。但是在这期间，森元完全没有动静，只是一直看着屏幕。而且请看他的眼镜，有光反射在镜片上，而且还在变色。我想那应该是手机屏幕的光，变色是因为视频，即森元在看视频。神谷良美发送信息的对象不是森元。很遗憾，新田警部的推理好像错了。"说到这里，她朝新田露出胜利的笑容。

新田满心不甘，却又无法反驳，不禁皱了皱鼻子。

"如果对象不是森元，那又是谁？"本宫问道。

"不知道。"梓回答，"可能是另一个嫌疑人前岛隆明，或是我们还不了解的同伙。当然，也可能是与案件毫无关系的人。"

"总而言之，神谷良美和森元雅司进入酒吧，应该就是为了确认彼此的存在吧。"

"不仅限于那两个人。"梓说，"刚才我也说了，在前岛隆明之外可能还有同伙。若是如此，那些同伙也可能利用酒吧进行确认。"

"你是说其他客人中可能有同伙？"本宫双目圆睁。

"不必担心，我们已经拍下了酒吧里的全部客人。"梓若无其事地说，"如果是住宿的客人，现在应该已经回房间了。只要和监控录像相比对，就能查出房间号。等我们查明他们的身份，就通知你们。"她关上笔记本电脑，唰的一下拿了起来，"如果需要我们拍摄的影像，请随时告诉我，新田警部，我很乐意借给你。"

新田猛地咬紧后牙。他想回应两句，却不知道该说什么。

"我们还有事要忙。"梓迈步走向门口，又立刻停下脚步转过身来，"我忘说了，我在这家饭店订了房间。当然，是自费的。我住在1406号房，有事也可以用内线电话联系我。那么，就拜托各位了。"她再次迈开脚步，部下们也紧随其后。

"哎呀哎呀，这个女人。"本宫面露不快，"但是脑子真好使。"

"嗯，是啊。"新田不得不承认这一点。

"已经这么晚了啊，我去休息室了。我可没富裕到能自己掏钱住宿。你也快休息吧，明天大概会很辛苦。"

"我知道。"

本宫离开后，会议室里只剩下新田一人。他松开领带，抬眼看着白板，上面用吸铁石固定着住宿预订人的名单。他伸手拿过名单，将确认没有前科的人名用线划掉。不过，还有将近一半的人尚未确认。

门口传来咔嗒一声。回头一看，门被小心翼翼地推开，露出能势的脸。

"哎？你不是去警察局了吗？"

饭店里的休息室数量有限，多数侦查员都住在辖区警察局。

"我想到您可能还没睡，就坐立不安啊。"能势走上前来，手里仍然提着塑料袋，"刚才您喝了罐装咖啡，现在该喝这个了吧。"他从袋子里拿出罐装碳酸威士忌。

"有劳你了。"新田接过来，拉开盖子，咕咚喝了一口。碳酸的刺激让全身的细胞仿佛都苏醒过来。

"那我也不客气了。"能势喝起了罐装啤酒，"唔，真痛快啊。"

"我可是被你们组长摆了一道。"

能势眯眼一笑。"在酒吧偷拍的事吗？"

"已经听说了吗？传得真快啊。"

"迅速下令，迅速报告，这是我们组的座右铭。信息快得让人心烦。"

"你说得没错，你们组长确实是位优秀的警察，虽然我不能赞同她那些违反规矩的言行。"

"我想今后还会出现很多您不能赞同的事。"

意味深长的话语让新田很是在意。"比如呢？"

"我也不知道，因为无法预测那位组长的想法。"能势从塑料袋里拿出两根鱼肉香肠，"来一根吗？"

"多谢。按你的说法，我可应付不了啊。"新田剥开香肠的包装。

"不过事态的发展还真是出乎意料啊。"能势看着白板叹了口气。

"真是，就在十二个小时前，我还做梦都想不到会变成这样。"

十二个小时前，新田收到稻垣的通知，正赶往警视厅总部的会议室。

"几个各有复仇对象的人相互协作，替当事人完成复仇，这期间当事人制造出完美的不在场证明——还真想得出来啊。"能势一手拿着香肠，"该给这一连串案件取个什么名字呢？互助会复仇杀人案？协作天诛案？哈哈哈，哪个都不够特别啊。还是您说的轮换杀人最合适。"

"互助会、协作、轮换……"喃喃自语后，新田微微歪过头。

能势紧紧盯着他的表情。"注意到什么了吗？"

"我只是在想，我们的推理是否正确。"

"我认为目前的推理是妥当的。有哪里不对劲吗？"

新田抬脸望向白板，看起来若有所思。"这三个人为什么不使用假名呢？如果计划行凶，应该会避免在饭店的记录里留下名字。"

"我也想不通。或许，他们认为使用假名反而危险。"

"什么意思？"

"如果这家饭店发生杀人案，警察当然会调查全体客人的身份。使用假名的话，警察一定会用尽一切手段查明他们的真面目。只要查看监控，至少能确认他们的相貌。考虑到这一点，盲目使用假名毫无益处。"

"负责此案的警察应该与旧案的警察不同，因此就算神谷良美、森元雅司和前岛隆明的名字在客人名单中，也会被认为与被害人无关，不会进行深入调查——是这个意思吧？"

"不对吗？"

"我也想过这种可能性，但是……"新田抱起双臂，"他们大概认为警察什么都没发现吧。这么短的时间内连续发生杀人案，他们难道就没想过各个搜查本部会交换信息和相关人员名单吗？"

"简而言之，您认为不可思议，凶手们竟然觉得轮换杀人不会被警方看穿。那么我只能这么回答：正因如此，他们才会行凶。"

"如果行凶手法一致，警方一定会认为是同一个凶手连续作案——他们要是坚信这一点，那也太小看警方了。"

"正因您看穿了他们是轮换杀人，您才会这么想。知道谜底的人是无法正确评价谜题的难易的。"

"先不说这个，其实还有个地方我也很在意。"

"什么？"

"轮换杀人在理论上是可行的。实际执行起来，真能那么顺利吗？例如最初被杀的入江悠斗，对其怀恨在心的神谷良美有不在场证明，也就是说，是森元雅司、前岛隆明等人代替她完成了复仇。然后是森元憎恨的高坂义广被杀，那么神谷良美应该就是行凶的人之一。"

"是啊，因为是轮流实施谋杀，要互帮互助。"

"我在意的就是这里。神谷良美既然已经达成报仇的目标，那么完全可以选择逃走。她就没想过找个理由不动手吗？"

"那可不行啊。"能势说道，"大家可是齐心协力帮自己报了仇，无论如何也不能背信弃义吧。"

"这我明白，我不是说神谷良美遵守约定不可思议。只是，她也有背叛同伙这一选择，任何人都存在违背约定的可能，一旦达成目的，便立刻和其他人撇清关系，隐瞒行踪。其他同伙难道就不担心这一点吗？"

能势抱着双臂沉吟了一声。"的确，只有建立足够坚实的信任，才能完成这类犯罪计划啊。或许他们建立了某种机制，避免同伙背叛。"

"让人无法背叛的机制……什么样的？"

"比如一旦背叛就会遭到报复。"

新田皱起眉头。"要是暴力或犯罪团体那不用说，可他们都是普通人。"

"那么还是因为某种纽带？将至爱夺走的人没有受到应有的惩罚，这种共通的想法变成坚固的纽带，把他们团结起来。我认为只能这么想了。"

"纽带吗……"

真的是这样吗？仅凭纽带就能完成如此庞大的计划？

"如果神谷良美涉及第二起和第三起案件，那么这两天她应该没有不在场证明吧。"

"应该是的。但是新田先生，如今直接向她询问那两天的不在场证明可不太好。"

"当然，那会让她意识到警方已经发现了他们是共犯。"

"您明白就行，失礼了。"能势放心地点点头，又喝了一口啤酒。

新田的脑海中浮现出神谷良美瘦弱无力的模样，实在无法想象她手握刀子刺向高大男人的画面。就算她和犯罪相关，应该也不是负责执行的那一个。

不过，神谷良美的复仇之心可想而之。根据此前的调查，她为变成植物人的儿子付出了巨大的心血，一边在家中工作，一边二十四小时无休地待在儿子身边，监测他的身体状况，照顾他的吃喝拉撒。长时间卧床会导致褥疮，因此她还要经常帮儿子活动身体。无论哪件事，独自完成都是十分费力的。

然而，熟悉神谷良美的人都异口同声地表示，她从来没有任何抱怨，甚至照顾儿子才是她活着的唯一价值。她坚信只要全心照顾，儿子总有一天会醒来。

但是，愿望并未实现。大约一年后，她的儿子因肺炎死亡。

当时的悲伤究竟有多么沉重呢？

在警方截至目前调查过的相关人员中，没有人听神谷良美表达过对未成年的凶手的恨意。但是，没有想法是不可能的。照顾着面目全非的儿子，神谷良美一定想了很多。情绪之所以没有爆发，大概是因为儿子当时还活着。

可是后来，儿子的生命消逝而去。神谷良美的憎恨之火很可能因此熊熊复燃，她试图提起民事诉讼即是一种表现。

虽然她最终放弃了诉讼，但在这一过程中她掌握了未成年凶手的身份：凶手叫入江悠斗，犯案后被送进少年院。

这样就满意了吗？就能释怀了吗？换成自己会怎么做？新田陷入思考。虽说无法感同身受，但新田觉得至少不会忘掉一切，就这么开始新的生活。无论过去多少年，这种状态恐怕都不会改变。

知道入江离开少年院后若无其事地开始工作，神谷良美会怎么想？想到挚爱的儿子身上发生的悲剧，袭上心头的大概只有无尽的荒谬感。

如果有人在这种时候邀请她参与轮换杀人呢？

对于神谷良美来说，这样的计划确实正合她意，毕竟她无法凭一己之力杀害年轻力壮的入江悠斗。

新田再次琢磨起能势所说的纽带。

各位通力合作帮我复了仇，所以我也必须努力——这就是神谷良美的心境吗？

威士忌的力量也无法消除新田内心的疑虑。

8

听到闹铃响起，新田的第一反应是手机出了问题。睡前确实设定了闹钟，但是应该还没到时间。他刚躺下没多久。

但是，屏幕上显示的时间正是他设定的早上六点半。四个多小时转瞬即逝，完全没有睡着的感觉。

新田来到淋浴间，正好看到本宫出来。他一身运动衫加长裤，头发湿漉漉的，脖子上搭着毛巾。"早上好。"听到新田的招呼，他也应了一声"噢"。

"休息室的床真硬啊，睡得背疼。"

"我都没顾得上感受。"

"你什么意思？想说你年轻吗？"本宫不满道。

"怎么可能，我也已经是大叔的年纪了。"

"你明明就不那么想，真是个讨厌的家伙。"

"怎么一大早就这么不痛快？"

本宫挑起一侧的眉毛，看向新田。"你没看邮件吗？"

"邮件？"

"梓发来的啊，应该也发给你了。"

"啊……我没注意。"

"她可真气人啊。"本宫说着便走开了。

洗漱后，新田回到休息室查看手机，果然收到了梓的邮件，内容如下：

> 昨晚酒吧里的客人的名字已全部查明，除了神谷良美和森元雅司，其他人都将在今天退房，因此很可能与本案无关。谨此通知各位。
>
> 七组　梓

收信时间为夜里两点二十五分。离开会议室后，梓和部下们大概一直在对比监控录像与偷拍的画面，忙于确认客人的身份。本宫的不快正是来源于此。她如此夸耀自己的工作效率，新田心里也不怎么舒服。

他拿起上衣和领带，来到会议室。好几名侦查员已经到岗，或是操作电脑，或是查阅资料，还有人正在吃早饭。桌上的纸箱里放着便当和三明治，不知是谁买来的。

"早上好。"部下关根招呼道。他早早穿好了行李员的制服。"管理官刚才打来电话，说上午九点过来，希望到达后能立刻听取报告。"

"这样啊。不过电话怎么打给你了？"

"管理官说组长们太辛苦了，可能都在睡觉。尤其是您今天可能还要熬通宵，让您趁现在好好休息。"

新田皱起眉头。管理官的话语中并没有开玩笑的意思。

"只能祈祷不要那么辛苦了。"他从纸箱中拿出三明治和盒装牛奶，在空椅子上坐下。

"组长，您什么时候去前台？"关根问道。

"上午不去，退房的客人里没有需要关注的。但是下午可能还是过去比较好。办理入住是从两点开始，但凶手的同伙们可能会提前到达，在餐厅或大堂里打发时间。"

"那我也在那个时间过去吧。"

"可以倒是可以，但你要做好随时到岗的准备。神谷良美或森元雅司可能会寻求行李员的服务，那时就得你出场了。进入房间的机会可是不可多得的。"

"明白。"

"绝对不能暴露身份。毕竟你这个年龄的行李员不可能是新手。"

"您要是这么想，就请找更年轻的人来做吧。"

"行李员的工作很难，没有时间培训，别抱怨了。"

手机振动起来，是富永。新田立刻接通电话。

"神谷良美已经离开房间，下到一层进了餐厅。"

"你在哪里？"

"我在大堂，在能看到餐厅内部的地方。"

"只有你在监视吗？"

"咱们组是这样的。"

新田立刻领会了背后的意思。"七组的人也在？"

"是的，一男一女两个侦查员装成情侣进了餐厅。"

恐怕正是昨天进入酒吧的那两个人，似乎还想继续偷拍。

"你就在那里别动。"新田挂断电话，叫了一声本宫，"神谷良美出来吃早饭了，在一层的餐厅。森元有动静吗？"

"目前没有。但是他也没叫客房服务，早晚得出来——不，等等！"又有电话打来，这次是本宫将手机放到耳边，"我是本宫，怎么了？……四层吗？……明白了，派人跟上！……哎？……你这混账，我都说过了，点爱吃的就行！"挂掉电话，本宫看向新田，"森元离开房间了，进了四层的日本料理店。"

"四层？为什么今天早上分头行动了？"

刚说到这里，新田的手机又接到了电话，还是富永。"七组的一个侦查员出来了，是那个男的，看起来慌慌张张的。"

"我知道了。"新田挂断电话。恐怕是在梓的指示下去往四层的日本料理店吧，肯定是去偷拍森元的。

"他们昨天晚上在酒吧已经相互确认过了，今早就没必要去同一家店了吧。"话是这么说，但本宫显得没什么自信。

新田拿过领带和上衣。"以防万一，我去看看神谷良美。"

来到大堂，富永就站在柱子边，目不转睛地盯着开放式餐厅。新田步调平稳地走上前，在富永身旁停下脚步。"情况如何？"他装作四下张望的样子，没有看部下的脸。

"神谷良美正坐在里面的桌子边吃早餐。"

"一直就她一个人？"

"是的。"

"有没有接打过电话？"

"没有看到，但是她不时摆弄桌上的手机。"

"七组的侦查员是哪个？"

"神谷良美旁边相隔两桌的那个女的。"

看起来正在绝佳的位置进行偷拍。

"我知道了。你和别人换一下，去警备室看监控。如果嫌疑人们的位置和行动有变化就告诉我。"

"明白。"

余光看到富永开始打电话，新田望向餐厅。从这个位置确实能看清坐在里面的神谷良美。她一边吃饭，一边频繁地扫视餐厅各处，说她正在找人也不为过。

相隔两桌的果然是昨晚在酒吧偷拍的女侦查员。咖啡杯旁边放着一个小小的黑色物体，离得太远看不清楚，大概就是偷拍设备。其他客人暂且不论，要是被真正的饭店员工发现可就麻烦了。

新田轻轻叹了口气，若无其事地将视线移向大堂，心中一惊。梓不知何时坐到了沙发上，正盯着平板电脑。让新田惊讶的是梓的模样：她竟然穿着饭店的制服。

新田快步靠近，绕到梓的斜后方。屏幕上果然有两个画面，分别是神谷良美和森元雅司的实时影像。梓无疑是在对比确认两人有无联络。

新田走到梓的身后，在她耳边轻声一唤："这位客人。"梓回过头，眼角上挑。新田继续说道："您这身装备是在哪里入手的呢？跟敝饭店的制服真像啊。"

梓不悦地皱起眉头。"看起来不像饭店服务人员？"

"服务人员？你开玩笑吧。"新田猛地向后一仰，随后便恢复了严肃，再次靠上前来，"有哪家饭店的工作人员会在大堂的沙发上目中无人地摆弄平板电脑？而且是在工作时间。你要是想继续乔装打扮，就赶紧站起来。"

梓盯着新田站起身。"这样就行了吗？"

"你过来一下。"

"要去哪儿？我正在——"

"行了，快给我过来。"

新田大步流星，打开通向员工区的门。梓不服气地跟在后面，穿过门来到走廊上。墙边满满地堆放着备用物品。

新田从正面出击："我再问一遍，这身制服是怎么回事？"

"这还用问吗？和新田警部你一样，是饭店专门提供给卧底调查用的。"

"那就奇怪了。七组参与卧底调查的只有一名女侦查员。"

"是的。但是她有其他重要任务，就换成我穿了。幸好大小合适。"

"什么重要任务？"

"扮成客人监视神谷良美。"

应该是指在餐厅偷拍的那名女侦查员。

"梓警部，你没有参加培训。"

"培训？"

"昨晚在宴会厅由真正的员工进行的培训，学习服务用语和仪态，还有接待客人时的要点。"

"啊，那些啊，我基本都从部下那里听说了，总之就是要彬彬有礼吧？没问题，我还是能做到的，毕竟是大人。"

"你可别小瞧饭店的工作，客人们都看着呢。要是因为你的错误，让口碑从五星掉到了四星，你打算怎么负责？"

"你又在摆前辈的谱吗，新田警部？你要是那么看重饭店的工作，就改行吧。"

"我说过，一切都是为了调查。听好了，如果凶手们发现侦查员装扮成了饭店员工，肯定会改变计划。他们应该不会放弃，而是会选择推迟行动。那样一来，就不一定能掌握他们的动向了。"

"不用你说我也明白。不必担心，我绝对不会以这身打扮接近普通客人的。如果出现可疑的客人，我会尽量在近处监视。"

新田试图纠正她的用语，想了想还是放弃了。

"新田警部，你想说的就是这些吗？那我就回去工作了。管理官快来了，必须准备汇报。"

"还有一点，"新田竖起食指，"你打算继续偷拍吗？"

"当然。"梓没有任何退缩，"我认为这样搜集信息非常高效。只靠饭店的监控录像是无法检查细节的，还有不少死角。之前我已经发过邮件了，能够确认昨晚在酒吧的全部客人的身份，也是多亏有部下的拍摄。"

"你说得或许没错，但这明显是违法的。这和在饭店暗处擅自安装监控设备没有区别。"

"那就请你和饭店交涉。"

"没用的，他们不可能同意。"

"为什么？"

"万一被客人发现，麻烦就大了。如果有人在社交媒体上曝光，说这是一家会偷拍的饭店，饭店口碑会一跌到底的。"

"饭店只要撇清责任不就好了？"

"首先，无法保证客人会信任饭店。其次，我想你也知道，信息在社交媒体上扩散时，必然会被添油加醋。无论添加的是什么内容，对饭店都是有百害而无一利。如果你无论如何都希望我去和饭店交涉，那我和总经理谈谈也可以。但是就凭你刚才给出的理由，总经理是绝对不会同意的。不但不会同意，还会命令餐厅和酒吧的员工，一旦发现有人举止可疑，哪怕是警察，也必须提醒对方停止行动。若是再糟糕一些，可能还会拒绝今后的一切合作。"

梓沉默不语。但是看她那双充满强烈反驳气息的眼睛就能明白，她根本就没有接受新田的说明。

"希望你能理解。"

梓一抬鼻尖。"我会考虑的。"她说着打开门，向大堂走去。

9

　　正如关根所说，稻垣在上午九点整出现了。调查报告会在办公楼的会议室举行，不过并没有任何显著成果。确认神谷良美和森元雅司的行动勉强算是一点儿进展，但是除了昨晚去过酒吧，两人都没有引人注目的举动。

　　"他们在酒吧里是什么样子？"稻垣提问的声音中带着不满，大概是因为调查工作毫无起色。

　　"请允许我来报告。"梓举起手，"我安排两名部下在店内拍下了神谷良美和森元雅司的一举一动。经过分析，两人并没有通过手机联系。另外，就在刚才，两人都离开房间去吃早餐，但并不在同一家店。我安排部下分别进入两家店，像昨晚一样拍摄了两人的行动。目前尚未分析完毕，不过在我看来，两人操作手机的时间并不吻合，应该尚未联系对方。我要说的就是这些。"

　　"他们俩去酒吧的目的是什么？"稻垣转向新田。

　　"说句实话，我们也不太清楚。他们或许是想确认同伙是否在场，不过……"

"确认同伙吗……"

梓又举起了手。"我们已经查明酒吧里其他客人的身份，所有人都预计在今天退房。"

"也就是说，在那两个人之外没有同伙啊。"

"是的。"

稻垣又点了点头，环顾会议室。"还有其他要报告的吗？"

无人发言。

"我知道了，那么我来说一下。三起案件的凶器已经分析完毕，很可能都用同样的磨刀石打磨过。也就是说，虽然不知道凶手是否为同一人，但毫无疑问是连环杀人案。接下来，第四起案件将在这家饭店发生。诸位请牢记这点，速回工作岗位。胜负将在明天早上之前揭晓。调查难度确实很大，请务必保持高度紧张。"

"是！"整齐的回答声响彻会议室。

新田看到梓和本宫等人渐渐走远，于是问稻垣："可以借一步说话吗？"

"什么事？"

"我不同意梓警部的做法。"

"偷拍吗？"

"是的，要是被饭店的人知道可就麻烦了。"

"梓是个聪明的女人，应该不会暴露的。"

"就算她没问题，要是部下笨手笨脚怎么办？实际拍摄的可是侦查员们。"

"如果暴露了，就说是一部分侦查员擅自决定的。"

"您觉得藤木先生会接受吗？要是他们不再协助调查怎么办？"

"这家饭店要是发生了什么，藤木先生和我们一样都不好办，所以他应该不会怎样的。过去的案件不也是如此吗？嘴上那么说，其实还是很依赖警方的。他就是那种老狐狸。"

"但是，客人可能会注意到偷拍。要是当场闹起来，凶手们恐怕能觉察到警方的存在。"

"你们这些卧底侦查员不就是为此存在的吗？立刻将客人带到外面，说明情况后封住他的口。问出姓名和联系方式，就不会有人再妨碍调查了。"

"也许是不会再妨碍调查，但是等案件侦破后，如果他们在网上写下来龙去脉，会招致非议的。"

"我想你也知道，目前并没有法律禁止偷拍，只有条例，而且只要不公之于众就没有问题。无视就好，这种事是常有的。"

"可是——"

新田还想说这可能会给饭店带来麻烦，话到嘴边又收了回去。稻垣一定会质问他：你到底是哪边的人？

"怎么了？还有什么想说的吗？"

"不，没有了。那么我先失陪了。"新田向稻垣行礼致意，离开了会议室。随后，他拨通了富永的电话。此前他已命令富永以监视嫌疑人为优先事项，不出席会议也没关系。

听到新田询问目前的状况，富永答道："我正打算给您打电话。神谷良美吃完早餐离开餐厅后，曾一度返回房间。刚才监控显示她再次走出房间，一路来到一层大堂的咖啡厅。西崎正在大堂监视，目前还没有什么特别的举动。"

西崎是新田的部下里最年轻的。

"知道了。"挂断电话，新田重新系好领带。

来到大堂，西崎正靠在咖啡厅旁的柱子上摆弄手机。准确来说是假装摆弄手机。登山包搭配牛仔裤，说他是个学生应该也不会有人怀疑。

新田给西崎递了个眼神，并没有靠近，而是直接看向咖啡厅。与餐厅一样，咖啡厅也是开放式的，从外面看得一清二楚。

神谷良美坐在靠近入口的位子，桌上并排摆放着茶杯和手机。但是她并没有触碰手机，而是不时留意着大堂里的情况。

新田的视线移向大堂。开阔的空间里散布着各种各样的人，其中也有扮成客人的侦查员。之前在餐厅偷拍神谷良美的女侦查员装模作样地坐在沙发上，偷拍设备也许就在她放在大腿上的手包中。

电话打来，是本宫。

"我是新田，怎么了？"

"森元雅司刚刚离开房间进了电梯，似乎要去一层。"

"知道了，我来确认。"新田走向能够看见电梯间的位置，手机依旧放在耳边。

不一会儿，一身西服的森元雅司出现在电梯间。他的西服里面穿着衬衫，没系领带，看起来不像要外出，但是手里却提着商务背包。

森元停下脚步，在大堂里环顾片刻，便开始缓步走动，最终在角落里的沙发坐下。他从背包里取出笔记本电脑放到桌上，不过只是打开了屏幕，并没有开始工作的迹象。他的目光始终朝向前台和大门。

新田望向神谷良美。她看起来并没有注意到森元。

观察了一段时间，新田返回办公楼的会议室，向稻垣报告了情况。

"这是怎么回事？两个人究竟在干什么？"稻垣满面狐疑。

"我认为他们是在寻找目标。"

"目标？是他们要杀害的对象吗？"

"是的。"新田点点头，"神谷良美和森元雅司只是装出使用手机或电脑的样子，实际上一直在观察四周。只能推测他们正在找人。昨晚他们前往酒吧，应该也是出于同样的目的。目标人物可能从昨天起入住饭店，而他们事先掌握了这一信息。"

"这样啊，可能性很大——本宫！"稻垣招呼正在和部下交谈的本宫，"住宿客人的身份确认怎么样了？"

本宫单手拿资料走了过来。"关于预订人姓名与驾照数据库的比对，除了重名者非常多的，基本都已核查完毕。在已经确认驾照信息的客人中，无人具有重大前科。不过目前核查的对象仅限于预订人，同行者的身份依旧不明。今晚有超过两百件预订都是两人或两人以上入住的。"

"两百啊……"稻垣皱起眉头，"无法确认驾照信息的有多少人？"

"七十八人，其中一半以上都有同行者。"

"那么多吗？"

"今晚是平安夜，情侣和带孩子的特别多。"

稻垣烦躁地托着腮。"那么无法确认身份的一共有多少人？"

"大概三百五十人吧。"新田答出了心算的结果。

稻垣拿开手，有气无力地垂下头。"没辙了啊，也只能苦笑了。"

"电信公司还没提供信息吗？"

"他们正在加紧核查，不过根据现在的情况，不可能仅凭这些信息就锁定目标吧……没有别的办法能推断出住宿客人的身份吗……"

就在这时，新田的电话响了，是藤木。"失礼了。"新田向稻垣致意后接通电话，"我是新田，出现什么情况了吗？"

"不，不是那样的。我有些话想事先讲清楚，你能过来一趟吗？"

"是总经理室吗？"

"是的。"

"好的，我现在就来。"

新田挂断电话，向稻垣说明了情况。

"是藤木先生吗？不知道什么事啊。"

"但愿不是抱怨，比如装成客人待在大堂的侦查员们目光过于凶狠之类。"

"那样的话你就先道歉。他们不过是想抱怨抱怨，默默倾听也是你们这些管理者的工作。"

是中层管理者的工作才对——新田一边默念一边回答："我明白了。"

离开办公楼回到饭店后，新田穿过员工区的走廊，来到总经理室。他敲了两下门，里面随即传来"请进"的声音。

新田打开门，低头说道："打扰了。"屋内的桌旁可见总经理的身影，前方还站着一个人，只凭背影无法识别身份。新田关上门，再次向前看去。

背朝新田的是一个身穿西服、留着披肩长发的女人。坐在桌前的藤木笑眯眯地站起身。"百忙之中请你过来，真不好意思。但是，我无论如何都想介绍给你的人终于到了，所以想尽早让你们见面。"

意味深长的话语让新田困惑不已。他正要开口询问，女人转过身来，脸上同样带着微笑。

新田的大脑瞬间陷入混乱，完全说不出话来。眨了好几次眼后，他嘟囔道："怎么会这样……"

"你就像看见幽灵一样啊，新田先生。"女人愉快地说，"还是说，你已经完全忘了我是谁吗？"

"要是那样，我就重新介绍一次。"藤木笑道。

"不，那个，我当然记得。"新田做了个深呼吸，走到女人身旁，"你为什么会来这里？"

"我叫来的。"藤木目光严肃，"我认为需要她的力量。"

新田注视着她——山岸尚美的脸。细长的眼睛中闪烁着好胜的光芒，这一点与数年前相遇时相比毫无变化，但是优雅的笑容展露出的气度更加不凡。阅历的丰富与年龄的增长应该是成正比的。

"欢迎回来。"不知为什么，新田说出了这样的话。

10

　　藤木说了句自己还有事要忙，便离开了房间，大概是想给两人留出空间吧。机会难得，恭敬不如从命。新田和山岸尚美在客用沙发上相向而坐。

　　"你从机场直接来的？"看到墙边的行李箱，新田问道。

　　"是的。"山岸尚美爽快地回答，"我半夜接到总经理的电话，说需要我的帮助，希望我尽快回来，他会帮我向相关部门说明。至于具体情况，他说之后会发邮件给我，让我在路上看就好。"

　　"所以你就立刻去机场了？"

　　"没错。虽然不明所以，但我猜事情应该相当严重，于是就赶紧收拾行李。洛杉矶柯尔特西亚大饭店的员工宿舍距离机场只有十分钟车程。我坐上了凌晨四点飞到成田机场的飞机。"

　　洛杉矶与日本有十七个小时的时差，因此山岸尚美应该是日本时间昨晚九点出发的。新田曾在洛杉矶居住过，知道飞行时间大约为十一个小时。山岸尚美今早八点左右到达成田机场后，应该是办完入境手续就直接过来了。

"啊，对了。"山岸尚美摘下手表，调整指针，似乎是在根据时差校正时间。

"你换了一块表啊。"新田说，"我记得你以前戴的是祖母的遗物。"

"你记得真清楚啊。没错，那块表坏了，到洛杉矶以后我又买了新的。准确的手表果然方便，托它的福，我也能喝咖啡喝到起飞前的最后一刻了。"

"真辛苦啊。不累吗？"

"说不累是假的，但现在不是说这种话的时候吧。"山岸尚美嘴边的笑容并未消失，目光却述说着她对当前事态之紧急的理解。

"你读邮件了吗？"

"读了。说句实话，读得我简直头晕眼花，竟然又要被卷入杀人案。"

"有二就有三，不过还好是发生在这里，大家应该已经习惯协助警方了。"

"这么说可就太天真了。饭店这样的地方，人员更替非常频繁。经历过此前案件的人没剩下几个，所以总经理才叫我过来。正如你说的，要承担协助警方的任务。"

"真是帮大忙了。现在的员工确实都是生面孔，前台经理也没有经验，看起来非常慌张。我正愁没有可靠的人呢。"

"我也不知道能不能帮上忙。"

"有你在就会完全不同，还请多多关照。"新田低下头。

"现在情况如何？局外人能了解的最基本信息也行，还麻烦你告诉我。"

"你了解到什么程度了？"

"我听说这次是想要复仇的人们联手，每一轮复仇都由当事者之外的人共同完成。截至目前，三起案件的被害人过去都曾致人死亡，而死者遗属在案发当日都有不在场证明。而且，那三名遗属今晚都会入住这家饭店。"

新田睁大了眼睛。"还是这么了不起啊。"

"什么了不起？"

"能够理解复杂的内容，并且进行简明易懂的说明。看来的确有必要把你从洛杉矶柯尔特西亚大饭店叫过来。"

山岸尚美挺直脖颈，露出试探般的目光。"新田先生，这是你的真心话？不是讽刺吗？"

"当然是真心话，我就做不出那样的总结。你对现状的说明可以说是恰到好处。如果有什么需要补充的，那就是关于我们警方的应对方案了。"

"洗耳恭听。"

"需要查明的有两点。"新田竖起右手的食指和中指，"第一，作案的目标是谁？恐怕是今晚住在饭店的客人。但是，我们只知道这个人应该曾让他人丧命，此外没有任何线索。这类人平日里使用假名并不稀奇，很难锁定。"

"是啊。那么第二点呢？"

"他们决定联手犯案的契机是什么，又是在哪里结识了彼此？我们已经对他们物理上的人际关系做了彻底的调查，但至今没有找到任何关联。他们恐怕是在网上结识的，目前我们正在调查相关网站和社交媒体。"

山岸尚美皱着眉点了点头。"你应该也知道，如今在美国，几乎所有犯罪都与网络有关。当局用尽一切手法取缔此类行为，但马上就会有更先进的技术被开发出来，因此进展并不理想。"

"这类罪恶的技术应该也已经传到日本，并且被滥用。遗憾的是，能够与之对抗的警察在日本少之又少，让人头疼。不过只抱头苦恼是解决不了问题的，警方一直在尽最大可能努力侦查。"

"是啊，站在我的角度，也只能请你们加油了。总而言之，我已经明白了你说的两点。"

"不，山岸小姐，第二点还没说完。在查明遗属们是在何处结识的同时，还有一件事是我们必须弄清楚的，那就是同伙一共有几人。如果那三名遗属试图杀害某人，那他们应该至少还有一名同伙，此人正是被作案的目标夺去了至爱。不过，此人今天并没有出现在饭店里。"

"是啊，因为需要制造不在场证明。"

"但是，联手的不一定只有这四人，可能是五个人、六个人，甚至更多。也就是说，除了已经明确姓名的三人，住宿的客人中还可能存在同伙。"

山岸尚美的表情严峻起来，她垂下目光。"除了那三个人，还有别人……"

"这点我也已经告诉藤木先生了。"

"邮件里没有写。这样吗……若是如此，那事态比我想象的还要严重啊。其实读邮件的时候，我还以为比过去的案件更好处理。既然已经查明三名嫌疑人是谁，那么只要监视他们的行动就好。就算不知道他们的目标是谁，也能从容应对。"

"藤木先生最初也是这么想的。但是如果这么简单就能解决，我就不至于穿成这个样子了。"新田抓住上衣的衣襟。

"说得也是。不过这身装扮还是这么适合你啊。"

同样的评价再次传入耳中，新田没有理会。"你知道那三个人的名字吗？"

"不，我还不知道细节。"

新田在本子上写下三个人的名字，撕下来递给山岸尚美，随后又简短说明了他们是在怎样的案件中失去深爱的家人的。或许是因为心生同情，山岸尚美脸上流露出了些许伤感。

"关于神谷良美和森元雅司，我们从昨天起就一直在监视，目前还没有什么特殊的举动。他们的目标似乎还没出现。无论如何，我们认为前岛隆明的到来才意味着行动正式开始。"

"而且还可能有其他同伙加入。"

"没错。"

山岸尚美像是要缓解头痛一样，用右手的指尖按了按太阳穴，随后看着新田点了点头。"情况我已经十分了解了。在下午两点开始办理入住前还有少许时间，我马上就去准备，必须和现在的员工们碰个面，还得熟悉新系统。"

看到山岸尚美站起身，新田也站了起来，再次鞠躬说道："拜托你了。"

山岸尚美惊讶地睁大了眼睛，随即莞尔一笑。"我才是，还请多多关照。"她的回应无懈可击，正是一名干练的饭店服务人员应有的姿态。

11

在办公楼换好衣服，尚美前去问候久我。久我眯着眼睛站起身，主动握手回应。"你真回来了啊，帮大忙了。"

"我也不知道能不能帮上忙，希望仅有的几次经历能发挥作用。"

"不，不。"久我露出意味深长的笑容，"经历次数虽少，却很丰富啊。"

"部长——"尚美盯着久我，"这话对于两次都差点被杀的人来说，可有些欠考虑啊。"

"哈哈哈，确实如此，失礼了。"久我说罢恢复了严肃，"你已经去过前台办公室了吗？"

"没有，正准备去。"

"那我们一起吧。"

两人离开办公楼，走向饭店。久我边走边询问了洛杉矶的情况，尚美也讲述了疫情蔓延时的不易。

"一开始大家都不知道该怎么正确佩戴口罩，我们花了很多工夫说明，甚至出现过一组客人轮流使用一个口罩的情况。"

"那还真是吓人。"

走进饭店，前台并没有新田的身影，他大概认为开始办理入住手续之前没必要站在那里。

两人一边横穿大堂，一边观察人们的样子。有个正值壮年的男子正在翻看周刊杂志，恐怕是侦查员。此外还有几个类似的身影分布在视线的各个角落。尚美无法用语言表达清楚，但是经验让她一眼就能通过气质辨别身份。

尚美认识站在前台的男接待员安冈。那时他还是个新人，如今显得稳重大方。安冈看到尚美，立刻微微一笑，似乎知道她已回来。

一进办公室，熟悉的氛围立刻涌来。办公室乍看上去收拾得井井有条，但桌子上的些许凌乱讲述着工作的繁忙。一切都和离开时没有什么两样。

一个男人跑了过来。这也是尚美认识的人，是共事多年的前辈中条。据久我介绍，中条现在担任前台经理。

"欢迎回来，山岸小姐，真是帮大忙了。"中条抚着胸口，一脸终于有救了的表情，"我第一次因为刑事案件跟警方打交道，正左右为难呢。"

"这是肯定的。"尚美想起新田说过前台经理也非常慌张，应该就是指中条。

"山岸小姐能来，真是以一顶百啊。新田警部让我负责联络工作，可是我也还有其他事情必须完成，虽然听起来像是在找借口。"

大概一半是借口，一半是真心话吧。

"我很理解您。我和新田警部知根知底，会想办法的。"

"那我就放心了。总之我先把现在的员工介绍给你吧。"

中条把办公室里的众人召集过来，向大家介绍尚美。熟悉的面孔并不算少，男接待员川本在过去案发时就在这里工作。他也记得尚美，低头致意道："这次也请多多关照。"

"那么山岸小姐，接下来交给你可以吧？"逐一介绍之后，中条问道。

"没问题，谢谢您。"

"太好了。"中条说着朝久我鞠了一躬，便向自己的座位走去，轻盈的脚步透着从麻烦的工作中解脱出来的安心感。这也是理所当然的，因为无论发生什么都不用担心被问责了。

难道还有这样的目的？尚美不禁想道。万一出了什么问题，饭店自然会被追究责任。如果协助警方的不是自己的员工，而是从外部请来的人，那么舆论的风暴或许就能减弱一些。

尚美的脑海中浮现出藤木的脸：那个人确实有狡猾的一面。

"有什么问题吗？"看到尚美突然陷入沉默，久我问道。

"不，没什么。"

"总之拜托你了，有什么事就跟我说，我今晚也会尽量多留一会儿。"

"好的，有劳您了。"

久我刚走出办公室，便有两名员工与他擦肩而过，走进屋内。一个是安冈，另一个是尚美不认识的女员工，从胸牌上看姓田中。

"啊，山岸小姐，有件事想赶紧和您商量。"安冈投来求救般的目光。

"怎么了？"

"那个，这位是警察，说想看看房间。"安冈摊开手掌，介绍旁边的女性。

尚美重新看向女员工。她应该是参与卧底调查的警察，但不知怎么的，总让人觉得有些像狐狸。她算得上是美人，年龄看起来比尚美要大。

"什么房间？"尚美问道。

"前岛隆明预订的房间。"女侦查员说，沙哑的嗓音掷地有声。

"前岛先生吗……"

尚美从口袋里取出便笺纸，是从新田那里得到的。三名嫌疑人之一就叫前岛隆明。

她收起便笺纸，看向安冈。"房间已经确定了？"

"不，还没有，只确定是标准双床房，一人入住……"

"希望你们能尽快确定。"女侦查员锐利的目光投向尚美，"这是为了调查，请你们立刻处理。"

"确定了房间，你们又打算干什么呢？"

女侦查员疑惑地看着尚美的脸和名牌。"你是谁？"

"还没有介绍我自己。我姓山岸，在洛杉矶柯尔特西亚大饭店工作。过去这家饭店发生案件时，我曾负责协助警方调查，因此被临时叫过来。"

"啊，就是你啊。这家饭店过去发生案件的事我也知道。我是警视厅搜查一科的梓。"女侦查员说着拿出警察手册，又立刻收起，只有梓这个姓在视线中扫过。

"是梓女士啊，不是田中女士。"尚美看向对方的名牌。

"这身制服本来是部下穿的，名牌也没换。先不说这个，能尽快确认好前岛隆明的房间，让我们确认一下吗？我们需要提前掌握嫌疑人房间的状况。"

尚美看了一眼手表，已经过了十二点的退房时间。

"接下来保洁员要打扫房间，届时你们就可以看了。"尚美微笑道，"几乎所有标准双床房的布局陈设都一样。"

"没有打扫好的房间吗？"

"今天的清扫还没开始，不过应该还有昨天无人使用的空房。"

"那就把空房给前岛隆明。"

"好的。"尚美将视线移向安冈，"去选房间吧。"

"尽量选高层。"梓追加要求道。

"是。"安冈离开了办公室。

"为什么选高层？"尚美问。

"我们希望能在嫌疑人行动时有更充裕的时间来应对，毕竟住在高层时，走动起来更费时间。"

"这样啊……"

尚美瞥了一眼中条。这位怯懦的前台经理正在笔记本电脑前埋头工作，看都不看这边一眼，似乎已经下定决心，绝对不再牵扯进来。

梓抱起双臂，身体轻微晃动着，眼睛也眯了起来。"在洛杉矶做什么工作？"

"您是问……我？"

"还有别人吗？你在那边的饭店也负责前台？"

"主要负责前台工作，有时也帮助迎宾。"

"迎宾……"梓喃喃道，"喔，很优秀啊。"

"您过奖了。"

"你心里不这么想吧？脸上可是写满了自信。"

尚美摆出笑容。"饭店服务人员如果不露出自信的表情，客人会感到不安的。"

"哦，是吗？"梓似乎有些扫兴，向一旁瞟了一眼，又重新盯住尚美，"歧视呢？有没有遭到歧视？"

"种族歧视吗？也不是完全没有，不过都顺利地处理了——"看到梓开始摇头，尚美没再说下去。

"不是种族歧视，是性别。女性身份没有带来什么困难吗？"

"啊……有倒是有，不过与日本相比，人们的意识还是很不一样的。"

"是吗，环境好真不错啊。"

"多亏如此，工作起来相当舒适。"尚美嘴上这么回答，心里却在嘀咕：这个人怎么回事？为什么这样和我套近乎？

房门打开，安冈走了进来。"这个房间怎么样？在十一层。"他递出便笺纸，上面用圆珠笔写着"1105"。"在目前符合条件的房间里，这是楼层最高的了。"

"这间就行。"梓说，"请立刻准备房卡。"

"是。"安冈再次向外走去。

"您要做什么？"尚美问。

"刚才我也说了吧，要确认房间里的情况。"不知不觉间，梓对尚美的态度越来越随意。

"不好意思，请问您的目的是什么？我听说扮成保洁员的刑警会在清扫时在场，但那只是为了亲眼确认房间有没有异常，绝对不会接触客人的行李。客人尚未入住的房间里到底有什么需要确认的？"

"你没必要知道，只要按我的命令做就行。"梓飞快的语速里已经明显带上了焦躁。

尚美并不清楚梓的目的。现状确实棘手，但她无法轻松答应梓的要求。做了个深呼吸后，她开口道："关于卧底调查，我听说是新田警部负责指挥，他已经知道这件事了吗？"

梓立刻瞪圆了眼睛，抬起下巴。"我不是新田警部的部下，是靠自己的判断行动的。话说在前头，我也是警部。现在请听从我的指示。"

"这是不可能的。就算是嫌疑人，也只是有嫌疑而已。对于我们来说，他们与其他客人无异。客人预订的房间，是不允许员工之外的人提前入内的。如果您无论如何都要进去，请告诉我您的目的。"

梓双唇紧闭，双眼射出尖锐的目光。尚美没有回避，直面她的注视。

安冈走了进来，递出房卡。"房卡准备好了。"

梓冷冷地看向房卡，却没有伸手。"请为前岛隆明保留 1105 号房间，绝对不能给其他客人，没问题吧？"

"不进房间也可以吗？"尚美问道。

"没办法啊，又不可能让一般人知道调查内容。"梓说着走到门口，打开房门。但是在出去前，她又回过头来。"我再说一句，不要对调查指手画脚。你要是不好好配合，可是会后悔的。"

"我会配合的，不过一切以让客人舒适为前提——"

尚美的话音还没落下，房门已经啪嗒一声关上了。

12

看到手表上的指针即将指向下午一点，新田从座位上起身。他走出会议室，准备在去前台工作前整理一下仪表。

他在镜子前站定，重新打好领带，脑中回想着那些在意的事情。就在刚才，梓回到会议室和稻垣耳语了几句。她神色凝重，明显心情不好，不知道发生了什么。

调整好领带的位置，新田情不自禁地甩了甩脑袋。接下来就要正式上阵了。若是被自己人牵着鼻子走，可是看不到希望的。首先要做的就是集中精神完成分内的工作。

不过，她能够赶来真是太好了——新田想到了山岸尚美。身在洛杉矶的她按说不可能迅速回国，因此新田从未有过任何期待。饭店一方是否有人习惯警方的做法，极大程度关系到调查工作的效率。当新田向稻垣报告此事时，稻垣似乎非常满意："这真是好消息啊。"

看着镜子，新田感觉自己作为前台接待员的外表已无懈可击，于是离开洗手间，返回会议室。确认了若干份资料后，他正准备通过手机给外面的部下发出指示，突然听到稻垣叫他："新田，你来一下。"

新田一边靠近一边致歉。"抱歉，我正准备给在饭店待命的部下下令，能先让我处理完吗？"

"保洁员的事吗？"

"是的。"

"我要说的就是这个。"

听到稻垣的话，新田放下了握着手机的手。"怎么了？"不祥的预感涌上心头。

"神谷良美和森元雅司在分头吃午餐，正是清扫房间的好机会。"

"我知道，所以才准备下达命令。"

参与房间清扫工作的，是新田手下一名姓岩濑的女刑警。

"换人。"稻垣若无其事地说。

"哎？换人是指……"

"我是说更换一下参与房间清扫工作的侦查员，把你的部下叫回来就好。"

"请等等，为什么突然……您要换谁？"新田刚说到这里，手机就响了，是岩濑打来的。

"不好意思。"新田向稻垣示意后接起电话，"我是新田，怎么了？"

"组长，七组的巡查部长来了——"

对方表示要代替岩濑参与清扫工作。岩濑询问这是谁的指示，对方说是管理官的。

"我知道了。你先原地待命，我来确认。"新田挂断电话，低头看着稻垣，"换人是梓警部提出的吗？"

"做决定的是我。"

"为什么？您是说我的部下不可靠吗？"

"我可没那么说。"

"那又是为什么？难道七组的侦查员会做出什么特别的举动——"说到这里，新田一愣，一个念头闪过他的脑海，"管理官，难道您……"

"什么都别问。"

新田弯下腰，凑近稻垣。"您不仅想让那个侦查员参与房间清扫，还想让她趁保洁员们不注意的时候查看神谷良美和森元雅司的行李吧？"

"我可没下那种命令。"稻垣生硬地扔下一句。

"您是没下命令，但也没说不能碰客人的行李——没错吧？"

稻垣厌烦地撇了撇嘴。"我只是让梓放手去做。"

新田不禁想要咋舌，但还是努力忍住了。"您忘了吗？上次发生案件的时候，本官做出了类似的举动，结果遭到总经理的强烈抗议。"

"就是因为没忘，才交给梓的。你的部下在紧要关头是没法搪塞过关的。就算饭店那边有什么怨言，你只要装作一无所知，说是梓任意妄为就好。"

"我并不想逃避责任——"

"我知道你想说什么。但是新田啊，现在是争分夺秒的时候，我们必须想方设法抓住那些家伙的尾巴，不能只顾着说漂亮话。"

"这我明白。"

"你给扮成保洁员的部下打个电话。"稻垣指了指新田手中的手机，"时间宝贵，要是还磨磨蹭蹭的，神谷和森元就要回房间了。这是命令，快打！"

新田握紧手机。调整好呼吸后，他拨通了岩濑的电话。对方似乎一直在等待，铃声只响了一次便接通了。

"我是新田。已经和管理官确认，你和七组的侦查员交换一下，换完衣服就去和富永他们会合。"

听到岩濑回答"是"，新田挂断电话。稻垣正和别人通话，朝向新田的背影似乎在说此事已经敲定。

新田晃了晃脑袋，迈步离开。继续争论已经没有意义，他决定放弃。无论拿出什么理由，稻垣大概都不会再改变主意。时间确实所剩无几了。

新田离开会议室，走下楼梯。正要走出办公楼，背后传来本宫的声音。"新田！"他走上前来，"我明白你的心情，先忍忍吧。管理官应该也不想这么做。"

本宫似乎听到了两人的对话。

"我明白，所以我还是服从命令了。"

"可是你心里接受不了吧？这点我很担心。接下来无论发生什么，你都不能突然发飙啊。你可是警察。"

"接下来？你是说还会得寸进尺？"

"我也不确定，但是防人之心不可无啊。听好了吗？绝对不能冲动。"

"冲动的是那个女警部。"

"那个女人很冷静，所以才做得出那种事。总之你不要任意妄为，这可不是你们组单独负责的案件。不管你有多看不惯她的做法，都只能联手办案。你明白吧？"

新田轻轻点了点头。"我会注意的。"

"拜托了。"本宫用手背轻轻敲了一下新田的胸口，随即向办公楼走去。

新田一边走向饭店，一边给富永打去电话，指示他和岩濑会合。

"岩濑不是保洁员吗？"

"情况有变，你让岩濑扮成客人。"

"明白。"

"神谷良美和森元雅司怎么样了？"

"两人都在一层的餐厅吃午餐。西崎正在监视，是不是可以看准时机让他们交换一下？"

"就这么办。"新田挂断电话，将手机收回口袋，走进饭店。大堂里热闹非凡，也许因为是星期六，带孩子的家庭比比皆是。饭店里有很多与圣诞节相关的活动，因非住宿的目的到访的客人也不少。

新田穿过大堂，脚步朝着前台，视线则转向餐厅。神谷良美坐在和早餐时不同的座位，桌上只有一杯橙汁，可能已经吃完午餐。

森元雅司坐在离神谷良美相当远的地方，正在喝咖啡。目之所及，两个人似乎都没有意识到彼此的存在。

这时，神谷良美拿着小票站起身，向收银台走去，看起来是准备回房了。看到她结完账后消失在电梯间，新田走向前台。山岸尚美正在和安冈说话。

"请多指教。"新田再次致意。

两人也恭敬地低下头。"请多多关照。"

"神谷女士好像已经回房间了啊。"山岸尚美说道。她也一直在观察神谷良美的样子。即使对方是嫌疑人,她也依然用"神谷女士"来称呼,职业素养令人肃然起敬。

"不知道房间的清扫工作是不是顺利完成了。"新田准备查看电脑。

"没关系,已经完成了。"山岸尚美说,"刚才联系我了。"

"联系?"

"我事先拜托了保洁员,让他们在神谷女士和森元先生的房间清扫完毕后就告诉我。"

"哦……那个,是为什么呢?"

山岸尚美露出微妙的笑容,一旁的安冈则尴尬地低下头。

"要是让你不舒服了,我道歉。"山岸尚美说,"我是为了确认你们是否严守约定。"

"约定?"

"我听说房间清扫时会有刑警在场,总经理也允许他们查看室内的样子。但是,接触客人的行李是绝对禁止的,这一点稻垣先生和你应该都知道。所谓约定就是此事。"

"保洁员怎么说?"

山岸尚美干脆地点了点头。"在场的刑警完全没碰行李。保洁员们都是一边工作一边盯着行李的,没有问题。"

"是吗……"

"非常抱歉。"山岸尚美重复道,"我不是不相信新田先生你,但是我怕会有独断专行的刑警。"

"那倒是，刑警里确实有不少奇怪的家伙。在场的刑警没有什么不妥的行为吗？"

"是的，应该没有。"

"那就好。"新田嘴上这么回答，心里却无法释然。既然如此，梓为什么不惜直接与稻垣谈判也要让自己的部下在场？

"话说回来，刑警里确实有强硬的人呢，不仅男刑警，女刑警也一样。"

"女刑警？"

"大概一个小时前，有一位姓梓的女警部向我提出了一些不太可行的要求。我郑重地拒绝了她，她看起来很不高兴。"

"梓警部说了什么？"

"她希望我们能尽早确认今天要入住的前岛先生的房间，于是我们准备了昨晚无人使用的空房，结果她又说想立刻进去看看。我询问她这么做的目的，她没有告诉我。"

"她要求查看前岛还没入住的房间？"

"是的。她说是为了调查，但是又不告诉我们具体目的，因此只能拒绝。对警方来说，前岛先生可能是嫌疑人。但是对我们来说，目前他只是我们重要的客人。"

新田明白眼前的这位女士一定会这么做。在诸多员工中，她属于格外认真的。

"啊，"安冈发出了声音，"那位先生……"他看着餐厅。

森元雅司已经结完账，刚刚走出餐厅。他一路走向电梯间，大概是要返回房间。

"森元先生的房间也已经清扫完毕。"山岸尚美说，"保洁员已确认，在场的刑警也没有动过他的行李。"

"是吗……"新田陷入沉思，他还是看不透梓的目的。梓要求查看前岛预计入住的房间，难道——

一种可能性猛然跃入他的脑中。他不禁倒吸一口凉气。

"山岸小姐，给前岛准备的是几号房？"

"是1105号房间。"

"1105……是十一层啊。不好意思，我离开一会儿。"

新田打开身后的门，穿过办公室，一路来到员工区的走廊上，乘上员工专用电梯。

抵达十一层，走廊里正有两名保洁员在手推车旁工作。

"不好意思。"新田一边招呼他们一边走近。以防万一，他还从上衣内侧口袋里拿出了警察手册。"有刑警来过这层吗？"

其中一人点了点头。"有位穿保洁员制服的女刑警来过。"这位相对年长的女保洁员摩挲着衣领说道。

"她是不是想看1105号房间？"

"是的。"保洁员回答，"她说想确认一下从嫌疑人预计入住的房间看出去是什么风景。"

"风景？那你让她看了吧？"

"是……"保洁员面露不安。

"她进去以后确认的只有风景吗？"

"她还看了床下，说是想确认床下能不能藏东西。"

"床下啊。还有吗？"

"就这些。她向我道谢后就立刻离开了。"

"我知道了，非常感谢。"新田致谢后，快步走向电梯间。不祥的预感已经得到证实，新田明白了梓的意图。由于被山岸尚美拒绝，她直接瞄准了保洁员，大概是相信保洁员不会怀疑卧底侦查员的指示。

乘电梯到达十四层，新田大步走到1406号房间门前，按响门铃。

房门打开，里面的人仿佛在窥探门外的情形。这是一个穿着保洁员制服的女人，当然不是真正的员工，而是七组的侦查员。

"梓警部呢？"新田问。

"请稍等。"女侦查员说着关上了门。

大约过了十秒，房门再次打开。"请进。"对方说道。

这是一间豪华双床房，屋内除了两张床，还有沙发、茶几和写字台等陈设。梓坐在沙发上，双脚交叠。旁边的男刑警面前放着一台黑色机器，头上戴着与机器相连的耳机。写字台上也放有别的机器，同样有头戴耳机的刑警坐在前面。

"我以为你会来得更早。"梓若无其事地说。

"窃听器在床下？"新田瞪着这位女警部，"要是被人发现就麻烦了。"

"准确地说是贴在了床底。真正的保洁员已经清扫过了，应该没有发现。"

"梓警部，你知道自己在干什么吗？"

"你要是想大吵大闹，说我违法调查，那就请便，不过还请等到案件解决之后。对我来说，现在最优先的事就是阻止凶手们实施计划。新田警部，你不是也一样吗？"

"管理官知道这件事吗？"

"我只是对管理官说，如果能让我的部下在清扫房间时在场，就能获得更多关于嫌疑人们的信息。而且我也说了，一切责任都由我来承担。"

梓应该没有直接说出窃听一词，但是稻垣已经有所察觉，本宫恐怕也一样。"接下来无论发生什么，你都不能突然发飙啊。"这句台词背后正是对如今事态的预测。

"新田警部，你来到这里只有我知道，我也会命令部下们不要外传。所以对于发生在这里的事，你可以当作一无所知。"

"我在意的不是这点。"

"那么到底有什么问题？"梓冷笑着看向新田。

"看来你不打算中止窃听啊。"

"是的。我认为这种游戏没有规则，为了获胜可以不择手段。如果你的方法更有把握，那另当别论。"

"我们就是为此进行卧底调查的。"

"可是你们进不去嫌疑人的房间吧？要是让我来说，卧底的侦查员们——"梓停顿了一下，"很可能什么作用都还没发挥就输了。"

旁边的部下嘴角一动，似乎在瞬间露出了笑容。虽然头戴耳机，大概还是能听到两人的对话。

新田叹了口气。"请一定不要让饭店的人发现。"他只能这么说了。

"我知道。只要没人告密，就不会暴露。"梓露出锐利的目光，似乎意指新田：你也给我把嘴闭严了。

就在这时，茶几上的手机开始振动。梓拿过手机，放到耳边。"我是梓……什么时候？……啊，是吗。"她似乎在听部下的报告。

新田转身走向房门，却被梓叫住了。他停下脚步回过头。"什么事？"

"尾随前岛隆明的部下联系我，说前岛已经开车离家，从行驶的方向推测，应该正朝这边来。"

"我知道了，我去前台等着。对了，能势警部补在哪里？"

"他在负责其他任务，也很重要。"梓轻巧地答道，看起来不准备提及任务的内容。

新田默默地点了点头，再次向房门走去。

13

　　离下午两点越来越近，预订了日间钟点房的客人和提前办理入住的客人陆续来访。不过客流并不集中，安冈一人足以应对。尚美始终在一旁留意，但是并没有可疑的客人出现。刚刚办理手续的女客人显得惴惴不安，但看到她预订的标准双人房是钟点房，尚美放下心来：大概是和男人幽会吧。待女人走后，尚美向安冈确认。"没错。"安冈挤了挤眼睛，"不过她以往都来得更晚一些。"

　　据安冈说，这位客人每月出现一次，与她幽会的男人则从地下出入口直接前往房间。这次她预订了三个小时的钟点房，退房应该会在五点左右。今天是星期六，又是平安夜，不可能把家人晾在一边，只能利用白天相见——尚美的想象在脑海中飞驰。

　　安冈已经就目前前台的业务做了详细说明。除了系统更新外，基本流程与尚美在职时相比没什么变化，这让她松了口气。

　　不过，有一点是尚美格外在意的，也就是今晚限定的特别服务。

　　服务名为"圣诞老人的礼物"，仅向通过网络预订房间的客人开放，客人可以自愿参与抽奖。中奖名单将在今晚十点发布，并通过邮件通知中奖者。独特之处在于领取礼物的方法。只要中奖者用邮件回复期望的领取时间，便会有扮成圣诞老人的员工按时将礼物送达房间。领取时限为晚上十一点到凌晨四点。如果希望在退房时领取，则无须回复邮件。当礼物送达时，客人还能与扮成圣诞老人的员工合影留念。自从前年开启这项服务后，为此入住的家庭越来越多。社交媒体上都说有孩子的家庭中奖率更高，而安冈表示事实就是如此，并非谣言。

听到有这项服务，尚美的心情十分复杂。若是在安然无事的时候，她或许会悠闲地感叹：这可真是个欢乐有趣的方案啊。可是，眼下的状况截然不同。在可能会发生案件的夜晚，还是不要弄什么特别活动为好。当然她也十分清楚，事到如今中止服务是不可能的。

新田从电梯间走了过来。不知是不是心理作用，他看起来面色阴沉。

"有什么特别的情况吗？"新田走入柜台后问道。

"目前没有，但是有一点希望你能事先了解。新田先生，你知道'圣诞老人的礼物'活动吗？"

"圣诞老人的礼物？那是什么？"

新田果然没听说过。中条可能是觉得解释起来太麻烦，于是故意没有提及。

听尚美说明了今晚的特别服务，新田脸上不出所料地蒙上了阴云。"简而言之，就是打扮成圣诞老人的员工会在夜里走来走去。"

"他们只是去派送礼物……"

“了解了，我会注意的。还有其他事吗？”

听到尚美回答没有，新田领会般点了点头，看了一眼手表。"第三个嫌疑人前岛隆明应该正在开车过来的途中。他一旦出现，我就会告诉你，到时候能请你来接待吗，山岸小姐？"

“我明白了。”尚美做了个深呼吸，两手轻轻拍了拍脸颊。紧张感让双颊硬邦邦的。

开车前来，意味着前岛隆明可能会把车停在饭店的地下停车场。那样一来，他很可能不会通过大门，而是经由扶梯从地下来到大堂。

“我有一点疑问。”尚美小声对新田说。

“什么疑问？”

“前岛隆明这个名字是真名吧？其他两人应该也是用真名入住的。我这么说也许很奇怪，但是他们胆子还真不小啊。”

“这个疑问很关键。”新田愁眉苦脸地说，"其实我也很在意这一点，为什么他们不使用假名呢？"

“是啊……”

“根据警方目前的推测，他们可能认为，只要不暴露自己与其他案件的关联就好，盲目使用假名反而会引起警方的注意。这家饭店一旦发生案件，警方无疑会排查所有住宿的客人，若使用假名，必然会成为彻查的对象。”

尚美对新田的说明表示认同。"使用假名也没有意义啊，你这么一说确实如此。我明白了，我这种外行人的疑问果然已经被你们解决了。"

新田依旧面无波澜。"不。"他微微侧过头，"其实我也不敢确定疑问是否真的解决了，也许还另有内情。总之，这次的案件充满谜团，不能有丝毫懈怠。"

尚美在新田罕有的谨慎语气中感受到了异样。她愿意把这看成是一位警察在成长中练就的慎重，而不是畏缩的表现。

尚美这么想着看向扶梯。一个肩膀宽阔的男人走了上来，开襟衬衫外罩着暗红色夹克，手中提着浅棕色的公文包。

新田站到尚美的斜后方。"是前岛隆明。"

"好的。"尚美目视前方，轻声回答。当然，她脸上已经浮起笑容，是面向正在走近前台的前岛隆明的。

"欢迎光临，您要办理入住吗？"

"是的，我姓前岛。时间稍微有点早，现在能办理吗？"高大的身体发出的声音却很小，带着沙哑，不知道是不是因为紧张。

尚美确认了屏幕上的信息，房间已经指定完毕。

"前岛先生，您是独自一人，预订了标准双床房，今天入住一晚，没有问题吧？"

"是的。"

"谢谢您。房间已经准备好了，麻烦您在这里填写信息。"尚美递出住宿登记表。

她偷偷观察着正在用圆珠笔填写信息的前岛。花白的短发打理得整整齐齐，鼻子下方的髭须也修剪得清清爽爽。不知道他从事什么工作，看起来不像是普通的公司职员。

看到前岛填好信息，尚美开口询问支付方式。前岛选择了信用卡支付，尚美于是按照惯例复印了信用卡。确实是本人名下的。

她把事先准备好的 1105 号房间的房卡递给前岛。"需要我带您去房间吗？"

"不，不用了，谢谢。"前岛朝尚美笑了笑，随即离开了前台。不知为何，尚美的目光无法从他的背影上移开，直到他消失在电梯间。

"山岸小姐，"新田招呼道，"有什么值得留意的地方吗？"

尚美摇了摇头。"没有，看起来就是普通的客人，怎么都——"她快速环视四周，确认无人偷听，"怎么都不像是打算杀人的人。"

"几乎所有凶手都是如此。"新田说，"恶性案件的凶手被逮捕的时候，电视上不是也经常会报道吗？凶手的邻居们啊，朋友啊，都会异口同声地说，凶手看起来不像那种人，平时总是非常礼貌。"

"这种事倒是常有……"

"看起来还是无法理解啊。"新田点点头，指了指后方的门，"能借一步说话吗？我有想跟你交代的事。"

尚美看了看表，距离正式开始办理入住的下午两点还有些时间。"好的。"她点头表示同意。

"这次的案件非常特殊。"走进办公室后，新田打开话题，"特殊的是动机。失去挚爱家人的人们通力合作，试图代替当事人完成复仇。前岛隆明在某起案件中失去了女儿，之前已经告诉过你案件的详情了吧？"

"他的女儿因遭遇色情报复而选择自杀……是吧？"

"是的。"新田眼中闪现出锐利的光，"凶手得到的判罚是有期徒刑三年，缓刑五年。他连监狱都没进过，直到前不久还在夜总会工作，生活得悠闲自在，没有一丝反省。看到女儿因这种人而死，父母会怎么想？想亲手杀了他也并不奇怪。这名凶手前些日子被杀了，不过下手的不是前岛，而是别人。前岛今天来到这里，就是为了报答替他报仇雪恨的人。他应该不想杀人，却又不得不动手。他在自由之丘经营一家餐厅，在平安夜这种繁忙的日子，即使有店员，他也肯定不想把餐厅抛到身后。尽管如此，他还是来到这家饭店，正是强烈的使命感驱使着他。从某种意义上讲，他是一个极其认真的、诚实的人。神谷良美也好，森元雅司也好，恐怕都属于这一类人。如果在他们之外还有协助者，那么应该也是一样的。所以山岸小姐，请不要忘记：这次的凶手们都是普通人。也许他们现在的精神状态并不普通，但是从外表上是看不出来的。"

新田语气平淡，却又充满紧迫感，和过去那个手忙脚乱的年轻刑警形象已截然不同。这是在几重岁月中与数不清的案件和凶手对峙后才会产生的。

"我明白了。"尚美回答，"越是普通的客人，我越会注意的。"

"拜托你了。"新田的嘴角露出满足的笑意。

一旁的门开了，安冈探进头来。"可以拜托您来前台吗？"

临近入住时间，客人们纷至沓来，安冈独自应付已显困难。"好的。"尚美答道。

来到前台，安冈正在接待一位男客人。旁边还有一对年轻情侣，两人看起来都二十五六的样子。男方身穿灰色毛衫和黑色皮夹克，一头茶色头发，眉梢戴着眉钉。女方的金发梳成马尾辫，硕大的墨镜像发箍一样顶在头上。她相貌出众，妆也化得像网上的美妆视频介绍的那样无懈可击，很难想象不施粉黛时的模样。她似乎还戴着美瞳，瞳孔透出一抹紫色。身上的连衣裙同样华丽，品位也无可挑剔。

行李员站在他们身后，旁边的推车上放着行李箱，应该是他们的。

"久等了。"尚美鞠躬致意，"两位要办理入住吗？"

原以为出面办理的肯定是男方，没想到女方开口说道："我姓泽崎。"

尚美操作电脑，在预订人名单中找到了相应的名字。看起来是在网上预订的，"圣诞老人的礼物"一栏勾选了"希望参加"。

"是泽崎弓江女士吗？"

"是——的。"女人轻轻抬起右手。

尚美的视线再次落在屏幕上，确认他们的房型。备注栏里的内容让尚美有些意外，她抬起头。"泽崎女士，您预订的是转角套房，两人一晚，没有问题吧？"

"对对，没错是没错——"泽崎将双肘都支到柜台上，"但是我们原本不想订这间。"

尚美再次看向屏幕，备注栏里写着"希望变更为皇家套房"，应该是泽崎在预订时写下的。

"您的意思是如果有空出来的皇家套房，您就希望变更，是吧？"

"对，有吗？"

"请您稍等。"

尚美操作电脑确认空房状况，皇家套房一栏写着"不可预订"，也就是今晚不可使用。这类房间若有人使用，恐怕会增加员工们的负担。平日另当别论，但今晚情况特殊。

"让您久等了，泽崎女士。非常遗憾，今天没有空房。"

泽崎弓江失望地皱起眉头。"啊，这样啊。"

"真的十分抱歉。"尚美低头致歉,"那么请您在这里填入信息。"她放好住宿登记表。

泽崎弓江用做了华丽美甲的手指拿起圆珠笔。"这家饭店的预订网站还真奇怪啊。"她说。

"有什么不方便的地方吗?"

"我从'选择房型'那里进入预订,根本就没有皇家套房的选项。房间介绍的页面明明就有照片和布局图。"

"非常抱歉,是我们把皇家套房从网上预订中去掉了。"

"为什么?"

"皇家套房数量很少,而且经常有客人提前很久通过电话预订,总是处于满房状态。为了不给网上预订的客人带来麻烦,我们就把它从系统中删除了。"

实际上还有别的原因,例如应对临时来访的 VIP 客人,还有只向值得信赖的常客开放等等,但是没有必要在此特意说明。

"哦,是吗。"泽崎弓江看起来对皇家套房相当中意,似乎不太能接受尚美给出的理由。

尚美准备好 1610 号房间的房卡,一边等待对方填完信息,一边若无其事地观察她身后的男人。

男人面颊凹陷,下巴细长,看起来健康状况不太理想。他不停地四处张望,眼窝深处射出的目光透着图谋不轨的气息。

"我填好了。"泽崎弓江说道。

"非常感谢。对了,泽崎女士,您要怎么支付房费?是使用现金还是信用卡呢?"

"哦,我用卡。"

"那么不好意思，请问能复印一下您的信用卡吗？"

"复印？现在？不是退房的时候吗？"

"如果您退房时变更支付方式，我们会立刻销毁复印件。"

"这样啊，客人要是逃跑了确实很麻烦啊。"

尚美无法做出肯定的回答，只能默默地报以笑容。

泽崎弓江从斜挎在肩头的普拉达包里拿出钱包，抽出一张金色的卡，往前台上一放。"给。"

"请允许我暂时收走。"

尚美复印了信用卡。新田不知何时已来到一旁，盯着尚美的手。信用卡的姓名栏上写着泽崎弓江，应该就是真名。

"非常感谢。我先将卡片还给您。"尚美返还信用卡后，又递出插有一张房卡的卡套，"这是房卡。这次两位入住的是行政楼层，附带很多特别服务，详细的说明书就在卡套里，还请拨冗阅读。此外，行李应该已经送到，之后会由行李员运到房间。"

"好——"泽崎弓江接过卡套。

尚美将行李员招呼过来，递出另一张房卡。

"那么泽崎女士，请两位慢慢享受饭店时光。"

泽崎弓江离开前台，对同行的男人说了句"久等了"。男人立刻凑到她的耳边低语了几句。

"啊，对了，我忘了。"泽崎弓江回到前台，"可以在这里预订客房服务吗？"

"当然可以，您需要什么服务？"

"首先是香槟，要瓶装的唐培里侬粉红香槟，然后是水果拼盘和鱼子酱。"

这样的搭配过于寻常，尚美不由得想要苦笑。难得在饭店里度过圣诞前夜，所以准备咬牙奢侈一把吗？不过她的表情并没有变化。"现在就送到您的房间可以吗？"她问道。

泽崎弓江看向男人。"怎么办？"

"不是挺好吗，我也想早点儿喝。"

"是啊——那就拜托你们马上送来吧。"

"好的。"

"另外，从这里有去成田机场的巴士吧？从哪里上车？"

"出了大门，左边就是巴士站。"

"有时刻表吗？"

"我们这里没有。不过要去成田机场的话，从早上五点四十五分开始，每隔十五分钟就有一趟车。"

"这样啊，谢谢。"泽崎弓江回到男人身旁。行李员推动放有行李箱的推车，这对情侣并排跟在后面，走向电梯间的背影透着欢快。

尚美用内线电话联系负责客房服务的部门，交代了订餐内容和房间号码。新田在一旁盯着泽崎弓江的住宿登记表。

打完电话，尚美问道："有什么问题吗？"

"我正在想刚才那两个人是从哪儿来的。他们说话没有口音吧？"

"没有。"

住宿登记表上的住址栏是空的。查了一下网上预订时登记的住址，是神奈川县三浦市。

"就算从附近过来住宿也不奇怪。看他们的样子，应该不是蜜月旅行吧。我猜他们今晚住在这里，明天早上就去成田机场。"

新田没有回应，而是陷入了沉思。"皇家套房大概多少钱？"

"住宿费用吗？根据季节和条件会有所差别，但是大致在三十五万日元左右。"

"三十五万啊。如果有空房间，她打算付那么多钱吗？"

"看她的样子或许会的。她拿的是金卡，额度应该不小。"

"金卡啊……"新田似乎放心不下，拿出手机开始打电话，"是本宫吗？……住宿客人名单上应该有泽崎弓江这个名字。如果能确认她的驾照，麻烦你把照片发给我。年龄应该是二十多岁……是的，都发给我……不，我就是有点在意……拜托了。"

看新田打完电话，尚美开口道："如果你觉得那么年轻就有金卡很奇怪，那我劝你最好改变一下认知。她的父母或许是企业家。"

"她肯定很有钱，看着装就能明白。虽然不知道是什么品牌，但肯定不是便宜货。"

"那是芬迪。"尚美立即回答，关注女客人的搭配是她一直以来的癖好，"包是普拉达的，而且是新款。"

"是吗？看来全都是正牌货。不过同伙就不是了。"

"同伙？"

"那个男的，全都是假货。"新田毫不遮掩地说。

"假货？"

"他穿的夹克——"新田捏了捏袖子，"是假皮的，再贵也贵不过两万日元。"

尚美眨了眨眼。"新田先生，真皮还是假皮，你一眼就能看出来吗？"

"我爸对皮制品很挑剔，穿假货在他看来是有辱家门。"

"追求正品啊。"

"只是好面子而已。总而言之，那两个人很可疑，怎么看都不像是蜜月旅行。我想至少先确认一下那个女人的身份。刚才你说有行李送到，在哪里？"

"应该在行李服务台。"

"不知道是什么东西，我们去看看吧。"

看到新田走出前台，尚美也跟了上去。

来到行李服务台，一个大纸箱立刻跃入眼帘。新田蹲下身查看小票，旁边的行李员是侦查员关根装扮的。

"寄件人是她本人啊，地址是神奈川县三浦市，这样吗……物品类别是衣服。都带了那么大的行李箱，还需要衣服吗？"

"如果他们是去国外旅行，那么只拿那个行李箱不如说有点少了。这个纸箱里或许装着别的旅行包。"

新田的手机传来电子音，似乎收到了什么信息。他飞快地打开，手指不停划过屏幕。尚美从旁边一瞧，画面上是女人的照片。

"那是什么照片？"尚美问。

"国内有不少叫泽崎弓江且持有驾照的女性，我让同事把她们的照片都发过来了……"新田摇了摇头，把手机收进内侧口袋，"都不是刚才那个女人。"

"也就是说那位女士没有驾照？"

"或是使用了假名。就算持有该姓名下的信用卡，也不见得是本人。"新田已经恢复了刑警的目光。"关根，"他指挥部下，"你把这件行李送到 1610 号房间去。行李这么大，应该会让你搬进屋。你要趁机观察他们，可别让他们起疑心。"

14

下午四点刚过，稻垣让新田去一趟办公楼，说是掌握了重要信息。"我马上来。"新田回答。办理入住的客人接连到来，可是情况紧急，新田只能向山岸尚美说明情况，随即离开了前台。

截至目前，还没有出现特别可疑的客人。泽崎弓江和同行的男人勉强算是，可是据搬运行李的关根说，"他们只是在正常地放松享受"。这倒也是，新田想，就算有所企图，也不会在饭店员工面前明目张胆地采取行动。

来到会议室，梓和能势并排坐在稻垣旁边，本宫则坐在他们对面。"让你们久等了。"新田在本宫身边坐下。

"七组捕捉到了非常宝贵的信息。"稻垣说着看向一旁，"能势警部补，你跟新田说明一下。"

"是。"能势挺直背脊，从旁边的书包里拿出一沓用订书机钉在一起的资料递给新田，"请先看第一张。"

打印在纸上的似乎是某个博客的内容，标题为"无解的天平"。

"你读一下开头。"

听到稻垣的要求，新田开始浏览。这一页上写着开设博客的动机，首先提出的观点是日本的刑法判决太轻。

在这个国家，杀了人也不判死刑或无期徒刑，只需要坐不到二十年牢就能出狱，这样的案例比比皆是。杀人之外的犯罪当然判得更轻，例如在工作中因疏失造成他人伤亡，有期徒刑不会超过五年。而盗窃罪的刑期上限是十年。因此，即便高空抛物把人砸死，只要强调是一时失手，判决就会比偷窃钱包还来得轻。这怎么能让遗属们接受？我想通过这个博客来控诉这个国家刑罚制度的不合理，以及由此给被害人家属造成的伤害。

真是一针见血的意见啊。新田一边默默赞同，一边看向博客开设者的个人信息。这是一位处女座的男士，兴趣是登山和欣赏古典音乐，博客开设日期是十年前。开设者没有写明真名，而是使用了昵称。

"开设者的昵称是'多元平衡'吗？原来如此。"

新田的喃喃自语引来了稻垣的追问。"为什么说原来如此？"

"这篇文章的标题是《无解的天平》。这里的'天平'应该是指希腊神话中女神忒弥斯手持的天平，象征法律面前人人平等。天平的英文是'balance'。这名开设者认为，在日本，法律的天平并不存在一以贯之的标准，而是就事而论，不同的天平应用在不同的案件中，所以他才以'多元平衡'自称。"

"不愧是新田先生，真是博学多才。"能势恭维道。

"没什么大不了的。"新田并不在意,"那么,这个博客怎么了?"

"请看第二页。"

新田按照能势的话翻动资料。第二页上也排满了文字,小标题为《犯人的年龄能用天平衡量吗?》。

> 正如少年法所代表的,在这个国家,凶手的年龄极大地左右着判罚结果。只因为年轻,无论犯下多么严重的罪行,法律都认为他们很有可能改过自新。但是,故意行凶的人是不可能只凭轻度惩罚就真正悔过的。刑期一过,再次获得自由身时,他们自然会继续任意妄为,老实的只有被关押的那段时间。表面的变化是不可信的。所谓悔过,或是源于他们的表演,或是源于相关人员的自以为是。

开设者在文章中灌注了极大的热情。接下来,他以"例如过去就发生过这样的案件"为引子,详细说明了案子的经过。

案件发生在东京都内某住宅区的独栋住宅里。初中三年级的长子回到家,发现母亲被勒死在厨房中。家里一片混乱,钱包和现金都不见了踪影。

凶手很快就被逮捕,是一名刚满二十岁的男子。他原本打算潜入无人在家的住宅,却发现屋内有人。惊慌失措中,为了不让这位母亲吵闹,他勒死了对方。

被害人的遗属们希望处以极刑,然而男子得到的判决却是有期徒刑十八年。他们听说强盗杀人罪的罪犯一般都会被判处死刑或无期徒刑,因此对判决结果感到无比震惊。但是法院认为,凶手并未受到足够的教育，精神层面尚不成熟，因此导致犯罪，最好还是给他悔过自新的机会。

　　遗属们当然无法接受。凶手行凶时刚满二十岁，十八年有期徒刑意味着他出狱时三十八岁，人生完全可以重来——不，他完全可以继续享受人生。怎么能允许这么荒唐的事情发生？遗属们提起上诉，却未能改变判决结果。

　　"这是真实发生的案件。""多元平衡"继续提出问题，"什么是悔过自新？就算凶手悔过，死者也不会复活。我们应该更加尊重谁的人生？是服刑人员的，还是被害人的？"

　　新田抬起头，看向本宫。"这起案子是……"

　　本宫连连点头。"是我负责的案件里被杀的高坂义广干的。正是他二十年前犯下的案子。绝对没错，状况和行凶手法完全一致。而且，像他这样犯了强盗杀人罪却没判死刑或无期徒刑的案例，原本就很少。"

　　"新田先生，请看第三张。"能势说道。

　　第三张的小标题为《妥善与失控》，文章从"前不久，公司附近发生了火灾"开始。

　　　　消防局和警方正在调查火灾原因，但是目前还没有结论。就算是纵火，只要当事人自称是失火，也可以蒙混过关。同理，故意开车撞人的肇事者只要自称是疲劳驾驶或弄混了油门和刹车，便无法被追究杀人罪。

　　这篇文章附有俯拍的照片，似乎是透过高层建筑的窗户向外拍摄的。拍摄地点一目了然，因为拍到了东京都政府的总部大楼。

"是新宿啊。"

"是的。通过政府大楼的角度和大小基本可以确定拍摄位置，第四张资料上有地图。"

新田翻开第四张，上面印着新宿地区的地图。西新宿一带画着一个红叉，大厦的名字也能确认。

"森元雅司工作的保险公司就在那栋楼里。"本宫说，"所以基本确定'多元平衡'就是森元雅司。"

新田点点头，看着能势。"你能找到这些可真厉害啊。"

老牌刑警露出苦笑。"怎么可能是我找到的。"

"只要委托处理网络犯罪的专家，这种事都是小菜一碟。"梓得意扬扬地说。

能势负责的重要任务看来就是联系那样的专家。

资料还有两张。新田看向第五张，上面依然是博客的内容，小标题为《已遭天谴？》。

　　正如诸位所知，本博客讲述的，是那些在无妄之灾中失去至爱的人们心中的绝望。若是天灾，人们也会死心；哪怕是事故，只要并非恶意所致，人们也会有走出来的一天。

　　但是，如果是犯罪呢？所爱之人的生命被他人故意夺去，没有憎恨是不可能的。那么，对方怎样赎罪才能治愈遗属内心的伤痛？服刑？悔过？重新做人？遗属真能因此获得平静和安宁吗？

　　在我看来，杀人必须偿命。

但是，日本的法律很少下达死刑判决。当天平一端的盘子里承载着死刑这一重物时，纵使另一端的盘子里是杀害一人的罪行，天平是纹丝不动的。有时即使杀害两人，天平也不会动。

这样一来，遗属就只能在国家之外寻找依靠。那应该是什么？是自己的力量吗？只能自己动手吗？

不过，最近发生了意想不到的事。国家没有判处死刑的人突然丧命。

我不知道该如何看待这件事，头脑一片混乱。

可以把这件事视为天谴吗？也可能是我的想法太天真了。

得不出结论，我很苦恼。

新田看了看博客的日期，不由得倒吸一口冷气。离发布文章仅过了一个星期。

"这里说的天谴，是指高坂义广被杀吧。"

"恐怕是的。"稻垣说，"他特意写在这里，可能是想当作证据。万一博客被我们发现，他可以借此证明自己与案件无关。"

"很有可能。而且森元确实也没有参与杀害高坂。"

"新田先生，请看最后一张资料。"能势催促道。

第六张资料上有两篇文章，第一篇叫《少年犯罪》。

正如本博客多次提到的，我国对少年犯罪处罚之轻，甚至让人觉得这本身就是一种犯罪。最近我又听说了一个悲惨的故事。某人的儿子没有做错任何事，却突然被素昧平生的少年暴力相向，不幸陷入长期昏迷。这期间行凶的少年接受审判，最终仅被送进少年院，惩罚之轻让人难以置信。尽管给对方造成了严重的后遗症，罪名却只是伤害罪。一年后，被害人死亡。这意味着凶手可能涉嫌伤害致死，甚至被判定为杀人罪也不为过。这种无妄之灾究竟要重复多少回？

另一篇文章的标题是《卑劣的犯罪》。

我曾听闻，犯罪后果的严重性会极大地影响判决，比起行凶过程，行凶带来的后果更加重要。但在现实中，却存在无视严重后果的案例。有一名初中女生在社交媒体上认识了一个男人，两人交往后发生了关系。得知此事的父母劝说女孩和男人分手，结果男人将偷偷拍摄的照片传到了网上，也就是实施了所谓的色情报复。女孩大受打击，无法上学，最终精神崩溃，选择自杀。男人的罪行导致了女孩死亡，对此的判决是什么呢？有期徒刑三年，缓刑五年。真是不可置信。会有遗属接受这样的结果吗？

新田抬头看着能势。"也就是说，找到森元雅司与神谷良美、前岛隆明的关联了。"

能势点点头。"在被害人遗属中，森元雅司的年头最长，开设博客也有十年了。神谷良美和前岛他们恐怕是看了森元的博客深有同感，主动与他接触的。"

"然后他们意气相投，商谈对策，交换信息，总之就是互相安慰。这是很容易想见的。"稻垣说。

"最终他们决定亲自实施天谴。"新田接着上司的话继续说道，"所以才有了轮换杀人，是这样吗？"

稻垣收回下巴，眼睛向上一瞟。"有什么矛盾之处吗？"

"不，没有，我认为很合理。而且我想到了另一点，就是凶手们这次为什么会选择这家饭店作为行凶现场。"

"你说说看。"

"读了博客，我感觉他们很想把自己的想法传播给世人，希望更多人能认清杀人者无法受到相应惩罚的现状。他们选择用轮换杀人的方式来复仇，但就算如愿以偿，只要社会上无人察觉，他们就无法彰显自己的主张。因此他们不知何时定下了这次的计划，希望将问题推上台面。为此，他们的行为必须得到关注，所以才将这家饭店选为舞台之一。"

"这样啊。"能势一拍膝盖，"如果行凶成功，媒体一定会挖掘出过去的案件，关注度将一举提高。"

"正是如此。他们可能已经做好了被捕的准备，最终的目的是在法庭上强调自己的主张。"

"这么一想，就能明白他们为什么用真名入住了。"

新田点点头，对能势的话表示赞同。"这个推理怎么样？"他询问稻垣的感想。

管理官脸都扭成了一团。"真是糟糕的推理啊。"

"不合理吗？"

"怎么会不合理？不如说大概率就是这样。虽说有二就有三，但同一家饭店每次都被选为杀人计划的舞台，也太巧了。如果这个推理无误，那可就麻烦了。他们既然做好了被逮捕的准备，说不定会孤注一掷。"

"您说得没错。我们必须以这种可能性为前提，来预测他们的犯罪计划。"

"真麻烦啊，那些家伙商量的内容要是留在网上就好了。"

"很遗憾，这应该是不可能的。"新田将视线从稻垣移向梓，"我认为他们不会使用一般的社交媒体来确认犯罪计划。而如果使用的是暗网，我们就无法追踪到他们的行迹——没错吧，梓警部？"

"是的，"梓表情冷漠地回答，"你说得对。"

"你有什么办法吗？"

梓立刻看向一旁。"能势警部补，你说明一下。"她催促道。

能势摘掉老花镜，看向新田。"在这个名为'无解的天平'的博客上，开设者'多元平衡'还写了很多关于其他案件的感想，这次的行凶目标犯下的案子极有可能就在其中。因此，我们准备尽快分析出博客中提到的案情所实际对应的案件。"

"只要判明这一点，就能查出相应的被害人遗属的身份与凶手的近况。"稻垣补充道，"住宿者中如果有他们的名字，就好办了。"

"我明白了。"新田表示赞同，"但是我也多次说过，且先不论被害人遗属，他们的作案目标也不见得是用真名入住的。"

"我当然明白。关于这点有个好消息，我们已经和电信公司达成一致，以绝不泄露信息为条件，只要我们提供号码，他们就能随时告知我们机主的姓名。客人预订房间时所登记号码的相关数据，我们已经全部拿到了。"

"目前正在比对住宿者的姓名。"本宫说，"大部分都与机主姓名一致，但也有不一致的。我们也在调查这些人的犯罪经历，但目前还没发现谁有前科。"

"接下来就与你们的工作相关了。"稻垣看向新田的目光中充满威严，"就算和机主姓名不一致，住宿者的姓名也不见得是假的，但其中必然存在隐情。首先要特别注意这类人。时间不多了，我们只能不择手段了。"

15

前台的工作告一段落，已经接近傍晚五点了。尚美望向大堂。来来往往的客流正在逐渐增加。一些年终聚餐和圣诞派对从六点开始，接下来才是最热闹的时候。

新田穿过大堂，快步向前台走来。看到他面色凝重，尚美猜测应该是出现了严重的问题。

"我离开的这段时间发生过什么吗？"走进柜台后，新田问道。

"入住的客人里没有特别可疑的。"

"有人的信用卡姓名和预订名不一样吗？"

"没有，只是有一位客人希望用现金支付，是一位七十岁左右的男士。"尚美说着从前台下方拿出一张住宿登记表，递给新田。

"谢谢。"新田接过登记表，开始操作电脑。屏幕上显示出这位男客人的信息。

"怎么了？"尚美问道。

"你看这里。"新田指了指备注栏，那里写着"希望入住禁烟房间，如果没有，吸烟房间也可接受"，应该是客人预订时写给饭店的。但尚美注意到的是下方的一行文字：号码与姓名一致。

"这个标记是什么？我记得刚才还没有的。"

"这里的号码，是指客人预订时告知饭店的电话号码，网上预订的客人也会填写。所谓一致，是指预订人姓名和机主姓名一致。我们已经依次完成比对，现在正录入到酒店的终端设备里。之前你看的时候应该还没来得及录入。"

"如果你们警方要求，电信公司会立刻提供机主的姓名吧？"

"立刻提供是不可能的，但是如果有调查令等手续就可以。不过一般情况下，这么多人的信息不可能如此轻易就拿到手。这次是大案，所以警方高层给电信公司施加了很大压力。"

新田的语气听起来仿佛在辩解什么。只要办好手续，对于警察而言，个人隐私或许是不存在的。

尚美不禁想到那位姓梓的女警部，她给人的感觉也是如此。为了调查，个人隐私之类的全都要靠边站。

"怎么了？"新田问。

"没什么。也就是说，根据这个标记，可以判断入住的客人是否使用了真名。"

"不能那么轻率。有人可能出于某些原因使用了他人名下的电话号码，还有人可能只是将联络人设定为别人。不过，还是要多多留意。"

"我知道了。但是刚才也提到了，遗属们似乎都使用了真名。"

"确实如此，可也没有证据能证明他们一定用了真名。此外，他们的作案目标使用假名的可能性很大。"

"目标……"

新田凑过来小声说："就是他们行凶的对象。"

"啊，我明白了。"

尚美将视线投向大堂，一个戴着墨镜、身穿西服的女人正往前台走来。安冈则在旁边接待一位男客人。

"您要办理入住吗？"尚美问道。

女人点点头。"我姓三轮。"清澈的声音回响在耳边，洋溢着成熟的魅力。她看起来大约四十岁，也可能更年长一些。

尚美操作电脑，找到了三轮的名字，是三轮叶月。真是个漂亮的名字啊。备注栏里写着"号码与姓名一致"，因此这应该就是真名。"圣诞老人的礼物"一栏勾选的是"不参加"。

"三轮叶月女士，您预订的是今晚的豪华双人房，一人入住，没有问题吧？"

"是的。"三轮叶月回答。

"那么，能麻烦您填写一下信息吗？"尚美将住宿登记表放到女客人面前。趁着对方填写，她准备好了房卡，是0821号房间。

"我填好了。"

"非常感谢。三轮女士，您准备怎么支付？是用现金还是用信用卡呢？"

"用卡。"

"好的。那么不好意思，请允许我复印您的卡片。"

"好的。"三轮叶月打开包，拿出金色的信用卡。

"谢谢您。"

尚美正在复印，三轮叶月突然惊呼一声。"这不是新田吗？"

尚美猛一回头，三轮叶月正盯着新田，新田也惊讶地睁大了双眼。

"果然没错。是我啊，是我。"三轮叶月摘掉墨镜，"我是山下，山下叶月，你忘了吗？上刑法各论和法社会学的时候，我们不是总在一起吗？"

"啊！"新田张大了嘴，似乎想起来了。他的目光变得飘忽不定，实属罕见。"哎呀，那个……你好，好久不见。"前言不搭后语的样子也不太像他。

"新田，你怎么在这儿？我可是听说你不顾父亲的反对进了警视厅。"三轮叶月疑惑地皱起眉头。

"这个嘛，发生了很多事……"新田的脸部抽动个不停。他或许是想露出笑容，却显得格外狼狈。

"三轮女士，"尚美插入了两人之间，"让您久等了，请您收好信用卡。还有，这是您的房卡。"

"谢谢。"三轮叶月接过来。她看起来还是很在意新田，目光始终注视着他。

"那个……您认识新田吗？"

"没错，虽然是很久以前的事了。"

"这样啊。我们饭店里有很多员工都是转行过来的，我以前也做过护士。"

"是吗，转行啊……"三轮叶月的目光里依旧透着怀疑。

"那么三轮女士，情况正如你看到的……"新田双手置于身前，"还请您慢慢享受饭店时光。"他鞠躬致意。

三轮叶月一脸无法接受的表情，但还是点了点头，重新戴上墨镜，迈步走向电梯间。在身影消失之前，她又停下脚步，再次回头张望，墨镜后的目光无疑是在捕捉新田的身影。

"这可糟了。"新田的自言自语传入了尚美的耳朵。

"你们是怎么认识的？"

新田皱起眉头。"是大学同学。真是大意了啊，她的姓变了，我完全没注意到，而且还戴着墨镜。"

"她提到她姓山下。"

"没错，大概是结婚以后改了姓。不过她并没有戴戒指。"

尚美瞪大眼睛。"是吗？你看得真仔细啊。"

"我根本没想到是熟人，所以就照例观察了细节。我还觉得女人独自在平安夜住饭店很奇怪呢。要是一开始多看几眼她的相貌就好了。"新田咬住嘴唇。

"那位女士知道你进入警视厅工作了啊。"

"我们专业去当警察的人很少，当时很快就传开了。我也不知道她大学毕业后去了哪里，记得她好像想当检察官。毕竟过去那么多年了，我也都忘了。"

"你们毕业后没见过面吧？"

"没见过，毕竟也没参加过同学聚会。"

"如果她当了检察官，你们不是有机会一起工作吗？"

新田露出苦笑。"你以为这个国家只有几个检察官吗？"

这倒没错。

"我是不是不该说你是转行的啊？"

"不，我觉得你的说明很有必要。问题在于她是否相信。"

"她的确在怀疑呢。"

"从警察转行到饭店工作……看起来不太可能吧。"新田歪过头。

"不会的。如果仔细寻找，一定会找到这样的人。不过问题在于那位女士怎样看待你。在她的眼中，不知你是否属于那种会转行的人。"

新田皱着眉头抬起下巴，挠了挠脖子。"应该不是。"

"你举止这么粗鲁，就算不是那位女士，也会有人看穿你的身份的。"尚美瞪着面前的刑警。

新田慌忙放下手。"你在前台的时候，就没有遇到过以前的熟人来办理入住吗？"

"遇到过好几次。"

甚至还遇到过昔日的恋人来办理入住，但此时也无须言明。

"那你是怎么应对的？"

"没有什么特别的，和对待其他客人完全一样。如果对方不跟我搭话，我就不会主动聊天。"

"如果对方搭话呢？"

"那我就适当地回应一下，比如好久不见啊，别来无恙啊。"

"这就完了？"

"大多时候都是这样，毕竟对方也不见得想要畅谈往事。不过要是有额外的想法，那就另说了。"

"什么额外的想法？"

"也就是对方对你抱有特别的感情。如果和昔日抱有好感的对象久别重逢，心脏怦怦直跳也是正常的。"

新田扑哧笑了出来。"那就行了，不用担心山下有这个问题。"

就在这时，前台的电话响起，是内线电话。尚美一边伸手拿起听筒，一边看向电话的显示屏，不禁一惊。屏幕上显示的是"0821 三轮叶月女士"。

"您好，三轮女士。这里是前台。有什么可以帮助您的吗？"

听到尚美的话，新田的眼珠差点瞪出眼眶。

"我有事想拜托你们。能请新田听电话吗？"

"新田吗——"尚美转向新田。新田正满脸吃惊地指着自己的鼻子。现在就换他接听可不太妙。"十分抱歉，新田现在不在前台。等他回来以后，我会让他给您打电话。"

"那就让他直接来我房间吧，请他尽快。"

"好的，我会转告他。"

"拜托你了。"对方说到这里便挂断了电话。

尚美放好听筒，向新田转述了刚才的对话。

"哎——"新田面露困惑，"这是什么意思啊？你为什么不帮我拒绝？"

"我不可能拒绝。既然已经指名，那么前往房间处理事情就是饭店服务人员的义务。"

"但我不是员工啊。"

"那你就直接告诉她怎么样？向她公开卧底调查的情况，请求她的协助。我想她应该不会拒绝昔日的伙伴。"

"不，这可不行。无论发生什么事，都不能向外人公开调查的秘密。"新田苦着脸抱起双臂，"不过话说回来，山下那家伙到底找我干什么？"

"难道不是我刚才提到的情况吗？三轮女士可能对你抱有特别

的感情。"

新田露出怀疑的目光。"你这话是认真的吗？"

"有一半是认真的。"

新田两腿一软。"剩下的一半是开玩笑吗？"

"剩下的一半是存在其他可能。所谓特别的感情，也包含很多种，不仅限于甜蜜的恋爱。请你站在对方的角度想一想：入住东京都内的高级饭店，偶然发现昔日的伙伴在那里工作——这样的巧合是不是有利用价值呢？你不觉得这么想才正常吗？"

"哈哈。"新田恍然大悟，"利用熟人这一点，要求享受特别服务或优惠吗？"

"这是有可能的。"

"比如升级房型？"

"也不是没可能，但那种小事用钱就能解决。而且，三轮女士的房间是豪华双人房，对一个人来说足够宽敞。既然如此，对方提出的很可能是会被饭店拒绝的要求。"

"能不能举个例子？"

"有名员工曾受高中时的朋友托付，请他告知某位人气偶像入住的日期。那位朋友不知从哪里了解到偶像经常入住这家饭店。"

"那名员工是怎么应对的？"

"当然是郑重地拒绝了。不过，单是以规则不允许为由严词拒绝，未免太过粗暴，于是他就找了个借口，说自己这样的小人物无法掌握那种机密。"

"这样啊，真是巧妙。能如此蒙混过关就好，可山下究竟有什么意图呢？"

"不知道。总之你只能先去亲耳聆听了。"

"要是提些过分的要求可就麻烦了。"

"如果你不知该怎样处理，就不要当场回答，可以用'我们会妥善处理''请容我们商议''请给我们一些时间'这三句话中的一句来应付。绝对不能说的是——"尚美用两手食指打了个叉，"'不行'——就这一句话。暂且不论其他饭店，这是东京柯尔特西亚大饭店的禁忌。"

新田垂下肩膀，叹了口气。"真是受够了。"

"你已经无处可逃，所以请做好准备吧。请把自己当成真正的饭店服务人员，去应对三轮女士。"

"我知道了，我会试试看的。"

"你的领带歪了哟。"

"知道了，知道了。"新田不胜其烦地调整着领带的位置，走出了前台。

16

　　来到 0821 号房间门前，新田做了个深呼吸，按响门铃。房门立刻咔嚓一声打开，门后露出三轮叶月的笑脸。

　　"不好意思啊，把你叫过来。"

　　"没关系。"新田不动声色，"有什么事吗？"

　　"来，请进。"三轮叶月进一步拉开了门。

　　"打扰了。"新田踏入房间。

　　由于是豪华双人房，屋内摆放着能容纳两个人的沙发。三轮叶月伸直双腿往沙发上一坐，轻轻拍了拍一旁的位置。"坐吧。"

　　"不，我就在这里。"新田站在原地低头致意。

　　"这也太别扭了吧，而且一直抬着头脖子会累的。"

　　新田控制住想要叹气的冲动，弯下腰单膝跪地。"能让我听听你的需求吗？"

　　"能不能别这么生硬？我知道你想公私分明，可是这里只有我们两人。"

新田努力扬起嘴角，再次问道："你有什么需要？"

"如果你不停止这么说话，那我也什么都不告诉你。"对方扭过脸，抬起下巴。

"就算你这么说，我也……"

"倾听客人的要求应该也是饭店服务人员的工作哟。"

新田叹了口气，这次不再是表演了。"你到底有什么事？"

三轮叶月转向新田，莞尔一笑。"语气还是有点生硬，不过算了。你为什么要来饭店啊？"

"这个……发生了很多事。"

"什么事？"

"没什么有意思的事，而且这是我的隐私，你就放过我吧。比起这个，我还是想尽早知道你的需求。"

"这么久没见了，稍微陪我聊聊总可以吧？你之前在警视厅的哪个部门？公安？还是交通？或是让人意想不到的组织犯罪对策部？"

这里的谎要是撒不好，或许会带来麻烦。三轮叶月在法律界工作，可能与警方有联系。

"主要在刑事部门。"新田直率地回答。

"是吗，哪个科？"

"红徽章。"

三轮叶月的表情明朗起来。"是万众瞩目的搜查一科啊，真不愧是你。啊，这么说来——"她啪地一拍手，"就是这家饭店啊。"

"什么意思？"

"我从东京地方检察厅的朋友那里听说过，现在世界上最安全的饭店就是东京柯尔特西亚。"

看到新田一头雾水，三轮叶月意味深长地绽开笑容。

"最近十年间，这里不是发生过两次杀人未遂案吗？凶手都被搜查一科制止了，没能酿成大祸吧？听说搜查一科展开了特殊的绝密侦查，但是那位朋友也不知道详情。你改行来到这家饭店，是不是与那些案件有关？"

提问直戳痛处，新田一时间无法动弹。但这让他连改变表情的余力都丧失殆尽，也许反而是种幸运。

"我也听说过，但是与我无关。我来到这里完全是因为别的理由。山下女士……不，是三轮女士，希望这个问题到此为止。从警视厅辞职时，我已经签了保证书，从警期间获知的信息连家人都不能透露。"

三轮叶月欣喜地哼了两声。"你的语气终于放松下来了。"

"你能讲讲你的需求了吗？"

"再聊会儿不好吗？新田，你要接受客人的任性啊。"

戏弄般的态度让新田不由得瞪了对方一眼。

"啊！"三轮叶月伸出手来指向他的脸，"那是刑警的眼神。"

新田吓了一跳，慌忙垂下头，随后又再次抬起头来摆出笑容。"失礼了。"

"看起来还没摆脱昔日的习惯呢。"

"不，应该还好。"

"你想蒙混过关也没用，可别小看了曾经的检察官。"

新田也望向对方。"你果然当了检察官？"

"没错，直到五年前都在横滨地方检察厅。你刚才说了'果然'吧？还记得我的志愿？真高兴啊。"

新田垂下目光，没有做出任何反应。如果接着聊下去，可就没完没了了。

"这就不说了？难道不是吗？我还想再聊会儿的。"

"我还有很多其他工作……抱歉。"

"我知道了，用不着道歉。我叫你来是有事想拜托你。"三轮叶月拿起桌上的手机开始操作，"今天这个男人应该会入住，没准已经办好手续了。"她把手机屏幕转向新田。

新田在表情骤变前控制住了自己。屏幕上出现的是稍早前办理入住的那对情侣中的一方，也就是和泽崎弓江同行的男人。眉钉是再明显不过的标志物。

"这个男的怎么了？"

"已经入住了？"

新田脸颊松弛下来，摇了摇头。"不知道，我又不是一直在前台。而且就算我知道，也不能回答你。"

"别这么死脑筋啊。我知道他今天就住在这家饭店。有件事我无论如何都希望得到你的帮助。"

"什么事？"

"简单来说，就是希望你能把他的行动告诉我。如果他有同行的伴侣，是什么样的女人？他住在什么样的房间，在哪家餐厅吃饭，又花钱干了什么？我不是让你专门去调查，只要告诉我你了解的情况就好。"

"这不是开玩笑吗？"新田摆了摆手，"我怎么可能干出这种事。这是侵犯隐私。"

"你就想想办法吧，拜托了。"三轮叶月合掌请求，"就当是帮我——不，不对，是帮我解决委托人的问题。"

"委托人？"

"委托我在下次出庭中进行辩护的人。"

"噢。"新田重新注视着昔日的同学，"你现在是律师吗？"

"对。因为以前是检察官，也就是所谓的'辞检'。"

"到底有什么理由，让这位辞检律师宁可破了饭店服务人员的规矩，也要探查客人的行动？"

"如果我说了，你会帮忙吗？"

"听听再说。"

"那可不行，你必须先答应我。"

新田的大脑飞速转动。对话原本应该随着他的拒绝而终止，但是他想获得泽崎弓江和同行男人的信息。他回想起山岸尚美的话：不要当场回答——

"你看这样行不行？"新田竖起食指，"如果你能告诉我，我会想办法帮你。至于能帮到什么程度，希望容我考虑一下。"

"这是你的结论吗？"

"我觉得这不算糟糕。"

三轮叶月稍加思索，轻轻点了点头。

"好，那就这么办。我的委托人是个男的，有人起诉他存在婚姻欺诈行为。他通过相亲网站认识了一位女士。对方称两人交往期间，他骗取了大约一千万日元。他本人也承认收了钱，但是没有欺骗对方的意思。"

"这种事常有，一般都会说我将来打算还啊，我是真想结婚啊之类的。"

"但是我的委托人说，他一直认为那些钱是对方纯粹出于好感给他的零花钱。"

"出于好感给的零花钱？你的委托人是牛郎吗？"

"他那种帅哥倒是能当牛郎。不过，他其实是个没名气的演员，总是苦于手头没钱。由于忙着打工，既没法去上课，也没时间好好排练。据他所说，他跟对方交代了自己的情况后，对方就开始资助他。他从没求过婚，也没提过借钱。"

"这可信吗？"

"说句实话，一听就是满口胡言。检方似乎已经掌握了他表达结婚意愿的相关言行证据，所以我打算让他在开庭时老实承认这一点，表现出反省的态度。至于骗钱，我准备让他强调自己并无此意，只是因为一撒娇就能拿到零花钱，结果玩过了头。"

"被害人听起来好像是个有钱人啊。"

"是个四十多岁的企业家。但她非常自信，觉得自己看起来就像三十多。"

"情况我明白了，可是和刚才那个男的有什么关系？你能告诉我他的名字吗？"新田从内侧口袋里掏出笔记本和圆珠笔。

"这个男的啊——"三轮叶月再次从手机中调出男人的照片，"他叫佐山凉。"

"名字怎么写？"

三轮叶月伸出右手，似乎是想借用笔记本和圆珠笔。新田撕下一张空白页，连同圆珠笔一起递了过去。

写好后归还的纸上，是"佐山凉"三个字。

"我调查了被害人，发现她以前也曾和比她年轻的男人交往过，那个人就是佐山凉。据说被害人也在佐山身上花了不少钱，还给他买了车。"

"还真是有给别人送钱的爱好啊。"

"我打算在开庭时强调这一点。也就是说，被告确实有罪，但是被害人也有问题。关系稍微一拉近，就立刻认为对方会和自己结婚，钱就不由自主地送出去了。"

"我明白你的辩护目标了。那你为什么想知道佐山在这家饭店的行动？"

"简而言之，我想知道佐山是什么类型的男人。如果和被告相似，那就证明被害人完全没有吸取教训。"

"那你直接接触和询问佐山不是更快吗？那样效率更高。"

"可是那样就抓不到他的真面目了，他可能会在我面前装模作样。我想尽可能观察他毫无防备的样子。如果能分析他一整晚的饭店生活，或许可以掌握很多信息。好了，情况介绍完了，你会帮我忙吧？"

"我不可能把刚才你要求的所有信息都提供给你，但是我会通过某种形式帮助你的。能给我些时间吗？"

"好。"三轮叶月递出手机，"给你的手机拨个电话。"

应该是要交换电话号码。新田接过来，输入自己的号码，确认上衣内侧传来振动后便挂断了。

"三十分钟后我打给你。"新田将手机还了回去。

"我等你，拜托了啊。"三轮叶月露出满足的微笑。

"我怎么称呼你合适？叫你三轮可以吗？"

"可以。"

新田点点头，再次看向对方的左手。的确没有戒指，但是新田决定不提及这件事。

"对了，你刚才提到这家饭店曾两次发生杀人未遂案。消息是不是已经在坊间流传很广了？"

"谁知道呢，我只听说在一些人群当中很有名。"

"是在网上传开的？"

"这个嘛，我也不太清楚，不过这也没什么奇怪的吧。"

"是吗……"新田叹了口气。

"这不是挺好吗？大家都说这里是世界上最安全的饭店，又没说是最危险的。"

"那倒是。"

"那就回头见了。"三轮叶月挥了挥手。

离开房间，新田回到前台，朝山岸尚美使了个眼色。两人走进办公室后，新田讲述了他与三轮叶月交谈的内容。

"她提了那种要求吗？"尚美也惊讶不已。

"真是服了她，我明明说了办不到。"

"那你打算怎么办？"

"我接下来会想办法，因为我必须先确认一件事。"

新田操作电脑，调出泽崎弓江的信息。备注栏里写着"号码与姓名一致"，说明她并未使用假名。至于她没有驾照，大概只是没去考而已。

新田拨通了本宫的电话。

"我是新田，有件事想找你确认。刚才你给我发了姓名为泽崎弓江的女性的驾照，叫这个名字的人里是否有谁有前科，都确认完毕了吗？"

"稍等……那个，确认完了。这个名字的人都没有重大前科。"

"这样啊。其实我刚刚掌握了那个女人的同行者的名字，叫佐山凉，恐怕也是真名。人字旁加左右的左，山川的山，凉是两点水加京都的京。请你也调查一下这个名字。"

"你还真是在意这两个人啊。"

"与其说在意两个人，不如说那个男的更可疑。"

"你是怎么找出那家伙的真名的？"本宫感到不可思议。

"偶然知道的，我之后再告诉你详情。"

"佐山凉啊，听起来应该有同名同姓的。"

"年龄在二十五岁到三十多岁之间。"

"知道了，我会把符合条件的驾照照片都发给你，你确认长相后再告诉我。"

"明白。"

挂断电话，新田长出了一口气，和山岸尚美四目相对。

"你打算怎么应对三轮女士的要求？"

"这要取决于本宫的回复。如果查明与案件无关，那么说句实话，我对佐山凉毫无兴趣。至于三轮叶月，我只需要告诉她佐山凉既没有出过房间，也没有给前台打过电话，不知道在做什么。佐山凉是和女人一起来的这一点倒是告诉她也无妨。"

"请你不要告诉她房间号码。"

"我明白，我也不想节外生枝。"

两人回到前台。前来办理入住的客人接二连三，新田站在山岸尚美和安冈身后，用电脑逐一确认客人的信息。没有出现预订人姓名和机主姓名不一致的情况。不少人都申请参加"圣诞老人的礼物"活动。

手机振动起来，新田拿出一看，是本宫发来了名为佐山凉的人的驾照照片。果然如他所想，同名同姓者很多。

第三张照片正是与泽崎弓江同行的男人。新田打电话告知本宫。

"是住在町田市的佐山凉啊。原来如此，你也挺敏锐的嘛。"

"什么意思？"

"这个佐山凉两年前被逮捕过。"

"罪名是什么？"

"违反大麻取缔法。我现在就去调查他是否遭到起诉。"

"拜托了，我也马上过来。"

毒品吗——这可不能无视。新田握紧拳头。

"山岸小姐，不好意思，我离开一下。如果有电话和姓名不一致的人出现，能简单帮我做个记录吗？"

"我明白了。如果还有其他举止怪异的客人，我也会注意观察的。"

"谢谢，多亏有你在。"

新田向办公楼走去，边走边给三轮叶月打去电话。

"你决定好了吗？"电话刚一接通，三轮便单刀直入。

"抱歉，能不能再给我些时间？"

"那倒没关系。佐山入住了吗？"

"可能入住了。"

"可能？这叫什么话啊，看一眼入住记录不就知道了？"

"预订人名单里没有佐山凉的名字，但是我问了同事，有位女士带着同伴一起办理的入住，可能就是他，戴着眉钉。"

"那肯定就是了。女伴叫什么？"

"这我不能说。"

"为什么啊？你不是说帮我吗？"

"只限于和佐山有关的信息。何况也还没有证据证明那个人就是佐山凉。所以我才说还需要时间确认，总不能就这样把别人的信息透露给你吧。"

"你可真顽固。"

"我的工作就是如此。再等我三十分钟。"

"好吧。"三轮叶月挂断了电话。

17

新田离开前台后不久，一对看起来像是夫妻的老年人走进大门。男方把小旅行包往大堂沙发上一放，女方立刻在旁边坐下。交谈了几句后，男方独自朝前台走来。安冈正在接待其他客人，尚美站在一旁。

"欢迎光临，您要办理入住吗？"

"我是小林三郎。"对方说道。

尚美操作电脑，在预订人名单中找到了小林三郎的名字，系统显示他们不参加"圣诞老人的礼物"活动。看到备注栏中写着"号码与姓名不一致"，尚美不由得抿紧了双唇。

"小林三郎先生，您预订的是今晚的豪华双床房，两人入住，没有问题吧？"

"嗯。"对方点点头。

"那么麻烦您填写一下信息。"

尚美递出住宿登记表，一边准备房卡，一边观察男人的样子。

从一头白发和脸上的皱纹推断，年龄应该在六十岁左右。他身材结实，一身西服剪裁得体，十分合身。

"好了。"小林三郎说。尚美瞥了一眼登记表，住址一栏写着长野县轻井泽町的地名。

正如尚美所料，小林三郎希望用现金支付房费，而且还主动问道："是不是需要押金？"他拿出钱包。"十万够不够？"

"足够了，谢谢您。"尚美接过对方毫不犹豫递上来的纸币。

为他们准备的是 1501 号房间。尚美将房卡和押金收据交给对方。"让您久等了，还请慢慢享受。"

"谢谢。"

小林三郎回到同行的老妇人身旁，提起包的同时伸出另一只手。对方立刻抓住那只手，从沙发上站起身。她似乎比小林年轻些，身形枯瘦，表情阴郁，看起来病恹恹的。

两人一同走向电梯间，老妇人紧紧抓着小林的左臂。他们似乎毫不关注周围的情形，至少在尚美看来，他们之间并没有什么不正常的关系。

但是——

真正的夫妻会在入住饭店时使用假名吗？

18

新田来到办公楼的会议室，本宫和稻垣立刻凑了过来。

"佐山凉曾经遭到起诉。"本宫说，"判了三年有期徒刑，但是缓期执行，大概因为是初犯吧。"

"是哪里的警察起诉他的？"

"町田警察局，我正让人帮忙查明详情。"

"新田，你是怎么掌握佐山凉这个名字的？"稻垣抛来问题。

"说起来就比较复杂了。实际上，我遇到了以前的熟人。"新田详细说明了他和三轮叶月的关系以及办理入住后两人的对话。

"什么啊，这不是更麻烦了吗？"本宫皱起眉头，"新田，你没暴露吧？"

"应该没有——"新田轻轻一摊手，"我只能这么说。"

"只要没暴露，也不是不能利用一下。"稻垣说道，"这个姓三轮的女律师不是已经详细调查过佐山的各种情况了吗？她手上可能握有对咱们有用的信息。你就装成协助她的样子，尽可能打听出来。"

"不能跟她挑明案件的情况吧。"

"那是当然，你就以饭店服务人员的身份跟她接触。"

"我知道了。另外，我还从三轮那里听到了一件重要的事。"新田随后便提到了三轮叶月知道过去发生在这家饭店的两起案子，"她好像并不了解详情，但信息应该还是泄露出去了。"

"这样啊。"稻垣愁眉苦脸，"那凶手们可能也掌握了相关信息——本宫，你们和七组一起调查一下，看看嫌疑人周围有没有东京地方检察厅的相关人员。"

"是。"

"还有别的事吗？"

"有一件和饭店活动相关的事。"

新田介绍了从山岸尚美那里听来的"圣诞老人的礼物"活动。稻垣不禁面色凝重。"圣诞老人在半夜到处晃悠？这又是个大麻烦啊。"

"不过，扮成圣诞老人的就是饭店的员工，只要把握他们的行动，应该就不会有问题。"

"好，那就交给你处理了。"稻垣点点头。

新田回到饭店，径直走向电梯间。他走进电梯，按下标有数字"8"的按钮。比起打电话，还是直接和三轮叶月面谈比较好。

来到八层，新田按下0821号房间的门铃。

"哪位？"里面传来回应。

"我是新田。"

门立刻开了。"你还专程跑过来啊。"

"如果现在不方便，我可以一会儿再来。"

"没关系，请进吧。"

"打扰了。"

三轮叶月在沙发上摆出和之前一样的姿势。新田仍然站着，但是这次没有听到任何抱怨。

"佐山凉已经人住了。"

"你确定？"

"他们叫了客房服务，我和负责送餐的同事一起去的，确认了他的长相。就是你给我看的那张照片上的人。"

"他们点了什么？"

"唐培里侬香槟和鱼子酱，还有水果拼盘。"

"办理入住的是那个女人吧？你看到她的脸了吗？"

"我没看到，但是据办理手续的同事说，是个看起来很花哨的年轻女人。"

"他们住哪间房？"

"那就不能告诉你了。而且你就算知道了，也不可能去吧。"

"那倒是……"

"不过我可以告诉你房型，是转角套房。"

"一晚上多少钱？"

"十万日元。"

"是那个女人付的钱吧？"

"用金卡付的。"

"噢。"三轮叶月点了点头，"这样啊，看来是找到了新的赞助人。女人的名字不能告诉我是吧？"

"你真是没完没了。"

"这次是年轻女人啊，也不知道是哪里的大小姐。"

听三轮叶月的语气，应该不了解泽崎弓江。

"现在能提供的信息就是这些。"

"谢谢，很有用。"

"我也有件事想跟你商量。"

"什么事？"

"佐山凉是个什么样的人？"

"啊？"三轮叶月眉头一皱，"你说什么呢？我就是想知道才拜托你提供信息的啊。"

"你也不是对他一无所知吧。而且我想你应该已经做了大量调查，早就知道他今晚要在这家饭店过夜。为了做最终的确认，了解他在饭店里的一举一动，你才预订入住的，没错吧？"

三轮叶月的头发在她的抓挠下蓬松起来。"这个嘛，确实如此。"

"还有，他过去的经历啊，有没有前科啊，你已经查到了吧？"

三轮叶月露出警惕的目光。"你想知道？为什么？"

"因为我总觉得那两个人不太寻常，那么年轻就住转角套房，而且付钱的还是那个一身名牌的女人。男人只穿着廉价的人造皮夹克，还戴了眉钉。他们一到饭店就点了香槟、鱼子酱和水果，实在奇怪，我怀疑他们是不是有什么企图。托你的福，男人的姓名是知道了，可如果女人用的是假名，就没法弄清她的身份。万一他们干了什么坏事，退房后饭店才发现，就无计可施了。"

"坏事是指什么？比如把房间里的东西带走？"

"有可能。浴袍一件两万，两件四万，可不是开玩笑的。"

"真是小气。"三轮叶月笑了一声，又恢复了严肃，"佐山凉是个吉他手。据我调查，他虽然游手好闲，但人品不差，也没听说他犯过什么案子。如果说有什么需要你们留意的，应该就是派对了。"

"派对？"

三轮竖起两根手指，做出吸烟的动作。"大麻派对。"

"啊……"

"他好像被逮捕过，就在两年前。"

"那场派对没出现什么大问题吧？比如有人死了或受伤了。"

"没听说，应该只是稍微造成了一些骚动。但是对于饭店来说，有人在房间里搞那种事可不太好吧？"

"当然了。"

"是吧？所以我才说你们最好多多留意。"

"明白了，我会注意的。你的信息很有用。"

"如果发生什么，能不能也告诉我？多小的事都行。"

"我得先注意到了再说。"

道别后，新田出了房间。果然如他所想，三轮叶月掌握了不少有关佐山凉的情况。如果佐山曾犯下让谁想要杀人偿命的罪行，那么三轮叶月肯定知道。不过听她的语气，应该没有隐瞒什么。

来到八层的电梯间，新田打电话向稻垣汇报情况。

"我这里也从町田警察局收到了信息。佐山曾和同伴们一起吸食大麻，遭到检举。他没有其他被捕经历，也并不掌握大麻的买卖渠道，所以最后判了缓刑。那场派对确实没有出现死伤者。被释放以后，佐山曾在矫正机构待过一段时间。"

"这样啊。不过他既然吸过大麻，就可能和一些危险的家伙牵扯到一起。即使没有犯罪记录，也可能与别人的死亡间接相关。"

"于是遗属就对佐山心怀怨恨吗？很有可能啊。"

"无论如何，我们都必须留意。我会命令部下监视的。"

"好。"

新田乘坐电梯来到一层，返回前台。山岸尚美刚为一位中年女士办完入住手续。

新田讲述了佐山凉的犯罪经历。"他可能和这次的案件无关，但最好还是留意一下，不要让他们在屋里开什么大麻派对。"

山岸尚美困扰地皱起眉头。"这可是大问题。知道了，我会通知其他员工的。"

"这边有什么情况吗？"

"只有一组客人的预订姓名和机主姓名不一致，是一位男客人带着一位女士。"山岸尚美从柜台下方拿出住宿登记表，上面写着"小林三郎"。

"多大年纪了？"

"看起来六十岁左右，一头白发，很气派，西服也是高档品牌。"

新田立刻打电话给本宫。"预订人里有个叫小林三郎的，姓名电话不一致。"

"那个……啊，没错，机主叫泽井清一。"

"能确认那个人的情况吗？"

"这个名字的驾照不止一份，其中也有人有前科。"

"那小林三郎呢？"

"驾照有是有，但是还没有进行确认。同名者超过了五百人。"

"五百……"

"怎么办？全都要确认吗？"

"那先算了吧。你能把泽井清一相关的驾照照片发给我吗？入住手续已经办完，我让山岸小姐确认一下。"

"我知道了。"

新田挂掉电话，看向山岸尚美。"你说他带着一位女士是吧？是年轻人吗？"

"不，是位老妇人。我觉得他们看起来像夫妻。可要真是夫妻，应该不会使用假名吧？"

"就算和机主姓名不一致，也不一定是假名……他是用卡支付的吗？"

"没有，用的是现金。"

果然是这样啊，越来越可疑了。新田重新拿起住宿登记表。

"他们带行李了吗？"

"带了一个小旅行包。"

真不愧是山岸尚美，观察得滴水不漏。

根据登记表上的信息，两人住在长野县轻井泽，街道和门牌号也写得清清楚楚。如果使用的是假名，那么地址作假的可能性也很高，但要详细填写陌生地址并不简单。难道他们实际的住所就在那附近？

旅行包不大，是因为他们不打算在东京长期停留。也就是说，仅仅为了今天在这家饭店住一晚，他们特意从长野县来到东京。

手机收到信息，是本宫发来了名为泽井清一的人的照片，大约十张。新田让山岸尚美过目。

山岸尚美盯着照片一张张看。看完最后一张，她失落地摇了摇头。"都不是小林先生。"

"是吗……"

新田陷入沉思。难道要调取超过五百位小林三郎的驾照，让山岸尚美全都看一遍吗？

就在这时，山岸尚美低呼了一声。她的目光正对大堂。"就是那两位。"

新田循着山岸尚美的目光望去，一对刚刚步入老年的夫妻正走向咖啡厅。

"那就是小林三郎？"

"是的。他们看起来很亲密啊。真的是不正当关系吗？"

"也许吧。不如说我只能祈祷，希望他们只是不正当关系而已。"看着走入咖啡厅的两人，新田从心底里慨叹。

19

　　时间已近傍晚六点。新田一直从山岸尚美等人身后观察办理入住的客人，但是没有发现什么异常。本宫那边也没有传来发现客人有前科之类的消息。

　　新田若无其事地望向大门，一个男人和两个女人正穿门而入。三个人看起来都像是二三十岁，至多不会超过三十五岁。他们穿得花哨而随意，头发也都染成了明亮的颜色。或许是没进过这家饭店，一走进来，他们就用好奇的目光打量着大堂，显得兴奋不已。

　　他们是打算办理入住吗？新田正琢磨着，只见三人眼睛滴溜溜地张望了一番，便向电梯间走去。

　　扮成行李员的关根就在他们身边。他似乎也非常在意这三个年轻人，紧紧盯着他们走进电梯间，便立刻跑向新田。"组长。"他隔着前台压低声音唤道。

　　确认四周没有客人，新田问："怎么了？"

　　"1610 号房是需要注意的房间吧？"关根说道。卧底的侦查员们会随时交换信息，了解需要关注的客人和房间。1610 号房是佐山凉他们入住的房间。

"是的，发生什么事了？"

"刚才有个去坐电梯的女人说，1610 号房应该在十六层吧。"

"真的吗？"

"绝对没错，我听得很清楚。"

"我知道了。"

新田将情况告知尚美，皱纹在她的眉间微微堆起。

"这样啊。那是转角套房，五个人用也足够宽敞。"

"不违反规定吗？多人共用一个房间。"

"当然违反规定，而且非住宿客人原本就不能进入客房所在的楼层。不过也有例外，比如举办婚礼的新人预订房间后，是允许客人前往问候的，我们决不会说出什么'因为违反规定，所以请不要去'之类不通人情世故的话。"

"那倒是。不过佐山他们可不属于那种情况。刚才那些年轻人也是，怎么看都不像是有教养的样子。而且还有大麻的前车之鉴，还是赶快把他们请出去更好吧？"

山岸尚美思索片刻，说了句"我去和经理谈谈"，便消失在身后的办公室中。

五分钟后，她回来了。

"总之我们先观察一下情况。经理认为如果是短时间的聚会，就没必要去管。但是，如果他们通过客房服务点了大量食物和饮品，我们会委婉地提醒他们，目前支付的房费并不包含此类服务。但问题在后面——要是他们表示会追加费用，想在房间里开派对，那么我们该如何应对。我们饭店也提供类似服务，因此不能随便拒绝。"

"那要怎么办？"

"只能随机应变了。"

"比如呢？"

"要看客人怎么说。没关系，我自有办法。"

山岸尚美刚露出游刃有余的笑容，新田的手机就响了，是稻垣打来的。

"我收到了七组的信息。森元外出了，本宫的部下正在跟踪。你跟饭店的人说，让他们允许我们进森元的房间调查一下。梓的部下正往那边去。"

"请等一下。即使外出，不是也可能很快就回来吗？"

"不用担心。森元要去他自家附近，短时间内回不来。"

"这种事是怎么——"

刚要问出"知道的"，新田就明白了。梓他们一直在窃听森元的房间，恐怕是由此获得的信息。

新田把手捂在嘴边，转身背对山岸尚美。"该怎么跟饭店的人说明比较好？"

"那就交给你了，想办法蒙混过去吧。"稻垣只丢下这么一句话。

握着手机的新田目瞪口呆。

"怎么了？"山岸尚美问道。

新田一个劲儿地转动脑筋。当他无计可施地看向大堂时，森元雅司的身影出现在电梯间。他和办理入住手续时一样，背着商务背包。

新田指了指走向大门的森元。"排查监控录像的同事报告说森元离开了房间。他看起来好像要外出，能允许我们进他的房间调查一下吗？当然，是和饭店员工一起。"

"要擅自进入客人的房间吗？"山岸尚美果然面露难色。

"打扫房间时都允许侦查员进去了，这不是一样的吗？拜托了。森元雅司正背着他的包，房间里应该没有行李。"

这时，森元已经走出大门，坐上了出租车。

"但是……"山岸尚美说道，"如果森元先生在警方还没离开时就回来，那可不得了。"

"没关系，有侦查员正在跟踪他。如果发现他准备回来，会提前通知我们的。"

山岸尚美思考了片刻。"我可以先去征求总经理的意见吗？"

"当然可以，但是还望你们能尽快答复。"

"我知道了。"

山岸尚美拿出手机，开始拨打电话。

新田望向门口，森元乘坐的出租车已经驶出，负责跟踪的侦查员应该也已经驾车开始行动了。

这时，山岸尚美结束了通话。"总经理允许了，只是要求我必须在场。"

"你？"

"因为我是卧底调查的负责人。有什么问题吗？"

"没有。我也可以同去吗？"

"那就太好了。和陌生的刑警独处，总觉得畏畏缩缩。"

将前台工作交给其他员工后，两人走向电梯间。

电梯在九层停下。沿着走廊来到 0911 号房间前，一名身穿保洁员制服的女刑警正站在那里，是梓的部下。看到新田他们，女刑警低头致意。那不是饭店员工的问候，而是未戴制帽的警察惯用的敬礼。

山岸尚美用房卡打开房门，但是没有迈步，而是说了声"请"，让新田他们先进。她大概不太习惯在别人前面进入房间。

待女刑警进去后，新田也随之入内。森元雅司已经带走了行李，女刑警到底打算调查什么呢？当然，梓应该已经做出了指示。

女刑警走近写字台。她双手戴着手套，撕下一张放在写字台上的便笺纸收进口袋。山岸尚美似乎倒抽了一口冷气，但并没有表示抗议。便笺纸只不过是饭店准备的用品，并非客人所有，更何况撕下来的是张白纸。

新田环视屋内。森元雅司似乎把所有随身物品都装进了背包，一件也没有留下。女刑警翻了翻垃圾箱，似乎也没有什么特别的东西。

新田走进卫生间，里面是由洗脸台、坐便器和浴缸构成的组合式设备。粗略一看，除了一块擦手毛巾已经用过，其他地方都没有触碰过的痕迹。

新田正准备查看垃圾箱，外面突然传来山岸尚美尖厉的声音："那是什么？"

走出卫生间一看，站在窗边的山岸尚美正瞪着女刑警。

"没什么，我只是在捡垃圾。"

"请给我看看。"山岸尚美伸出右手。

女刑警一动不动，默默地低着头。

“怎么了？”新田问道。

“这位刑警从床下捡起了什么东西，应该是瞄准了我往窗外看的空当，不过我通过玻璃反射看到了她的举动。”

床下——新田立刻明白了。

“请快些拿出来。如果只是垃圾，应该能让我看。”山岸尚美的语气罕见地严厉起来，“还是说那不是垃圾，而是什么见不得人的东西？”

女刑警依旧保持沉默，右手紧紧握成拳头。

“喂。”新田开口了，“你给她看看。”

女刑警抬起头，惊讶地睁大了双眼。

“快点儿。”新田继续催促。

“可是……”

“好了，快点儿。”

女刑警不情不愿地慢慢抬起右手，摊开手掌。上面是一块黑色的方形板状物体，附带细长的天线。

“那是什么？”山岸尚美问。

看到女刑警闭口不答，新田命令道：“告诉她。”

“声音传送器。”女刑警淡淡地说。

“声音？你说传送器，难道是……”山岸尚美的目光投向新田，表情中混杂着惊讶与失望。

“简单地说，就是窃听器。”说到这里，新田转向女刑警，“是梓警部命令你来回收的吗？”

“不是回收，是要换个位置……之前的收音情况不太好。”

新田只能控制住自己的情绪。真是画蛇添足。

"新田先生，你事先知道吗？"山岸尚美的声音在颤抖，大概是想努力平静下来。

　　新田吐了口气，点点头。"知道。"

　　"怎么会……即使是嫌疑人，只要没找到证据，就得当作普通的客人对待，你们不是已经答应了吗？一直在欺骗我吗？"

　　"对不起。我心里很过意不去，但是为了调查没有办法。"

　　"其他客人……另外两位的房间里也有窃听器？"

　　再撒谎已经没有任何意义了。"是的。"新田回答。

　　"恶劣至极……"山岸尚美的眼中浮现出厌恶之色。她看向女刑警。"你能立刻把那个关掉吗？然后交给我。"

　　女刑警露出为难的神情。新田叹了口气，命令道："关闭电源，然后交给山岸小姐。"

　　女刑警从窃听器上取下纽扣电池，递了过来。

　　山岸尚美握紧窃听器，瞪向新田。"你们二位都请出去。这是客人的房间，接下来我会检查一遍再离开，要是还藏了其他东西可不行。"

　　"不，其他什么都没有——"

　　"我没办法相信你们。"山岸尚美打断新田，"请快点儿出去。"

　　新田点了点头，催促着女刑警向房门走去。

20

被山岸尚美从森元的房间赶出来二十分钟后，新田来到办公楼的会议室，与稻垣、本宫和梓等人围坐桌旁。是稻垣把他叫过来的，说是查明了重要事项。此前，新田一直待在前台，但山岸尚美始终没有回来，或许是不愿继续协助调查了。这也是没办法的事，毕竟眼下状况如此，即使被她厌弃也无话可说。

梓打开录音机，放到桌子中央。"十八时零五分左右，森元雅司的手机接到电话，这是当时的通话内容。"

"是我，怎么了？"录音机里传来声音，"……哎？健太吗？……在哪里？……这都在干什么啊，怎么会变成这样……真没办法，我也过去。地点是？……啊，离家很近啊……我来调查就行，你先把对方的电话号码告诉我……等等，我记录一下……行啊……嗯……嗯，我明白了。那之后再说……哎？……不，还什么都没有……啊，对了，我找了但是没找到……不知道。要根据那边的情况决定……那之后再说。"

梓按停录音机。"随后就传来了他慌慌张张离开房间的声音，于是我就向管理官报告了。"

所以才知道森元要去家附近啊，新田明白了。"七组的女刑警好像从森元的房间拿回了一张便笺纸。"

"是这个。"稻垣将一张纸片放到桌上。正中间已用铅笔薄薄涂了一层，浮现出白色的数字。前三个数字是080，大概是手机号码。森元做记录的痕迹留在了下方的纸上，梓将部下送入房间的最重要目的应该在此，移动窃听器大概是顺带而为。

"根据电信公司提供的信息，这个号码在世田谷区的一个男人名下。与驾照紧急比对后，得知这个男人今天傍晚造成了一起交通事故，好像是撞到了自行车。"

"交通事故？"

"本官，你把跟踪小组的报告告诉新田。"

本官的视线落在手边的资料上。"森元雅司的目的地是世田谷区内的一家医院。他的家人遭遇交通事故，已被救护车送到医院。刚才的录音里不是出现了健太这个名字吗？健太是森元的儿子，上初中二年级，大概是骑车时被撞伤了。"

"也就是说，给森元打电话的极有可能是他的妻子。得知儿子遭遇事故，他立刻赶往医院。这个电话号码是——"稻垣拿过那张便笺纸，"肇事司机的号码，大概是发生事故后给被害人一方的吧。森元说'你先把对方的电话号码告诉我'，应该就是指这个。"

"这是完全在森元预料之外的突发情况啊。"

"正是如此。那么新田，你怎么想？"

新田摩挲着下巴，歪头说道："问题在于森元接下来的行动。

如果他已经与神谷良美、前岛隆明等人制订了计划，那就必须回到饭店，否则就得改变计划……"

"最重要的是那些人制订的是什么样的计划。森元到底在其中负责哪个环节，是行凶还是望风，或是引诱目标？计划也可能会视情况而中止。"

"如果中止，其他人会怎么办？"本宫说，"会因为待在饭店毫无意义而选择退房吗？"

"不知道啊。他们又没有什么理由急着离开，今晚大概会住下吧。"

听到新田的不同看法，本宫缩了缩脖子。"也是啊。"

"总之先观望一下情况，一定盯紧另外两个人。"稻垣的命令响彻会议室。

新田走出会议室，正沿着台阶下楼，身后传来"新田警部"的呼唤。回身抬头一看，梓快步追了上来。"我有点事想找你谈谈。"

"什么事？"

"我们找个能慢慢谈的地方。"

"我知道了。"

两人下到一层，走向走廊深处。旁边没有办公室，如果有人过来，只要立刻停止交谈就好。

"有什么事？"新田问道。

梓从内侧口袋里拿出了什么东西。是刚才的录音机。她按下开关，托在左手掌上。

"即使是嫌疑人，只要没找到证据，就得当作普通的客人对待，你们不是已经答应了吗？一直在欺骗我吗？"是山岸尚美的声音。

"对不起。我心里很过意不去，但是为了调查没有办法。"这句自然是新田说的。

"其他客人……另外两位的房间里也有窃听器？"

"是的。"

这是在森元房间里时，女刑警卸下窃听器电池前的对话。

梓关上录音机，收回口袋。"你为什么不说是七组的梓擅自决定的？"

新田两手一摊。"就算那么说，也没有任何意义。我明明知道窃听器的存在，却没有告诉山岸小姐，这和我同意窃听没什么区别。"

"可是，你们的对话听起来就好像下令窃听的是新田警部你一样。那个人……是姓山岸吧？我觉得她也是这么认为的。误会还是尽早解开为好。"

"为什么？"

"这……"梓的视线飘忽不定，"毕竟，你应该也不希望误会一直存在吧？"

"我不认为那是误会。卧底调查的负责人是我，不管愿不愿意，我已经做好了承担责任的准备，在饭店进行的一切调查都由我负责，不需要什么奇奇怪怪的顾虑。而且管理官也好，本宫也好，都没有对录下森元的声音一事提出质疑。什么时候录的，怎么录的，他们一句都没问。他们是赞同你的做法的。"

梓扬起鼻尖，注视着新田。"那你呢？你赞同吗？"

"我不赞同。但是我已经说了好几遍，我会负责。如果你是游戏玩家，那我就是游戏管理员。"新田看了一眼手表，马上就到七点半了，"时间宝贵，我先走了。"

将梓留在身后，新田沿着走廊离开办公楼，走进饭店。身后有人拍了一下他的肩膀，扭头一看，是带着恶作剧般笑容的能势。

"这次是能势先生啊。怎么了？"

"能占用您一点儿时间吗？"能势的拇指和食指做出捏起小物件的动作，"一点点时间就行。"

"可以是可以……"新田看向前台。山岸尚美已经返回，正在接待客人，似乎没有注意到新田他们。"那，我们去楼上吧。"

两人乘坐扶梯来到二层，走进无人的婚礼场地，就近找桌子坐下。

"我们组长是个很麻烦的女人吧？"

听到能势的话，新田一惊。"难道你听到刚才我们的对话了？"

"我正打算上楼，不小心听到了……不过我这么说，您大概也不会信吧。"能势吐了吐舌头。

"偷听吗？这可不是个好习惯。"

"不好意思，我实在太在意了。那，您怎么看呢？"

"梓警部吗？"

"对。"能势点点头，脸上已经没有了戏谑之色。

"即使都是警察，思考方式也因人而异，调查时的态度也是如此。偷拍和窃听确实不符合我的性格，但是能由此分析出森元的行动，确实有效。我认为这一点必须得到认可。"

能势露出平和的神情，两手的手指在桌面上缓缓交叉。"我以前也说过，她非常优秀，是个完完全全的刑警。她父亲也是刑警，虽然她本人不太想说。"

新田猛地挺直了腰板。"真的？"

"真的，而且父亲也想让女儿当警察。您知道她的名字吗？"

"梓警部的名字吗？这么说来从没听过。她叫什么？"

"她叫真寻。"

"真寻？"

能势拿出笔记本，用圆珠笔写了数笔，将本子朝向新田。"这么写。"

笔记本上写着"真寻"二字。

"取这个名字的意思，就是让她探寻真相。怎么样，这个名字对刑警来说再合适不过了吧？"

"确实如此。"

"她的父亲很想要儿子，但是两个孩子都是女孩。大女儿文静细腻，所以这位父亲就把期待全都放到了二女儿身上，从小就让她学习各种格斗技能，听说她尤其擅长合气道。"

"也就是培养刑警的英才教育啊。"新田不禁想，这位父亲就没考虑过女儿可能因此结不了婚吗？

"梓组长出色地回应了父亲的期待。如果她是男人，恐怕会晋升得更快。不过她并不因此沮丧，一切都以拿出成果为目标。为此，她必须做些和男人不一样的事。那些让上司们犹豫再三的、打着法律擦边球的调查方法，她都逐一实施，脚踏实地取得了成果。但是啊，梓组长并不想变成什么了不起的大人物。她的目标简单明了，就是要贯彻正义，手刃恶人，仅此而已，和新田先生您一样。"

新田目不转睛地盯着能势的圆脸，最终没能忍住笑意。

"怎么了？我说了什么奇怪的话吗？"

"没有没有。"新田摆了摆手，"我明白你为什么忠于梓警部了。在你看来，那个人值得你奉献出退休前的全部时间。"

"奉献什么的，也太夸张了。"能势摇摇手，"而且我这种老头儿剩下的时间对她来说不值一提。不过，我是这么想的：我最后一位上司不是那种只顾升官发财的人，真是太好了。"

"是吗？"

"您要是能理解就好了。"

"我能理解，你说的这一点最重要。而且梓警部不是也非常信任你吗？否则不会说出她名字的由来吧。"

"这我就不知道了，希望如此吧。"能势不好意思地眯起眼睛，又立刻面露疑色，"不过，优秀是优秀，她确实有让人担心的地方。无论别人说什么，她都坚持己见，这种强大的意志确实值得称赞，可是一旦过分拘泥于此，就存在失控的风险。而且更麻烦的是，她无法意识到自己的失控。所以关于我的工作，也可以换一种说法，就是我想用我所剩不多的职业生涯来教导这匹烈马。"

新田用力点了点头。"这确实像是你的风格啊。"他笑道。

21

"让你们久等了，这是房卡和附加服务的说明书，请在空闲时过目。如果有什么不明白的地方，可以随时询问。感谢二位入住，请慢慢享受饭店时光。"

给两位似乎是从外地来东京的女客人办完入住，低头将她们送走后，尚美视线不经意间飘向远方，正好看到新田乘扶梯上楼。旁边那位微胖的男士她也认识，是姓能势的老刑警。

两人到底在谈论什么呢？尚美有些在意。或许是在谈论窃听的事？想到这里，她的情绪低落下来。

发生在森元雅司房间的事在尚美的脑海中挥之不去。她不敢相信新田欺骗了自己，心情久久不能平静。为此她一时没能回到前台，而是在员工区的休息处待了片刻。等她镇定下来返回前台时，新田并不在那里。

正当尚美恍惚地仰头看着二层时，耳边传来了"请帮我办理入住"的声音。尚美吓了一跳，目光转向前方。只见柜台前站着一个男人，看起来四十岁左右，皮肤晒得黝黑，没戴领带，西服看起来价格不菲。

"失礼了，您要办理入住吧？"

"对，快点儿给我办。"男人说着看了一眼手表，是金色的百达翡丽。

"好的，请问您贵姓？"

男人不满地皱起眉头。"我姓笠井。"

尚美操作电脑，找到了对应的姓名。"笠井先生，您预订了今晚行政楼层的豪华双床房，没有问题吧？"

"没问题，你快些帮我办，我有急事。"

"那麻烦您填写一下信息。"尚美把住宿登记表放到男人面前。

但是不知为何，男人一动不动，只是用冰冷的目光盯着尚美。

"山岸小姐。"安冈从旁边伸出手，指向电脑屏幕。尚美吓得一颤。只见屏幕上显示着"无须登记"，也就是不需要填写住宿登记表，意味着这位客人是常客或 VIP。所以最初询问姓名时，对方才会面露不悦，大概是想质问尚美为什么在这家饭店工作却不认识他。当然，他并不知道尚美刚刚回国。

"非常抱歉，不用填写了。"尚美从柜台上撤回登记表，赶忙将房卡放进卡套里递了过去，"让您久等了，这是这次的房卡。"

"这个在健身房和游泳池也能用吧？"男人问道。

尚美又吓了一跳，再次看向电脑，"附带泳池和健身房使用权"的文字映入眼帘。这些场所本来都是收费的，但是饭店似乎给了这位客人无偿使用的优待。

"非常抱歉，是我疏忽了。我立刻就为您办理手续。"

房卡不仅可以打开房门，还能作为在饭店内享受各项服务的通行证，只是需要提前输入信息。

"手续办好了。真的非常抱歉。"尚美双手递出房卡。

男人接过卡片。"你是新来的？"语气中透着居高临下的味道，"看着倒是不像。"

上岁数了，还真是对不起啊——尚美一边在心中咒骂，一边深深地鞠躬致歉："给您添麻烦了，我今后会注意的。"

男人嘲笑般扬起一侧的嘴角，一言不发地离开了。尚美垂下肩膀，长长地出了口气。

"怎么了？不像山岸小姐您啊。"安冈问道。

"我刚才走神了，不集中精神果然不行啊。"尚美皱起眉头。

就在这时，一个女人出现在电梯间，是神谷良美。她穿过大堂，走向开放式餐厅，应该是打算去吃晚餐。

尚美的脑海中浮现出一个念头。没有时间犹豫了。

她从柜台下方取出好几张不同种类的优惠券，装进饭店的信封，贴上圣诞节特制贴纸后，又用圆珠笔写上信息。

"山岸小姐，您在做什么？"安冈问道。

"我有些急事要处理，能稍微离开一会儿吗？"

"啊，好的，我知道了。"

"不好意思，我很快就回来。"

尚美说着离开前台，快步穿过大堂，坐上电梯前往七层。她一边调整呼吸，一边将手伸入制服口袋，拿出一个小机器。那是曾安装在森元雅司房间内的窃听器。据新田所说，神谷良美和前岛隆明的房间里也有同款设备。

尚美还没有跟任何人提起这件事，甚至没有向藤木报告。

如果有人将在饭店被杀害，那么必须不择手段加以阻止。尚美对于协助警方一事并不反感，就算警方的调查手段稍显强硬，她也打算佯装不见。

可是这个呢——她凝视着窃听器陷入思考。

如果顺利抓到凶手后，才得知窃听客房的行为立了大功，自己会怎么想呢？既然是为了调查，那也无可奈何，案件告破才是最重要的吧——自己能想得通吗？

尚美摇了摇头，把窃听器收入口袋。自己肯定不会那么想。她总是不由得想象相反的情况，也就是说，凶手并不是那位客人。

警方一定会说，如果那个人不是凶手，他们就会立刻删除窃听的内容；只要不向客人告知窃听一事，就不会出任何问题。但是，客人的隐私遭到侵犯的事实是无法改变的。例如，客人在房间内的对话虽然与案件无关，却极其引人注意，不能保证窃听的警察不会外传。

电梯到达七层。尚美平复心绪，沿着走廊来到 0707 号房间门前。她明白神谷良美不在，但还是按响了门铃。不能排除神谷良美邀请他人进入房间的可能。

不过等了又等，屋内没有任何反应。为防万一，尚美又敲了敲门，但结果是一样的。于是她用万能卡打开门锁，走进屋内。她没有关闭房门，而是将门闩夹在门缝里，这是她进入客房时的习惯。

这里是单人房，只有一张床。尚美走过去弯下腰，伸手往床下一摸，立刻摸到了坚硬的物体，应该是用双面胶粘上去的。揭下来一看，果然是窃听器。

尚美把窃听器放入口袋，将装有饭店优惠券的信封摆到桌上。信封上写着如下内容——

　　致神谷女士：我们给从昨天起入住的客人准备了圣诞节小礼物，请笑纳。

这么做是为了缓解擅自进入客房带来的不安，不过是所谓的自我满足。

正要离开房间，写字台上并排摆放的照片引起了尚美的注意。照片一共有四张，拍的分别是年幼的男孩、身着足球队服的初中生、穿T恤的年轻人以及坐在轮椅上双眼紧闭的青年。年纪不同，但应该是同一个人。

尚美凑上前去，正准备看得更仔细一些，突然感觉门开了。她惊得朝门口一看，神谷良美站在那里。

尚美挺直身体愣了片刻，随后鞠躬致意。"失礼了。我有东西想交给您，但是正巧您不在，我就放在您桌上了。"她拿过信封，走到神谷良美近前，"这里有住宿优惠券，以及游泳池、美容室和健身房等设施的折扣券，是给从昨晚起入住的女客人的礼物。有效期是一年，所以您下次来入住时也可以使用。"

"哎，是吗……真是谢谢你了。"神谷良美并没有显露出怀疑的神色。接过信封后，她的目光转向写字台。"你很在意那些照片吗？"

"非常抱歉。照片很棒，不知不觉就看得出神了。是您的……儿子吗？"

神谷良美微笑着点点头，走近写字台。"即使是在外面住宿，如果不像这样摆出照片，就会觉得不踏实。早上起床后要先跟这个孩子说早安，才能开始一天的生活。"

"这样啊。"

"已经六年了呢，从他离世以来。"

"……请您节哀。"

神谷良美拿起年轻人身穿 T 恤的那张照片。"我最喜欢这张，很帅吧？跟我丈夫年轻时一模一样。我丈夫很早就因病去世了，所以这孩子每长大一点儿，我就会有这样的感慨，或许是我丈夫从天堂回来，附在了这孩子身上。"

尚美心情复杂地听着这笑不出来的玩笑。

神谷良美又拿过另一个相框，是坐轮椅的那张。"仅仅过了两年，就从那么精神的孩子变成这样了。你看，脸肿得已经不像他了吧？因为某件事，竟然变成了这个样子，一直昏睡不醒，也就是所谓的植物人，但我实在不喜欢这个词。"

尚美没有询问"某件事"是什么。但这并不是因为她已从新田那里听说了详情。只要对方没有要求，饭店服务人员就不能提问。

神谷良美凝视着照片，继续开口道：

"我曾经相信他一定会醒来。不仅如此，我有时甚至觉得他只是看起来睡着了，其实能够听见我的声音。所以我总是跟他说话，对他说早上好，遇到快乐的事也立刻告诉他。我还给他放音乐，都是他收藏在手机里爱听的音乐。听到那些音乐时，他的身体就会随之摇摆。有人说那只是呼吸，但我愿意相信他能听到。在这样的生活中，我从来没有感到辛苦。我相信他苏醒的日子一定会到来，打心底期待着那一天，期待他睁开眼睛，说一声'妈妈，早上好'。可是，那一天最终并没有来……"

神谷良美哽咽了，抱着相框蹲下，身体微微颤抖。

"您不要紧吧？"尚美赶忙上前，伸手抚摸着神谷良美的后背。

"不要紧。对不起，说着说着突然伤心起来。"

神谷良美在尚美的搀扶下坐到床上。

"谢谢，已经不要紧了。你能帮我把这个放回桌上吗？"

尚美接过相框，按原位摆好。

"还有什么能够帮您——"尚美还没说出"的吗"两个字便停了下来，是神谷良美脸颊上的泪滴打断了她。

神谷良美用手背擦了擦眼角，问道："你有没有从心底憎恨过某个人？"

"从心底……吗？"

"对，恨到想亲手杀了对方。"

"这个……我应该还没有过。"

"是吗？那真幸福。"

"借您吉言。"

"憎恨这种东西啊，没法给人生带来任何好处，只是沉重的负担。我很想尽早解脱出来，而卸下负担的方法只有一个……不过对我来说，就连这种方法都不存在了。"

"神谷女士……"

尚美的低语似乎传到了耳边，神谷良美回过神来，浅浅一笑。"说了好些奇怪的话，你忘了就好。"

"我给您拿些饮品来吧，您要咖啡还是茶？"

神谷良美摇了摇头。"谢谢，不用了。很抱歉让你担心了。"

"如果有什么需要，请您一定告诉我，不要客气。"

"嗯，那就拜托你了。如果有机会，我会使用优惠券的。"

"期待您的使用。那么我就告辞了。"

尚美鞠了一躬，离开房间。她沿着走廊来到电梯前，发现有人站在那里。对方穿着员工制服，但是就算不看面孔，尚美也知道那并不是真正的员工，因为站立的姿态截然不同。

对方面朝尚美，看起来等待已久。毫无疑问，她是接到窃听神谷房间的部下的报告后才过来的。

"真正的饭店服务人员可不会站得像金刚力士一样，梓警部。"尚美走上前。

梓伸出右手，手掌向上摊开。"请你还给我，那个不是警察局的公物，是我自己的。"

尚美立刻明白了话中所指。"这样啊。"她从口袋里拿出两个窃听器，"我只是想打听一下这种东西能在哪里买到。"

"秋叶原。"梓接过来，卸下其中一个窃听器的纽扣电池，"你要是想买，我倒是可以给你介绍店家。"

"不用了，我又不打算窃听别人。"

"是吗？不过，只买这个也没法用，还需要接收器。"梓按下电梯旁的下行按钮，"能跟我来吗？我有话想和你说。"

"好的。"

电梯门打开，幸好无人。两人走进轿厢。

"去哪里谈？"尚美问道。

"你来决定，尽量找个没人的地方。"

"没地方坐也可以吗？"

"没关系，时间不会太久的。"

"那么……"尚美按下二层的按键。

电梯来到二层，两人换到可以俯视大堂的位置。

"窃听器是我的私人物品，也就是说，下窃听命令的不是新田警部。"梓说道，"这是我自己的判断。而且我说过吧，我不是新田警部的部下。"

"是吗？不过对我来说都一样，我无法容忍用那种卑劣的行为对待客人。"

"卑劣啊……"

"不是吗？"

梓将手肘搭在扶手上，看向尚美。"他们可都是杀人犯。在明天早上之前，他们打算在这家饭店里杀掉某个人。为了阻止他们，我不能再去顾虑手段是否合适。这一点你应该也能理解。"

"我听说目前还没有确定他们就是凶手。他们只是嫌疑人。"

"证据确实没有，但事实已经确凿，所以无论如何都必须逮捕他们。他们可是杀人未遂的现行犯啊，你就不能理解吗？"

"我理解您的想法，但我们饭店服务人员也有应有的姿态。"

"饭店服务人员的姿态？"梓不解地歪过头，"那是什么？"

"到访饭店的客人都戴着假面，保护那些假面正是我们的职责。同时，这也是我们对假面下方真实面目的信任。就算警方将某位客人判定为嫌疑人，我们也必须以这位客人并非凶手为前提来接待。这就是饭店服务人员的姿态。"

"真是了不起的想法啊。这是我的真心话，不是讽刺。"

"正因如此，非常抱歉，我会想办法回收剩下的那个窃听器。"

"如果我不愿意呢？"

"那我就会告诉总经理。目前只有我知道这件事，但是如果让总经理知道了，您认为会是什么好事吗？让这件事只留在我心里已经是最大的让步了，还请理解。"

梓的嘴角扭曲起来。"算了，那就随你便吧。"

"如果没有其他事情，我就回去工作了。"

"我要说的就是这些。"

"那就失礼了。"

尚美鞠了一躬，走向楼梯。梓的声音突然从身后传来："还有件事我得告诉你。"待尚美转过身，女警部继续道："关于窃听，新田警部是反对的。知道我擅自安装了窃听器，他非常愤怒。"

"是吗？不过为什么要告诉我？"

"因为我觉得你最好知道。难道还是不知道为好？"

尚美略加思索，还是做出了直率的回答："谢谢告知。"

22

　　手机收到来电，是负责在警备室查看监控的富永打来的。新田一边走进办公室，一边接起电话。据富永所说，1610 号房间有新动向。

　　"有三个女人出来坐上了电梯。"

　　"只有女的吗？佐山呢？"

　　"应该还在屋里。"

　　"神谷良美和前岛隆明呢？"

　　"神谷良美再次离开房间，这次去的是中餐厅，应该是去吃晚餐了。前岛还在房间内。"

　　"明白了，继续监视。"

　　新田刚挂断电话，山岸尚美便推门走了进来。惊讶的神情在她的脸上只停留了一瞬，随即便转换为不紧不慢的点头致意。"刚才失礼了。"

　　新田颇感意外。尚美平和的表情与她将新田他们赶出房间时的样子判若两人。

"听说你潜入神谷良美的房间了啊。"新田说,"负责查看监控录像的部下向我报告了。"

"'潜入'这个词太不好听。饭店派发了优惠券作为圣诞节礼物,我只是送过去而已。"

"优惠券吗?真不愧是你,提前做好了万一被发现的准备。"

"我只是不愿意毫无理由进入客人的房间。"

"所以我才说真不愧是你,而且你的用心起到了作用啊。神谷良美比预想中回来得早,你就不慌张吗?"

"确实有点……我一直以为她正在一层的餐厅用餐。"

"据监视她的侦查员说,她确实走到了餐厅门口,但没有进去,而是站在外面环视了一圈就回去了,可能是在寻找目标。"

"目标……"山岸尚美的脸色黯淡下来。

"窃听器已经顺利拿回来了吧?"

"是的,还给梓警部了。"

"这我也听部下说了,听说她就埋伏在电梯间。你们都说什么了?"

"我请她不要再窃听,说我会去拿回另一个窃听器。然后——"山岸尚美似乎有些犹豫,停顿了几秒后又继续说道,"我从梓警部那里听说了,你一直反对窃听。"

"嗯……"新田挠了挠头,"但是到头来我也没能阻止,被你瞧不起也是没有办法的事。"

"我没有瞧不起你,这次的案件让我再次认识到了你们工作的辛苦。"

"你这么说，真是不胜感激……"新田挠了挠脖子。

"对了，我有情况想告诉你，是关于神谷女士的。"

"怎么了？"

"我们在她房间里聊了几句她儿子的话题。"

山岸尚美详细复述了她和神谷良美的对话。她语气慎重，让人感觉不到任何夸大或歪曲。

"憎恨这种东西没法给人生带来任何好处——有这种想法的人真的会为了报仇雪恨而杀人吗？虽然我认为你们的推理不存在任何根本上的错误……"

"前提是这句话出自真情实感。但实际情况不见得如此，也可能是为了欺骗你而做出的表演。"

山岸尚美露出绝望般的苦笑。"我就猜到你会这么说。"

"神谷良美的独生子遭遇的伤害案相当荒唐。一个少年打算把自行车停在禁止停放的地方，具体来说，是停在盲道上。神谷良美的儿子看到后提醒了那个少年，结果少年火冒三丈，上来就是一顿殴打。少年受到父亲影响，喜欢拳击，虽然没有接受过正规训练，但是经常自己摸索着练习，他的公寓里还挂着手工制作的沙袋。被捕后，少年供述称自己一直想检验一下拳击练习的成果，想找个人练手。看到有人为难他，便觉得机会来了。他认为既然要打，就必须击倒对方，并没想过事情会变成这样——神谷良美应该也间接听说了这一供述。作为母亲，究竟会是什么心情呢？"

"大概……会气得发抖吧。"

"憎恨这种东西没法给人生带来任何好处，这句话说得没错。心怀憎恨是不可能有什么好事发生的。神谷良美恐怕是在感叹生活让自己背负上了如此沉重的负担。"

"她说卸下负担的方法只有一个，可是也不存在了。这又是什么意思？"

"或许是在后悔吧，后悔让别人帮自己复仇。她曾经以为只要憎恨的对象死去，她就能脱离苦海，但实际并非如此，也许还是应该亲自动手才对。那个少年被杀的夜晚，她为了制造不在场证明，与朋友一起去横滨观看演出，那时她恐怕半点儿东西都看不进去。"

山岸尚美歪过头。"我感觉并不是那样的……"

"抱歉，我的工作就是怀疑。"

尚美再次露出不抱希望的苦笑。"我也不能完全否定你们的这种思维方式。以前我曾经很不理解，甚至感到厌恶，觉得为什么刑警的心理会如此扭曲。但是现在，我感到你们的很多地方都值得我去学习。在这家饭店过去发生的两起案件中，凶手都是意料之外的人。我曾经充分信任他们，结果被欺骗，甚至还一度遭遇危险。我一直在反省自己的天真。所以这次，我可能也正处于谎言之中。"

新田望向眼前这位饭店服务人员。"这种话可不像是你说的啊。"

"人都会变。不过——"山岸尚美抿了一下嘴唇，又重新张开，"我认为自己还是成长了一些，看人的眼光也准确了不少。所以，我还是想相信神谷女士。"

新田点点头。"你这样就好。"

内侧口袋里的手机振动起来。"不好意思。"新田拿出手机，是富永打来的。据说前岛隆明已经离开房间，目的地尚不确定。

"我知道了，继续监视。"

电话一个接一个打来，这次是稻垣。"你知道前岛离开房间了吧？"

"我刚收到报告。"

"刚才进了日本料理店。他现在已经点了餐，一时半会儿应该不会回房间。"

新田察觉到了稻垣话中的含义。"明白，我去确认房间，这样也方便和饭店一方沟通，没问题吧？"

"嗯，就交给你了。"稻垣回答得十分干脆，或许是预料到了新田的反应。

挂断电话，新田向山岸尚美说明了情况。"因此，我想请一位饭店员工同行。"

"我明白了，当然是我去，毕竟我也有要做的事。"

要做的事是什么，自然无须多言。

"窃听器的事不告诉总经理没关系吗？"

山岸尚美眉毛一挑。"告诉也没关系吗？"

"不，那就……"

看到新田语塞，山岸尚美露出笑容。"要是把小问题都一个个报告上去，可就没完没了了。你们警察不是也一样吗？"

"说得也是。"

尚美竖起食指。"你欠了我一个人情。"

新田耸了耸肩膀。"我记住了。"

两人离开办公室，穿过大堂，朝电梯间走去。

电梯门不一会儿就开了，里面站着三个女人，是泽崎弓江和两个后来的女人。佐山凉和另一个男人并未同行。

看到她们没有走出电梯的意思，两人说了句"失礼了"，随即走进电梯。

山岸尚美按下了十一层的按钮。最上层的按钮已经点亮，应该是泽崎弓江她们按的。

"小猫摆件真可爱啊。"泽崎弓江说，"要是摆在屋里，心情肯定会很好。"

"可爱是可爱，但我可不想花好几万买那种东西。"粉色头发的女人说，"要是有那么多钱，我会拿去买衣服或旅游。"

"我也是。"留着齐颈短发的女人表示赞同。她看向泽崎弓江。"真羡慕你啊，能买高级衣服，还能去美国。"

"所以我也没有买小猫摆件啊。"

听到泽崎弓江这么说，身后的两人都笑了。

电梯在十一层停下。"失礼了。"向年轻人们致意后，新田与山岸尚美一起走出电梯。

"不好意思——"泽崎弓江招呼道。她似乎按住了开门的按钮，电梯一直开着。

"是，您有什么事？"山岸尚美询问。

"除了大堂的装饰和'圣诞老人的礼物'，就没有其他圣诞节活动了吗？"

"您是说……活动吗？"

"对，就是能放松享受的。"

"那您可以去看看特设画廊，就在二层，主题是圣诞节的历史，展示了各个时代与圣诞节有关的物品，还有周边商品出售，也许能让您满意。"

"圣诞节的历史啊，谢——谢啦。"

待电梯门关闭后，新田说道："她们到底在干什么呢？"

"她们聊到了小猫摆件，大概是去地下的商店了吧，那里有欧洲风格的杂货店。"

"也就是说，她们已经开始在饭店里探险了，看来是想全身心享受饭店时光啊。接下来是去顶层。"

"大概是去观景台吧。"

"原来如此。不过真是了不起。"

"什么了不起？"

"我是说你。你今天早上才到饭店，却已经掌握了各种活动和商店的信息，好像从没离开过一样呢。"

"啊，"山岸尚美露出腼腆的笑容，"虽然我是负责和警方沟通的，但也必须接待客人，提前调查清楚是理所当然的。"

"对你来说确实如此。对了——"新田疑惑道，"佐山没有和她们同行，这点让我很在意。那家伙在房间里做什么呢？"

"应该还有一个男人在，两个人可能在喝酒吧。"

"那样倒还好，不是早早开始大麻派对就行。"

看到山岸尚美脸色铁青，新田赶忙补充："我开玩笑呢，至少目前没有问题。吸食大麻会产生独特的气味，但她们的衣服上并没有。"

山岸尚美安心地出了口气。"请不要开这种糟糕的玩笑。"

"总而言之，这些不是客人的家伙到处乱窜实在麻烦，就不能让他们赶紧离开吗？"

"如果他们接下来打算去餐厅用餐，就会成为我们重要的客人，所以请不要那么说。"

新田边走边露出苦笑。"你总是这样，果然是专业人士。"

"我还差得远。洛杉矶的工作让我认识到了这一点。"

"发生什么事了吗？"

"下次有机会我再和你说。"

那就必须创造机会了啊。新田话到嘴边，却没有说出口。

来到 1105 号房间门前，那个身穿保洁员制服的女刑警竟然又站在那里。看到新田二人，她尴尬地低头致意。

"又是你吗？梓警部命令你一起进屋吗？"

"不，是让我把这个交给你们。"她递出纸袋。

新田接过来看了看里面，是长约三十厘米的棒状物体。

"什么东西？"山岸尚美从旁问道。

"金属探测器。"新田回答，目光投向女刑警，"是让我用这个吗？"

"梓警部说是否使用取决于您自己。"

"明白了，我先收下。"

"拜托了，那我先走一步。"女刑警敬过礼便离开了。

"梓警部很喜欢这类工具啊。"山岸尚美看着纸袋，"你要用吗？"

新田挠了挠鼻子下方。"总之先进屋吧。"

山岸尚美不甚满意地拿出房卡。

进入屋内，两人首先查看了床下。因为是双床房，房间里有两张床。山岸尚美很快找到了窃听器。

新田接过来，取下纽扣电池。"这样就两清了。"

"是的。如果你能什么都不做就离开，那就再好不过了。"

"我也想啊，可是那样一来，我就成了只拿工资不工作的了。"

新田环顾室内，茶几和写字台上都没有前岛的私人物品。垃圾箱空空如也，衣柜也没有使用过的痕迹。

房间入口处的行李架上放着一个浅棕色的公文包。新田一边斜眼瞟着公文包，一边打开卫生间的门。马桶盖上印有"已消毒"的纸原封不动，意味着无人用过。

新田从放在地板上的纸袋里拿出金属探测器。

偷拍和窃听暂且不论，使用金属探测器确实是个好主意。之前三起案件的凶手都将刀作为凶器。如果这次也有同样的打算，那么其中一人应该会准备好刀。

看到新田站到公文包前，山岸尚美不动声色地问道："你果然要用吗？"

"如果只用金属探测器检查有没有什么反应，应该不算侵犯隐私吧。这和听音乐会或坐飞机前的安检没什么不同。"

"但是也得经过本人同意吧？"

"在高级别警戒的情况下，警方有时会半强制地对可疑人物进行检查，现在就是如此。"

山岸尚美似乎仍然不太认同，但还是做出了回应："那就请便吧。"

新田打开金属探测器，靠近公文包，哔哔的电子音立刻响起。

"啊！"身后传来喊声。新田回头一看，山岸尚美眼睛瞪得滚圆。

新田再次让金属探测器靠近公文包，左右晃了晃，电子音果然又一次鸣响。眼前的公文包上并没有醒目的金属部件，响声应该也不是拉链引发的。包里显然有金属物品，而且体积不小。

新田关上金属探测器，凝视着公文包。

"不行啊，新田先生，只能到此了。"山岸尚美语速飞快，"请不要碰那个包，拜托了。"

新田把金属探测器收回纸袋，转过身来。"但是，无论是对于饭店来说，还是对于客人来说，防患于未然难道不是最首要的事吗？"

"我也这么认为，但不是还有其他方法？打开那个包并不意味着能够阻止行凶，不打开也并不意味着就无计可施，没错吧？"

"如果凶器在里面，那么只要盯住前岛就行，可以大幅度提高预防犯罪的成功率。"

"如果不在里面呢？就只剩下擅自打开公文包这一事实了。"

"但是，知道这一事实的只有我们。"

山岸尚美瞪大了眼睛。"你的意思是让我保持沉默？明明严重违规，却要装作什么都不知道？"

"我是在拜托你协助调查。"

"你是让我抛弃身为饭店服务人员的尊严和信念吗？"她拼命抑制住即将爆发的情绪，声音颤抖。

那些尊严和信念就那么重要吗？这样的疑问在新田的脑海中闪现，又瞬间消失。对这个女人来说，答案是十分肯定的。他很清楚这一点。

"新田先生又小看我们的工作了啊。"山岸尚美的语气平缓下来。

"我并不想这样。"

山岸尚美缓缓地摇了摇头。"饭店会迎来各种各样的客人，其中也有人神经兮兮，疑神疑鬼。他们总担心饭店员工在他们外出时闯入房间，拿走他们的物品，不少人每次外出都会将行李箱锁好。如果是没有锁的书包，有人会提前做好手脚，只要包被打开就能留下痕迹。所以，保洁员会尽一切可能避免接触客人的行李，万一必须移动，也不会接触拉链或搭扣等位置，这都是为了防止客人误会。没人能够保证前岛先生不是这样的客人。如果前岛先生发现包曾被你打开，事态会如何发展？不管他是不是凶手，最终对饭店和警方都不太好。"

平淡语气下的话语毫无破绽，强大的说服力让新田无法反驳。如果硬要找个理由，或许只能说侦破案件有时也需要赌一把。不过，这种幼稚粗暴的言论是无法应对山岸尚美的。

"我要说的都说完了。"山岸尚美说道，"之后就交给你了。"

"哎？"新田看着她，"什么意思……"

"我是说究竟要不要打开包，就交给新田先生你来判断了。警方有警方的想法，我不会再多嘴。但是我不想亲眼看到客人的包被擅自打开，所以请容我离开。"

"山岸小姐……"

"失礼了。"山岸尚美朝新田鞠了一躬，毅然离开了房间。

随着屋门啪嗒一声关上，新田的视线回到公文包。他犹豫不决地跪下来，观察拉链两侧，似乎没有什么防范措施。

但是，如果山岸尚美在，她会说问题并不在此。为了不让客人怀疑行李被擅自翻动，最好的方法就是不去翻动。

新田站了起来。

他回到前台，但山岸尚美不在那里。他走到柜台内侧，拿出手机向稻垣报告。听说金属探测器对公文包做出了反应，稻垣沉吟了一声。"看过包里了吧？"

"不，没看。"

"为什么？"稻垣的声音中明显带着不满。

"公文包的拉链上系着很难发现的细纸绳，处理不好就会断开。"

电话另一端再次传来稻垣的沉吟。"特意做了防备吗？真是越来越可疑了。"

"但是据山岸小姐说，经常有这样的客人，为了不让饭店员工在自己外出时擅自翻动行李，提前做好手脚。"

稻垣咂了咂嘴。"就没想出什么办法吗？"

"我是准备打开的，但是打开后太难复原，只能放弃。要是被前岛发现就糟了。"

"这倒是没错。"

"但是管理官，森元还没回来，而神谷良美的体力看起来也无法行凶，负责动手的恐怕就是前岛吧。此外就是要确认还有没有共犯。"

"没错，我让他们继续监视。"

"我这边会继续注意可疑客人的动向。"

"嗯，交给你了。"

挂断电话，刚将手机收回内侧口袋，新田就感到背后有人。回头一看，是山岸尚美。

"用纸绳做手脚，真亏你能想得出来啊。"

"在肖恩·康纳利出演的《007》中，詹姆斯·邦德外出前曾用唾液把头发粘在衣柜的两扇门之间，借此判断是否有人趁他外出时潜入。如果有不知情的人打开门，头发就会掉落。我借用的就是这个情节。至于把头发换成纸绳，是因为头发很强韧，不容易扯断。"

"真是个好主意。"山岸尚美用手指比了个圈。随后她双手在胸前合十，郑重地低下头。"非常感谢。"

"为什么要谢我？"

"即便不在现场，只要想到客人的隐私遭到侵害，我就心痛不已。你帮我逃离了这种情绪，表达感谢也是应当的。"

"那，我就把刚才的人情还清了。"

"就凭这件事？也太轻松了吧。不过，就这样吧。"山岸尚美眯起眼睛。然而，在目光投向新田身后的瞬间，她的表情突然严肃起来。

顺着她的视线看去，梓正穿过大堂，径直朝这边走来。

"新田警部，可以借一步说话吗？"走到前台的梓说，"我有事想找你商量。"

"可以——山岸小姐，我走开一会儿。"

"好的。"尚美认真答道。

23

　　与和能势谈话时一样，两人也选择了二层的婚礼场地。这里晚上一般没人，两人隔桌而坐。

　　"我先把这个还给你。"新田递出纸袋，里面装有金属探测器和曾安装在前岛隆明房间内的窃听器。

　　梓面无表情地接过来，看了看纸袋里。"听说探测器有反应啊，但是你没打开包？"

　　"你没听管理官说吗？不是没打开，是没能打开。"

　　"算了，就当是这样吧。"梓似乎不打算追问，将纸袋放到旁边的椅子上，"听说你也认为这次负责行凶的应该是前岛。"

　　"因为我觉得神谷良美的体力实在做不到。你也这么想？"

　　"是的。"梓点点头，"前岛在自由之丘经营餐厅，主打的是野味。"

　　"这样啊。"

　　所谓野味，是指可供食用的野生动物，比如鹿、野猪和野兔等。

　　"据调查，前岛有违反食品卫生法的嫌疑。经营野味餐厅需要从具有专门资格的从业者那里进货，但前岛餐厅的食材好像是从认识的猎人那里购买的。而且他自己也有狩猎资格证，所以部分食材是他自己打猎所得。"

"狩猎资格证……也就是说，他有杀生的经验。"

"再加上他已经习惯用刀，烹饪中需要的细腻刀法也好，一击刺穿肉类的技术也好，应该都很擅长。我认为此前负责动手的应该都是前岛，提出轮换杀人的恐怕也是他。如果他表示自己会解决村山慎二之外的所有人，希望得到协助，肯定有人应声入伙。"

村山慎二是对前岛的女儿实施色情报复的男人。

梓的推理大胆而充满说服力。新田不由得再次感慨，这个女人真是聪明。

"前岛隆明是个什么样的人？"他问道，"你和他见过面吗？"

"我没有，但是前去问讯的侦查员曾向我报告过。报告书倒是可以给你看，不过还是听这个更快。"

梓从怀中再次掏出录音机，打开后放到桌上。不一会儿，声音从小巧的扬声器中传来。

"那天我一直在店里，你可以跟店员或客人确认。我家餐厅需要预订，客人的联系方式你也能查到。"说话的是前岛隆明。他正在回答有关不在场证明的问题，语气平和自然。

"你是什么时候知道村山慎二的死讯的？"一个男人问道，应该是侦查员。

"两天前在早间新闻上看到的。"

"看到后你有什么想法？"

"与其说有想法，不如说是吓了一跳，因为新闻里提到的死者和那个男人同名。我一直很在意，不过觉得也可能只是巧合。"

"你就没想过确认一下吗？"

"我想确认，但是不知道该怎么做。电视上只报道了他是餐饮店的店员。"

"现在知道了他就是那起案件的被告，你怎么想？"

"怎么想啊……"

对话陷入沉默，前岛沉思的身影仿佛浮现在眼前。不管他是否与一连串的案件有关，村山慎二的死都给他带来了复杂的情绪。

"天谴——我希望自己能这么想。"停顿了片刻，前岛说道，"做出非人道的事，却没有受到相应的惩罚，依然毫无反省，逍遥地活在这个世界上。于是上天对这样的畜生降下了制裁——我是希望自己这么想的。"

"你是想说他活该吗？"

"哈哈哈……"前岛发出了类似笑声的声音，"不是的。我之所以说希望自己这么想，是因为现实并非如此。这不是天谴，而应该是其他憎恨者的复仇。这么一想，我就特别不甘心，因为我一直认为那个男人的死活掌握在我手中。只要我想动手，随时都能杀掉那个男人，所以才忍耐至今。可是，一切都结束了。死了也就完了，不可能再补救。我现在甚至后悔为什么没有早点儿杀了他。"

"你这些话我们可不能当耳旁风啊。"

"你们要是有疑问，就请尽情调查吧。就算你们怀疑是我杀了那个男人，我也不会有任何不满。"

梓伸出手，关掉录音机。"怎么样？"

"真是不错的调查。很好地展现了前岛的性格。"

"后半段包含着前岛的真心话。他说原本认为村山慎二的生死取决于他，这恐怕是他的真实想法。至于他说不甘村山慎二死于别人之手，死了就都完了，这些是他为了掩饰轮换杀人而做的诡辩。而且，前岛犯了个错误：他说自己随时都能动手，但一直在忍耐。可从新闻里得知村山慎二死亡时，他却说怀疑只是同名。既然这么不了解对方的情况，为什么会说出随时都能动手这样的话呢？"

新田盯着女警部的脸。"你是说他其实知道村山慎二的住址和近况，经常监视对方？"他明白梓的潜台词是什么。

梓重重地点了点头，似乎在表示新田领会得没错。"你不这么认为吗？"

"确实很有可能。其他嫌疑人，比如神谷良美和森元雅司，或许也一样。"

"没错，他们各自都掌握着仇人的现状。"

"也就是说，他们每个人都处在'随时都能杀掉'仇人的状态中，只不过一直没有动手。正如前岛所说，他们始终在忍耐。那么，为什么现在开始复仇了？明明已经忍耐了那么多年，为什么忍不下去了？"

"我认为有人充当了导火索。这个人向他们提议，与其继续苦闷下去，不如报仇雪恨。"

"这个人就是前岛吧。"

"是的，只有前岛和其他遗属情况不同。"

"怎么不同？"

梓收起录音机，紧接着拿出手机。

"他的被害是'现在进行时'。其他遗属也都毫无道理地失去了挚爱的人，不过那些都过去了。而前岛被夺走的不仅是女儿的生命。他的女儿先是被夺去了尊严，又在痛苦中自绝性命。而且，那份尊严如今仍在遭人践踏。"

梓操作手机，将屏幕转向新田。看到画面，新田不由自主地扭开了脸。那是一个少女的裸体。

"众所周知，上传到网络上的资料会长久地保留下去，也就是所谓的数字刺青。无论怎么删除，都可能重新冒出来继续传播。我推测前岛最近恐怕机缘不巧，又看到了这些画面，再次受到刺激。导致女儿自杀的照片如今仍在网上到处流传，做父母的会是什么心情？"

"难以……忍受吧。"

"而传播这些照片的人又在干什么呢？有期徒刑三年，缓刑五年，和什么都没判毫无区别。而且村山慎二很可能仍然保存着这些可恨的资料。不但保留着，还时不时看一看，甚至再次传播。想到这种情况，做父母的打算立刻手刃他也是理所当然的。要是换成我，或许也会这么做。"

最后的一句话让新田惊讶不已。

"梓警部，你很同情前岛啊。"

"我是同情前岛，更对村山慎二感到愤怒，越是调查就越是如此。欺骗在交友网站上认识的少女，让对方做出近乎卖淫的行为，还出售偷拍的色情影像。很多罪行以前只是未被发现而已。村山慎二是个完全没吃过苦头的人渣，被杀也是理所当然的。"

新田倒抽了一口凉气。"没有人是应该被杀的，警察学校教过你这一点。"

梓摇摇头，把手机收回怀中。"这都是场面话，至少我是这么想的。这次的所有被害人都理应被杀。森元雅司在博客上的诉求是正确的，现在的刑事司法系统存在问题。"

新田决定不去反驳言辞激烈的梓，她有她自己的信念。每个人对罪与罚的看法都是不同的。不过，能势的评价此时掠过了新田的脑中：梓无法意识到自己的失控。

"我明白你的想法了。那么你想和我商量什么？"

"就像我刚才说的，我认为轮换杀人的实际领导者是前岛，至少这次负责动手的一定是他。金属探测器有所反应，是因为他包里有刀。所以我想和你商量，能不能让我和前岛谈一谈？尽可能就我们两个人。"

出乎预料的要求直击新田。"目的呢？"

"让他认罪。只要告诉他警方已经看穿轮换杀人的计划，让他知道警方目前的部署，他一定会老实交代。"

"要是他不认罪呢？"

"他会认罪的。"梓断言，"我有信心让他认罪。"

"因为探寻真相不是空凭口号？"

"哎？"

"真寻，真是个好名字。"

梓不满地撇了撇嘴。"是能势吧，话真多。"

"前岛要是话也多就好了，但是没人敢保证。如果他保持沉默，你打算怎么办？"

"那我就会搜身，找到刀具，以非法持有枪械的罪名逮捕他。只要没收他的手机进行分析，应该能找到证据。"

使用金属探测器的目的原来在此。

"如果找不到刀呢？"

"我认为不太可能。如果真找不到，就以涉嫌违反食品卫生法为由，要求他接受调查。"梓得意扬扬地抽了抽鼻子。

"你跟管理官说过了吗？"

"还没有。我要是说了，管理官肯定会让我找你商量，所以我决定先告诉你。"

"那就好，这种蠢话可不能让管理官听到。"

梓扬起一侧的眉毛。"蠢话？要我说，这样的卧底调查才是毫无意义。"

"提议的可是过去的管理官、现在的搜查一科科长尾崎啊，而且有两次成功经验。"

"要是伤到了你们的自尊，我道歉。你们能让极具风险的调查顺利获得成功，我从心底感到敬佩。但是这次与过去那些嫌疑人和目标皆不明了的案件不同。"

"在掌握决定性证据之前，让嫌疑人自由行动，这在某种意义上是调查的常理。听好了，我们还没有把握他们计划的全貌，轮换杀人也只是推测。他们的计划也许更加复杂，也许有更多人牵连其中。如果只逮捕前岛，不对其他人出手，可能没有任何意义。"

"我会撬开前岛的嘴，那样就能顺藤摸瓜查明案件全貌。"

"就是因为不能打那种赌，我才会穿成这个样子。"新田高声说道。他抓紧制服下摆，瞪着梓。"我会继续进行你瞧不起的、毫无意义的调查。"

然而梓并没有退却。她目不斜视地直面新田的注视，双眼闪烁着坚定。

察觉到有人走来，新田收回目光。

小心翼翼靠近的是山岸尚美。"可以打扰一下吗？"

"怎么了？"新田问。

"森元先生刚刚打来电话。"

"森元？他说什么了？"

"他说他不会再回到饭店，请我们给他办理退房手续。"

"退房……"新田和梓面面相觑。

"森元先生留下了信用卡复印件，支付方面没有问题，我已经按照常规手续给他办完了。"

"这样啊。"新田应道。

"看来森元雅司今晚的角色可有可无啊。"女警部说道，"至少他不是实际执行人。"

新田没有回答，而是拿出手机告知稻垣。

听说森元雅司已经办理退房，稻垣说道："果然如此啊。根据本宫部下的报告，森元仍在儿子接受治疗的医院里，不再回饭店应该是真的。"

"但是计划不见得会就此中止，卧底调查还得继续。"

"那是当然。对了，你电话来得正好，我正准备联系你呢。你在前台吗？"

"没有，我和梓警部在别的地方。"

"那你们俩一起过来，能势警部补掌握了新情况。"

24

目送新田和梓走向办公楼，尚美返回前台。

那两个人在谈什么呢？氛围异常紧张。包括窃听一事在内，两人在调查方针上似乎多有分歧。旁人不该插手，可是前路未知，他们的相左会给饭店里的人带来不安。

大堂热闹非凡，拍照留念的人们在巨大的圣诞树前排起长队。早早吃完晚餐的人和准备享受平安夜的人往来交错，前来探寻东京魅力的观光客接连从大门走进饭店。等待与他人见面的客人也很多，沙发几乎座无虚席。当然，侦查员的比例也不小。

尚美正准备进入前台，身后传来招呼声。"打扰一下。"回头一看，一个打扮时尚的女人站在面前，面孔熟悉，是三轮叶月。

"您有什么需求吗，三轮女士？"尚美笑着问道。

"我一直看着前台，但新田好像不在啊。他去哪里了？"

"不好意思，新田正在处理其他客人的事。如果可以，我来为您服务。"

"真遗憾，不是他就不行，或者说只有他才会接受我的要求。"

看来是想打听佐山凉的消息。尚美装作毫不知情的样子问道："请问是什么事呢？"

"算了，请别在意。对了，我也有想问你的事。你说新田是转行过来的，那他来这家饭店几年了？"

"啊……这我也不太清楚。我们最近才调到同一个部门，没怎么聊过个人生活。"

"哦，这样啊。"

"无法回答，实在抱歉。如果您没有其他问题——"

"还有一个问题。这家饭店曾经两次发生大案吧？你装糊涂也没用。我是有专门渠道获取这些信息的。"

突然被人切中要害，身经百战的尚美也不由得感到脸颊即将抽搐起来。她努力放松，总算压制住了表面的狼狈。

"我不太了解详情，但我听说两起案件都幸运地平安告终。"

"那时警方是怎么阻止凶手的？你了解吗？"

又是预料之外的问题，尚美不得不又一次绞尽脑汁回答道："非常抱歉，请允许我再说一次，我也不了解详情，毕竟我来到这个部门时日尚浅。"

"是吗？你看起来倒像是经验丰富。"三轮叶月露出疑惑的目光。

"只是表面看起来如此，我还无法独当一面。三轮女士，您看我是不是可以先返回岗位了？"

"没问题，谢谢你。"三轮叶月伸了伸下巴，随后便转身走开了。目送着她的背影，尚美摸了摸胸口。对方要是再追问，怕是会被问出破绽来。

不过，那个女人为什么要打听那些事呢？她似乎也在怀疑新田。

带着不祥的预感，尚美回到了前台。

25

　　能势背朝白板站起身。抬头看着他的是稻垣和新田等三名组长。

　　"我在推测为森元雅司的博客'无解的天平'中找到了值得关注的信息，特此向各位报告。发现问题的文章是这篇，有些长，请各位先过目。"

　　新田的目光落在能势递来的 A4 大小的资料上，打印出来的文章题目是《什么是刑事责任能力》。

　　　　每次在新闻上看到令人心痛的杀人案，我们都会推测凶手到底是什么人。待凶手被捕，我们便想知道行凶的动机和经过。根据这些信息，我们会去推想判决结果。虽然有些动机让人同情，但除非凶手是明显的正当防卫，一般都会被判刑。

　　　　不过，凶手在毫无正当理由的情形下夺人性命却免于刑罚，这样的情况偶尔也会发生，更确切地说，发生在检方判断凶手没有刑事责任能力的时候。

所谓刑事责任能力，是指判断是非善恶并据此行动的能力。具体来说，被认定为心神丧失[①]的人和未满十四岁者，都不具备这样的能力。在这里，我想谈谈前者。

刑法第三十九条规定，心神丧失者犯罪可免于刑罚，心神耗弱者犯罪可减轻刑罚。心神丧失和心神耗弱，包括患有身体或精神疾病、处于药物中毒和醉酒状态等情况，可视症状轻重来界定。

那么，请各位想象一下。假如你爱的人遇害了，凶手被捕却没有刑事责任能力，因此无法判刑。得知这样的结果，你会怎么想？

我个人是无法接受的。即使凶手天生有精神障碍，无法控制自己的行为，但是他周围的人（至少家人）不可能不知道这一情况。而他们对这种危险性视而不见，这点让人无法原谅。

不过，在这种情况下，遗属或许会归咎于运气太差，最终放弃追责。人人都有不易之处，憎恨凶手也无济于事。

但是，如果心神丧失和心神耗弱是凶手自己造成的呢？例如吸食毒品会引发精神异常，这一点本人应该比谁都更清楚。酒精也是如此，众所周知，如果大量饮酒造成醉酒，就可能做出偏离常轨的举动。也就是说，这是有意让自己陷入心神丧失和心神耗弱的情形。在这样的状态下犯罪，却被认定为没有刑

---

① "心神丧失"及下文中的"心神耗弱"，均为日本刑法中的刑事责任能力概念。心神丧失指不具有事理辨别能力或行为控制能力的状态，心神耗弱则指以上两种能力显著减退的状态。

事责任能力，是没有道理的。

当然，在审判中，这一点不会被忽视。有判例表明，故意大量饮酒或服用药物（如毒品、兴奋剂等）导致心神丧失和心神耗弱的情况，是不适用于刑法第三十九条的。

不过也有例外。

引发案件的是一名二十岁的女子。得知男友要与自己分手并和其他女性交往，这名女子服用了大量镇静剂来保持情绪稳定，却由此陷入精神错乱，将前来找她的男友刺死。被人发现时，她昏迷不醒，左手满是鲜血，大概是想自杀。

恢复意识后，女子表示对事情经过已经毫无印象。

警方以涉嫌谋杀逮捕了女子并提起诉讼。检方经过取证调查，决定暂时将她拘留，进行精神鉴定。

经过三个多月的等待，鉴定结果显示女子"大量服用镇静剂，行凶时处于急性药物中毒导致的心神丧失状态"。根据这一结果，东京地方检察厅认为女子不具备刑事责任能力，决定不予起诉。此时，距离案件发生已过去半年。顺带一提，女子的父亲是企业家，据说花重金雇了多位律师为女儿辩护。

诸位对此有何感想呢？想到被害人遗属的心情，我就难受不已。即使是合法的药物，如果错误地使用，就应该预料到可能发生意外。这名女子明显存在过失。

希望司法界能重新界定刑事责任能力的范围。

等到所有人都读完抬起头，能势问道："怎么样？"

"我知道这起案件。"梓说，"是五年前在港区白金发生的吧？"

"是的。"能势回答。他打开资料，开始说明。

"案件发生在五年前的十月六日。当天晚上六点十八分，灾害急救信息中心接到电话。接线员试图询问相关信息，可是对方没有回应。接线员判断应该不是火灾，很可能是报警人失去了意识，于是安排急救人员出动。电话未断，因此可以确定位置。急救人员来到现场，看到的是倒在血泊中的一对男女。男子胸口大量出血，心脏已经停止跳动，手中的手机证明打电话求助的正是他。女子左臂上有数道刀伤，但是呼吸还算正常。急救人员联系警方后，把女子送到了附近的医院。不久，辖区警察接到通信指令中心的命令赶到现场，确认了尸体，并以杀人案为前提开始调查。"

"这种情况花不了多长时间就能抓到凶手吧？"稻垣问道。

"您说得没错。"能势回答，视线再次落到资料上，"被害人有驾照，因此身份立刻得以确认，是一名叫大畑诚也的大学生。名字这么写——"

能势在白板上写下"大畑诚也"四个字。

"根据公寓入口的监控录像显示，被害人晚上六点零七分来到公寓。考虑到在楼内走动的时间，被害人应该是刚进屋就被刺身亡了。刀柄上有指纹，与房间内的其他指纹完全吻合，因此凶手恐怕就是房间的主人，即被送到医院的女子。调查负责人决定等她身体恢复后进行问讯，但问题就在此时出现了。据医生所说，女子因药物中毒出现了短时间的精神异常，可能会丧失部分记忆。实际情况也是如此，面对侦查员的提问，女子只是一个劲儿地重复说自己没有印象。此外，警方在案发现场发现了许多空药袋，证明她确实服用了大量药物。虽然没能取得她本人的供述，但申请逮捕令的材料已足够齐全，警方决定先逮捕她，然后移送检方。"

"但是检方最终决定不予起诉，对吗？"新田问道。

"是的。面对检方的调查，女子依旧强调自己丧失了相关记忆。她因为要接受鉴定而被拘留，但最终没有材料证明她在案发时具备刑事责任能力。因此，检方决定不予起诉。"

"这个博客说得没错啊。"本宫哗啦哗啦翻着资料，"真是棘手啊。要是遇到这种案件，真想撒手不管。"

"梓警部，"新田看向右侧，"你刚才说知道这起案件，是有过什么特别的关联吗？"

"我有一个警察学校时期的同学，就在本案辖区警察局的刑事科工作。去医院调查加害者的就是她。负责人认为同为女性可能更容易对话，就派她去了。"

"那么关于这起案件你的同学说过什么吗？"

梓略加思索。"她说太痛苦了。"

"痛苦？"

"那名女子已经失去记忆，却必须告诉她，是她杀了她的男友。这不可能不痛苦吧？"

"啊……是这样。"

"能势警部补，"稻垣唤道，"关于被害人的遗属，你是不是也掌握了什么信息？"

"已经查明了被害人父母的姓名。"能势说着在白板上写下了"大畑信郎"和"大畑贵子"两个名字，"他们当时的住址也已经查明，现在正在比对驾照……请稍等。"

能势走向在不远处工作的一组侦查员，短短交谈了几句后，便拿着平板电脑回到原位。"就在刚才,正好找到了驾照信息。现住址和案件发生时一样,都是长野县轻井泽。"

"轻井泽?"新田不由得提高了声音,"让我看看照片。"

"请。"能势把画面转向新田。

新田屏住呼吸。出现在这张名为"大畑信郎"的驾照上的,无疑正是那对古怪伴侣中的男人,也就是小林三郎。

听了新田的说明,所有人的脸色都为之一变。

"那两个看起来像夫妻的人也是轮换杀人计划的同谋吗?"稻垣表情痛苦地沉吟道,"果然还有共犯。快去联系长野县警方,让他们搜集大畑夫妇的信息。"

"能势先生,"新田喊道,"加害者的住址呢?杀害他们的儿子大畑诚也的那名女子,现在住在哪里?"

"目前还在调查,应该和案发时不一样。"能势拿出一份彩色打印件,是一个年轻女子的半身像,下面写有"长谷部奈央"几个字。女子留着长发,或许因为没化妆,脸上还留有几分稚气,说她只有十几岁也不为过。案件是五年前发生的,如今她也不过才二十五岁。

"大畑夫妇参与行凶,也就意味着这名女子不是这次的目标啊。"稻垣说道,"不过,她早晚都会被盯上吧。要是这样,同伙可能还会增加。"

"这都叫什么事啊……难道需要更加彻底地排查住宿客人的身份?这可太难了。"本宫抱住头,"能势先生,森元的博客里还有提到其他案件的文章吗?"

"目前只找到这些。但文章太多了,在接下来的调查中可能还会有发现。"

"这都叫什么事啊……"本宫又重复了一遍。

新田窥探着梓的模样。她正在阅读能势分发的资料。看来她并不打算在此时向稻垣挑明想和前岛单独接触的想法。随着大畑夫妇浮出水面，存在其他同伙的可能性正在增加，将前岛视为主谋或许存在风险。

这时，富永给新田打来电话。"前岛隆明已经吃完晚饭，离开了日本料理店。但是他并没有回房间，正在饭店内走动。"

"他去哪里了？"

"到处走，去了很多楼层。随着客人数量增加，监控难以一一追踪，有点麻烦。"

"神谷良美呢？"

"刚才离开了中餐厅，回到房间了。"

"1610 号房间的那些人呢？"

"两个男人已经出来了，不知道去了哪里。女人们在顶层看夜景闹腾了一阵，然后就去二层溜达了——啊，请等等。"

"怎么了？"

"神谷良美再次离开房间，正走向电梯间。"

神谷良美与前岛在同一时间开始行动，绝非巧合。

"富永，不好意思，要追加监视对象，加上小林夫妇。小林是假名，真名叫大畑信郎，大小的大，畑是火字旁加田地的田。房间号是——"新田打开笔记本，"1501 号房间。"

"又增加了吗……1501 号房间是吧，我明白了。我们想办法分头监视。"

"不好意思，拜托你们了。"

挂断电话，新田站起身来。嫌疑人们既然已经展开可疑的行动，自己也不能在这里悠闲等待了。

26

尚美在洛杉矶机场附近的商店里购买的手表显示，已是晚上八点十分了。大堂不再那么喧闹，大概是因为客人们都已经分散到餐厅、客房和各场派对与活动中去了。仔细一看，留在大堂的大多数都是卧底的侦查员。

看到出现在电梯间的女人，尚美一愣。是神谷良美，而且正笔直地朝她走来。

"您有什么事吗，神谷女士？"尚美上前应对。

神谷良美将手机朝向尚美。"这个在哪里呢？"她问道。

是东京柯尔特西亚大饭店外观的照片，但是是改建前的样子。点灯的窗户组成了圣诞树的形状。看起来是翻拍的老照片。

尚美立刻明白了。她点点头说道："这个在二层的特设画廊里。我们以圣诞节的历史为主题，举办了包括照片在内的展览。这张照片应该是展品之一。"

"二层的特设画廊啊。那个……"神谷良美环视四周。

"神谷女士，如果您不介意，我可以为您带路。"

"啊……可以吗？"

"当然可以。"

尚美跟安冈打了个招呼，走出前台。"请走这边。"她说着带神谷良美走向扶梯。

机不可失，尚美想道。她正好想和这位女士多聊几句。她实在无法把神谷良美与杀人犯画上等号，可应该怎样搭话，她又毫无头绪。

走下扶梯，两人沿走廊前行。

特设画廊让人眼花缭乱。从昭和时代的经济高度增长期到现在，反映各个时期圣诞节风情的照片一字排开，旁边还展示着曾经流行的圣诞节物件。其中也有神谷良美出示的那张照片，说明上写着"泡沫时代的圣诞节"，一旁装饰着曾在迪斯科舞厅使用的华丽扇子。

"真怀念啊。"神谷良美眯起了眼睛，"已经是三十多年前的事了。我那时也还年轻，几乎每天都去迪斯科玩。有时想着下班路上就去，还偷偷把要换的花哨衣服带到公司。"

"真是个华丽的时代啊。"

"你这个年龄的人很难理解呢。与其说是华丽，不如说整个社会都浮在空中。被男人百般奉承，连我这样的普通女人都以为全世界在围着我转。我认识我丈夫也是在那个时候……"说到这里，愉悦的侧脸突然失去了笑容。

泡沫时代相遇的爱人已经不在世上，继承血脉的儿子也已离开。别说什么世界的中心了，现在的神谷良美只是勉强在角落里忍受寂寞。从她的表情中，尚美切切实实地感受到了这一切。

"神谷女士，非常感谢您能选择我们饭店。"尚美发出明快的声音，"不知您休息得怎么样？"

神谷良美转向尚美，表情放松下来。"多亏你们，我在这里过得很舒适。独自一人过圣诞节也很不错呢。"

"是不是有种独自旅行的感觉？"

"嗯，没错。"

"您经常独自旅行吗？"

神谷良美摇摇头。"我很久没有在外住宿了，因为儿子的事。我忍耐了好几年，觉得差不多也该放松一下了。"

"我觉得这样很好。"

"前不久也是如此，时隔十年去看了音乐剧。票特别难买，后来在网上发现有拍卖。我拍到的是当晚的票，到了会场才能取。拍下后我匆忙邀请了朋友，结果把对方吓了一跳。"

"当天的票……这样啊。音乐剧好看吗？"

"非常精彩。那天晚上特别愉快，不过……"似乎回忆起什么不祥的事，神谷良美面色突然一沉，目光迷离起来。

"发生什么了吗？"

神谷良美摆了摆手，重新露出笑容，但是一举一动都十分僵硬。"没什么。不好意思，让你陪我聊了这么多。我一个人不要紧的。"

"是吗？那如果您有什么需要，请随时告诉我，不用顾虑。"

"嗯，谢谢你。"

"那我告辞了。"尚美鞠躬致意，随后便离开神谷良美，向扶梯走去。就在这时，一个刚下扶梯的男人朝她走来。看到那张面孔，尚美倒抽了一口冷气：是前岛隆明。对方目不斜视，目的地显然正是特设画廊。

一位身穿连衣裙的女客人走在前岛身后不远处。尚美记得她的样子，因为她一直坐在大堂的沙发上。尚美曾猜测她是侦查员，看起来应该没错，她显然在受命监视前岛。

尚美停下脚步，回头望去，前岛和女刑警已经先后进入画廊。尚美又观察了片刻，前岛并没有靠近神谷良美的意思，神谷良美似乎也没有注意到前岛的存在。

"你干什么呢？"背后突然传来的声音让尚美打了个哆嗦。是新田。

"请不要吓唬我。你怎么来这里了？"

"听说两个监视对象移动到了同一场所，我当然要亲眼确认一下。"新田望向画廊，"看起来两人并没有接触啊。"

"他们两位碰到一起应该纯属巧合吧？餐后在饭店里独自散步，能去的地方是很有限的。"

"计划行凶的人悠闲散步？怎么可能。"

"关于这件事，我有些神谷女士的相关情况想告诉你。"

新田不可置信地眨了眨眼，略加思索后点点头。"你说吧。"

到婚礼场地后，尚美讲述了神谷良美购买音乐剧门票的经历。

"通过网上拍卖买到了当天的票吗……"新田似乎也感到不可思议，眉头紧锁。

"如果这是事实，那么神谷女士当晚去看剧这件事就是偶发的。要是打算制造不在场证明，难道不应该考虑得更加周全吗？"

"她说的不一定是实话。"

"那她为什么对我撒谎？她可不知道我和警方有联系。"

"她可能事先准备好了其他不在场证明，但是又认为和朋友去看剧更加稳妥，于是临时变更。"

"那她可以从一开始就约朋友吃饭啊。那样更有确定性，也更有说服力。她说音乐会很精彩，那天晚上很愉快，听起来都不像谎言。而且聊到这里，她的表情突然黯淡下来，或许是因为想起了观剧期间发生的案子，也就是致儿子死亡的人被杀一案。"

似乎是因为无法反驳，新田沉默了片刻，又问道："你没问是在哪里拍的门票吗？必须确认一下。"

"我没有问。你还是觉得神谷女士撒了谎？"

"可能性并非为零。来到饭店的客人不是都戴着假面吗？"

"神谷女士不一样，我认为她恰恰相反。"

"相反？"

"她平时戴着假面，不让人看到她痛苦的内心。只有在这家饭店时，她才从假面中解脱出来。这是她给我的感觉。"

新田似乎想再说些什么，但是并没有开口，只是拿出手机。

"还有一件事想告诉你，是关于三轮女士的。"

新田停下了准备操作手机的手，抬起头来。"她怎么了？"

"她问了我关于你的情况，以及过去发生在这里的案件。"

"问了我和案件？"

尚美复述了三轮叶月的问题。

"她问那些……"

"请你多加小心，她可能已经察觉到了你的真实身份。现在最危险的或许正是你的假面。"

新田没有回应，目光中多了一分犀利。

27

"森元的不在场证明？"本宫眉间的皱纹越来越深，"为什么事到如今还要问这个？"

"我是想确认森元雅司的不在场证明到底是什么情况，是提前准备好的吗？"

"我记得应该是出差之类的，稍等。"本宫开始操作一旁的笔记本电脑，"啊，果然。是去金泽出差，两天一晚，案发第二天傍晚回到东京。我们已经向他出差时入住的商务酒店和会见的人确认过，不在场证明无可挑剔。"

"出差是上级派他去的吗？是什么时候决定的？"

"是和要拜访的对象商议后决定的，但是不知道具体时间。"

"酒店是什么时候预订的？"

"啊，这个没确认过。"

"能赶紧确认一下吗？一般人都会在决定出差日程的那天预订。"

"这倒没什么难的。"

"新田，"坐在不远处的稻垣听到了两人的对话，"你到底是什么意思？"

"其实……"新田刚想解释，余光瞥见部下西崎跑了过来，"请您稍等。"他向稻垣示意后，立刻询问西崎："那件事确认了吗？"

"确认了，神谷良美的供述没有问题。音乐剧上演当天的上午，她发现了出售两张演出票的拍卖网站，开场前在现场拿票这一情况也属实。"

"和神谷良美一起观剧的朋友那边呢？情况对得上吗？"

"我打电话问过了。在剧场见面时，神谷良美已经拿到了票。这位朋友表示，她记不太清了，但隐约记得神谷良美说这是通过拍卖买来的。"

"我知道了，辛苦你了。快回你的岗位吧。"

新田再次转向稻垣，简要概括了从山岸尚美那里听来的信息，也就是在入江悠斗被杀当日，神谷良美的不在场证明很可能是偶然获得的。

"西崎调查到的内容不见得百分之百可靠，但是神谷良美告诉山岸小姐的情况应该不假。"

"就目前听到的这些内容，确实不像精心准备好的不在场证明啊……"稻垣面露难色，抱起双臂。

就在这时，本宫起身打电话，大概是要调查森元雅司不在场证明的详情。不一会儿，他便结束通话走了过来。"我问到了，森元预订商务酒店是在高坂义广被杀的两天前。"

"两天前……这时间也太紧张了吧。要是不出差，真不知道他打算怎么办。"

"会不会是早前和其他人约好了聚餐？但是突然要去出差，就把聚餐取消了。"本宫的语气中并无自信。

"他是和拜访对象商议后决定日程的吧。有其他安排的话，按理说应该会避开。"

"或许是他认为用出差制造不在场证明更可靠？"

"可是，如果出差计划突然中止怎么办？一般人都会选择更有保障的方案。"

"新田似乎认为森元的不在场证明和神谷良美的一样，并非刻意设计，而只是巧合。"稻垣插话道。

"森元是在外跑销售的，工作日的晚上也很少待在家，所以他的不在场证明比神谷良美的还自然。同理，前岛隆明有不在场证明也没什么奇怪的，既然是店主兼主厨，当然会在店里。"

"喂喂，事到如今就别管这些了。"本宫撇着嘴，"那个推理呢？轮换杀人的推理呢？其中一人制造不在场证明的时候，其他人就负责杀了这个人的仇敌，难道不是吗？"

"我认为必须重新审视这一推理。"新田环顾室内，"梓警部去哪里了？"

"应该是回她订的房间了吧。刚才她还一直盯着那个呢。"本宫朝会议桌上的资料伸了伸下巴。那是能势拿来的"港区白金公寓男性遇害案"的调查资料。

新田拿过资料。"听说这起案件后，我就特别在意。那个，我记得应该有凶手的照片来着……啊，有了。"他拿起照片展示给稻垣和本宫，"看到这张照片，你们怎么想？"

"我只是觉得这么年纪轻轻的姑娘怎么就杀人了呢。"稻垣说着向本宫征求意见，"对吧？"

"是啊，就算吃药吃得精神失常，做出这种事也太夸张了。我想她本人恢复意识后，大概也不敢相信自己的所作所为吧。"

"就是这一点，本宫。"

"哎？什么？"

"被害人的遗属们联手，制裁夺人性命却未遭到应有惩罚的凶手们——用这个说法来解释此前发生的三起案件，是说得通的。每起案件都是恶性犯罪，因此执行者毫不犹豫地代替遗属报仇雪恨也很正常。但是，这个女人的情况呢？"新田晃了晃照片，"她杀了人却不用担负刑事责任，简直荒谬至极，所以大家替遗属杀了她吧——你们觉得会变成这样吗？"

"你是想说，人们不会试图杀掉这样一个年轻可爱、涉世未深的女人吗？"稻垣问道。

"从某种意义上来说，正是如此。"新田放下照片，"那个博客的看法有一定道理。大量服用镇静剂明显是她本人的过错，最终导致精神错乱，犯下杀人罪行，这种情况不予惩处确实值得质疑。但是，应该也有人赞同检方的判断。我认为神谷良美、森元雅司和前岛隆明应该也更倾向后者。"

"我也有同感。"声音从身后传来。新田听出了是谁，但还是回头看去。

梓慢慢走到旁边。"我联系了负责那起案件的同学，打听了详细的情况。凶手长谷部奈央身上有不少值得同情的地方。"

"比如呢？"新田问道。

"长谷部手上为什么有镇静剂？她得知男友与其他女人关系亲

密，但是又不想分手，于是装作一无所知。结果男友不但没有隐瞒，还故意让她看见，似乎是想等她主动离开。可是她一直佯装不知，不久后压力太大导致精神异常，她只能去诊所开药。"

"这都是什么啊……"说话的是本宫，"那么无聊的男人，赶紧分手不就好了。"

"要是能分手，也就不会那么辛苦了。她大概是从心底爱着那个男人吧。就算对方一时钟情于别人，她也相信他总有一天会回到自己身边。男人其实应该更早就提出分手，那也是为了她好。"

"我明白你想说什么，可这也不是男人就该被杀的理由啊。"稻垣说道，"在遗属看来，男人不就是死于女人失恋后的泄愤吗？"

"遗属应该是这么想的。但是站在旁观者的立场上，肯定有不少人觉得男人存在过错，不该归咎于为了接受分手而大量服药的女人。这也是我现在的观点。就算我赞成向那个用色情报复逼死少女的男人施以天谴，也无法认同他人对长谷部奈央做同样的事。毕竟她已经不记得犯罪过程，惩罚她也毫无意义。"

稻垣挠了挠脸颊，露出扭曲的表情，看起来十分认同桦的看法。

"也就是说，遗属们并不是要将博客上提到的所有案件的凶手都杀掉。"本宫对稻垣说，"他们可能打算放过那个姓长谷部的女人。"

"不，那就无法说明大畑夫妇为什么来这家饭店了。他们放过杀害自己儿子的凶手，却偏偏参与其他遗属的复仇，这是不可能的。"

听到稻垣的解释，本宫摆出一张不得不认同的苦脸。

"真是受够了。"稻垣喃喃道，"现在又冒出了不在场证明的问题，轮换杀人这个推理越来越靠不住了。"

"不在场证明的问题是什么？"梓一脸惊讶。

神谷良美和森元雅司的不在场证明极有可能只是巧合，新田说明了这一情况后，又补充道："不如说前岛隆明有不在场证明也是理所当然的。"

"也就是说，这不是轮换杀人吗？"梓显得完全无法接受，但是似乎又没有想到该如何反驳。

"那他们今晚又是为了什么聚集到这家饭店的？"本宫的声音中透着焦虑，"总不会是为了欢度平安夜凑巧来的吧？他们肯定有所企图。"

"总之只能监视他们的行动了。"新田说，"唯一能确定的，是他们会在明天早上退房之前行动。"

28

趁着没有客人，尚美看了一眼手表，已经过了晚上九点。新田还没从办公楼回来，不知在干什么。

就在这时，尚美身后的办公室门开了，探出中条的脸。"山岸小姐，能来一下吗？"

"好的。"尚美走进办公室，"怎么了？"

中条为难地垂下眉毛。"听说 1601 号房间的客人有些问题啊。"

"是泽崎弓江女士的房间吧。和她同行的客人有前科，现在还让三名外来人员进了房间。发生什么事了吗？"

"其实客房服务部刚刚联系我，说他们点了一瓶唐培里侬香槟和红白两种葡萄酒，还点了小吃拼盘等多种菜肴，似乎是要开圣诞节派对了。"

"啊，这样吗……"

"平时我们是不会多管闲事的，但是现状如此，又听说了大麻的问题，真不知道该怎么处理。"

事态确实麻烦，但是拒绝提供客房服务是不可能的，也无法立刻把另外三人赶走。

　　"明白了。一会儿服务员送餐时，我也会去确认他们的意向，告诉他们住宿人不能超过两个。"

　　"你能去吗？那就太好了。"中条露出安心的笑容，"那我让客房服务部直接联系前台。"

　　"好的。"尚美说着看了看办公室内，几名员工正忙于工作，"他们都在干什么呢？"

　　"正在确定'圣诞老人的礼物'活动的中奖人选。基本上是随机选择的，但是会优先照顾带孩子的家庭。不过做得太明显了也不太好，把握起来还是挺难的。"中条听起来为难，实际上乐在其中。

　　尚美走出办公室，发现新田已经回到前台，正一脸认真地操作电脑，似乎在确认住宿客人的数据。

　　"你做什么呢？"尚美从旁问道。

　　"我在寻找提示。"

　　"提示？"

　　"能够解开他们今晚为何来到饭店这一谜题的提示。"新田叹了口气，转向尚美，"我认为你的想法没错，所以重新调查了很多信息，结果不仅是神谷良美，就连森元和前岛也一样，不在场证明很可能只是单纯的巧合。"

　　"那么轮换杀人的推断就……"

　　新田摇了摇头。"我不得不承认，是我推理错了。"

　　"是吗？"尚美用手轻抚胸口，"总觉得松了口气。"

　　"为什么？"

"其他客人我不太清楚，但我无论如何都不敢相信神谷女士会杀人。推理有误真是太好了。"

"因为你相信客人啊。"

"是你们太多疑了。"

"可是不多疑就无法从事这一行啊。而且我并不认为他们是空手而来的。拥有共通点的四组客人——"新田竖起右手的四根手指，"在同一天住进同一家饭店，不能用巧合来概括。"

"四组？"尚美不解，"不是三组吗？"

"我们又找到了一组，是小林三郎夫妇。他们的儿子被杀了。"

听到这句话的瞬间，尚美感觉自己起了一身鸡皮疙瘩。那两人周身所萦绕的哀愁果然是有根源的。

前台的电话响了，是内线电话。安冈拿起听筒说了两句，随即看向尚美。"是客房服务部打来的，1610号房间的料理就快准备好了。"

"好的，你告诉他们我现在就过去。"

安冈点点头，再次将听筒放到耳边。

"什么客房服务？"新田问道。

尚美重复了她与中条的对话。

"还有这回事？那我也一起去吧，我想亲眼确认一下那些家伙的样子。"

"客房服务人员后面还跟着两个人，会引起怀疑的。我一定会告诉你他们的情况，还请忍耐一下。要是让他们起了警惕心，头疼的可是你们。"

新田似乎有所不满，但还是放弃般点了点头。"这倒是。那就拜托你了。"

"请交给我吧。"尚美打开办公室的门。

她穿过员工区的走廊，来到客房服务的专用厨房，一位男服务员正在往推车上摆放料理。

"真不少啊。"尚美看着推车说道。

"光是小吃拼盘就有三份，应该不是两个人吃的啊。"男服务员苦笑道。

两人搭乘员工专用电梯来到十六层，走到 1610 号房间门前。男服务员按响门铃。

房门打开，露出一张年轻女人的脸。音乐同时从屋里传出，震耳欲聋。

"料理给您送来了。"

"好——"

男服务员推着推车走进屋内，尚美也跟在后面。

看到房间内的样子，尚美心里一震：墙上挂满了彩条和缎带，甚至连圣诞树都已经摆好。男女五人全部扮成了圣诞老人，其中一个女人还戴上了白胡子。

敞开的纸箱就放在房间的角落里，看来这些圣诞装饰品和圣诞老人的服装都是用纸箱装来的。

"太棒了——好吃的来了。"佐山凉之外的那个男人说道。

"耶——"戴着白胡子的女人拉响了彩炮。桌上摆满了啤酒和发泡酒的罐子，大概是他们带过来的。

男服务员正要将料理搬到桌上，佐山凉开口了："啊，不用了，我们自己来。"

"没问题吗？那就麻烦您签个字。"

男服务员递出票据，泽崎弓江立刻从沙发上站起身。见她签好了字，尚美搭话道："泽崎女士，抱歉打扰你们尽兴了。我想您应该知道，这个房间仅供两位客人使用。但是看现在的情况，你们接下来是要举行派对吧？"

"派对早就开始了呢。需要追加付费是吧？那就在退房时一起结算就好。"泽崎弓江满不在乎地说。

"不，付费倒是不用，不过其他客人大概要待到几点呢？"

"这个嘛，还不知道呢。不行吗？"

"我们饭店基本上是不允许非住宿客人进入客房区域的。即使破例允许住宿客人与访客在房间内会面，我们也会请访客在晚上十点前离开。"

"哎——"周围传来一片惊讶的呼声。

"那不是马上就到了吗？"泽崎弓江噘起嘴，"连点的餐都没时间吃了。"

"那么到十二点怎么样？请访客们在日期变更前离开。"

"到十二点啊，明白了。各位没问题吧？"

众人纷纷做出"OK"的回答。

"那么，就拜托各位了。"尚美低头鞠躬，和男服务员一起离开了房间。

回到前台，尚美向新田报告了 1610 号房间的情况。

"要待到十二点吗？能立刻把他们赶出去就好了。"

"看那个样子，很可能还会追加料理和酒水，餐饮部应该很高兴。"

"你真是专业人士啊。不过那些家伙不一定会遵守约定，要是都住下该怎么办？不就成了蹭住吗？"

"那就只能再处理了，但是我认为他们不会那样。"

"为什么？"

"如果想让同伴们住下，泽崎女士只要再订一个房间就好，她看起来不像是怕花钱的人。而且站在他们的角度来看，他们应该明白自己已经被饭店盯上，一直提心吊胆是无法享受派对的。另外，我的直觉也是如此。"

"直觉？"

"我认为他们不是坏人。"

"这就是相信客人吗？算了，就这样吧，我也希望你的直觉是准确的。"新田一边操作电脑一边说，"哎，这是什么？"他嘟囔了一句。

"怎么了？"

"我正在查看 1610 号房间的信息，发现备注栏里有个'W'。"

尚美从旁边看向屏幕，那里确实写着"W"。她也觉得莫名其妙，于是招呼安冈询问。

"那是'圣诞老人的礼物'的抽选结果，是'WIN'的简写。"

"啊，是'WIN'啊。"

"也就是说泽崎弓江顺利中奖了。"新田说道，"要是收到中奖邮件，就要回复希望奖品送达的时间吧？最热门的时间段是几点？"

"不少人都希望在孩子睡觉前尽早送到，所以选十一点的人最多。"安冈回答，"然后就是十二点。我们会安排多名员工分头派送。"

"还真是辛苦啊。"新田用指尖挠了挠脸颊，"我离开一会儿。"他说着打开了身后的门。

"你去哪里？"

"去警备室。继续待在这里似乎也得不到什么新信息。"新田消失在门后。

"他才辛苦呢。"安冈说道，"您去 1610 号房间的时候，他一直在看电脑。"

"他可是个优秀的警察。我感觉只要他在，事态就不会恶化。不过，也许……"尚美凝视着关上的门，"他也是个优秀的饭店服务人员。"

29

　　四台液晶显示屏在警备室一字排开，每一台都分成四个画面，合计十六个画面。平时一般只有一名保安负责操作，但现在新田正和富永等两名部下一起紧盯画面。

　　"没有动静啊。"富永挠着头说，"神谷良美回到房间就没再出来，前岛一直在地下的酒吧。只有大畑夫妇在饭店里到处转悠，可是连和另外两人接触的意思也没有。事情到底会如何发展啊。"

　　"不知道啊……"新田咬着嘴唇，看了一眼时间。来到警备室已经三十分钟，还没出现任何大动静。难道他们要在半夜行动吗？

　　"啊，前岛从酒吧出来了。"另一名部下说。

　　新田盯住屏幕。离开酒吧的前岛似乎要去电梯间。富永将其中一个画面切到电梯内部，前岛正用单手操作手机，不知道在浏览什么内容。看他手部的动作，应该不是在发送信息。

　　电梯在十一层停下，前岛走了出去。富永赶忙将画面切到十一层的走廊，不过前岛只是回了自己的房间。

新田不禁长叹一口气。"又扑空了啊。"

"没有任何进展啊。"富永的声音也有气无力。

新田望着十六个画面，目光停留在其中一处。那是从前台的斜后方拍摄的画面，能清晰地看到柜台前客人们的身影。

"说起来没看到神谷良美那时候的样子啊……"

"什么样子？"富永扭头问道。

"办理入住时的样子。我到饭店时，她已经办好手续去房间了。"

"啊，没错。"

"森元和前岛办理入住时我都在前台，看得很清楚。你能把神谷良美当时的影像找出来吗？"

"是不是有什么可疑的地方？"

"倒也不是，我只是觉得应该看一看。"

"明白。"富永说着开始操作电脑。大概是因为长时间待在这里，他已经非常熟练。

画面中出现了昨天的前台影像，神谷良美正走向柜台，时间显示为下午三点零二分。她的行李只有一个旅行包，服务她的是一名女接待员。填写完住宿登记表后，神谷良美从包里拿出钱包，将信用卡交给接待员。接待员复印好卡片，又还给神谷良美，紧接着便递出放有房卡的卡套。然后，神谷良美就离开了。

"没有什么可疑的地方啊。"

"需要再看一遍吗？"

"不，不用了。我还是先看看那个吧，就是大畑夫妇办理入住时的样子。当时我不在前台。"

"他们是今天几点来的？"

"我记得是傍晚五点左右。"

富永将画面快进后播放，时间显示为刚过下午四点。他继续以四倍速快进，直到时间变成傍晚五点。

"啊，是组长您。"富永说道。

画面中出现了新田横穿大堂返回前台的样子。不久，一名女客人走了过来，是三轮叶月。山岸尚美负责接待，但是从对话中段开始，三轮叶月就一直盯着新田，大概注意到了这张熟悉的面孔。

"这里不用看了，快进。"

这么说来，不知道三轮叶月正在做什么。她也许希望了解佐山凉的情况，但是新田既没义务、也没闲暇去告诉她佐山凉正和同伴们享受圣诞派对。而且据山岸尚美所说，三轮叶月可能在怀疑新田。在她退房之前，最好还是不要见面。

"啊，就是那里。"新田抬高声音。画面上出现了大畑信郎的身影。

大畑站在柜台前跟山岸尚美说话，填写住宿登记表的样子多少有些生硬，大概是因为不太习惯写假名。

在山岸尚美询问后，大畑拿出钱包。现金支付需要押金，从钱包里取出的似乎正好是十万日元。

此后的手续也没有异常。收到房卡后，大畑离开了前台。但是在前往电梯间前，他先走到大堂的沙发旁，那里坐着他的妻子。新田一直盯着大畑，完全没有注意到他妻子的存在。

"从头再放一遍，从大畑还没往前台走的时候开始。对，就是从那里。"

画面再次播放，大畑夫妇出现在画面中，妻子走向沙发，大畑则来到前台，之后就是和刚才一样的内容了。

"停一下。"新田说道，"画面能放大吗？"

"能。"

原本占据屏幕四分之一的画面立刻充满了整个屏幕。

"好，开始。"

画面动了起来。新田紧紧盯着大畑的妻子。"停！"他再次发出指令，"你觉得她在干什么？"他指着老妇人的姿态问道。

"她正在摘手表。"富永说，"摘下来以后放到手机旁边，似乎是要核对时间。"

"是啊，只可能是在做这件事。今天白天，我曾看到有人做同样的事。"是指山岸尚美。

新田拿出手机，拨通了稻垣的电话。

"听说尾崎科长是直接通过警察厅从边检获得信息的。"稻垣说，"你的猜测没错，大畑夫妇今天刚从英国飞抵成田机场。"

"时差有九个小时啊。他们是什么时候离开日本的？"

"十一月二十日，也就是大约一个月前。"

"那就是比入江悠斗遇害还要早。这样一来，大畑夫妇就和之前的三起案件没有直接关系了。"

"是啊。"

"管理官，"新田双手往桌面上一撑，朝稻垣探出身体，"我们只能赌一把了。"

稻垣眼珠一转，斜眼盯着新田。"赌什么？"

"在大畑夫妇身上赌一把。今晚无论那些人有什么计划，大畑夫妇都是第一次参与，应该能从他们身上找到突破口。"

"我也有同感。"背后传来梓的声音，"坐等对方行动是没有用的，搞不好还会陷入被动的局面。"

稻垣的目光在新田和梓身上来回转移。"要向他们表明身份吗？"

"这也是不得已的。"新田回答。

"如果大畑夫妇什么都不说呢？他们可能会联系其他同伙，中止计划。"

"不说就不放过他们。"

稻垣瞪大了眼睛。"要拘留他们吗？用什么名义拘留？"

"我会采用绝招。"

"绝招？"

"管理官——"新田进一步凑近稻垣，"杀害大畑夫妇儿子的女人还活着，只有他们夫妇还没能完成复仇。如果他们与此前的案件毫无关系，而且决定放弃接下来的行凶，那么极有可能不会被问罪。强调这一点，说服他们倒戈向我们，应该不算太难。"

稻垣转过脸，闭上双眼，将拳头抵在额头上。就这样保持了十秒左右后，他抬头看着新田他们。"要分别询问夫妇二人吗？"

"当然。"梓回答，"如果新田警部负责大畑信郎，那我就负责他的夫人。"

"可以。"新田应道。

"怎么把他们分开？如果突然到访，让大畑信郎出来，可是会遭到怀疑的。说不定夫妻俩还会关上门商量对策。"

"没问题，我自有办法。"

新田和梓来到前台，请山岸尚美给大畑夫妇打电话，至于说什么、怎么说，新田都详细说明了。

山岸尚美不解地做着笔记。"真是奇特的内容啊，他们不会觉得奇怪吗？"

"所以才拜托你。如果换成我，可说不出那种专业的感觉。"

"我知道了，现在就打吗？"

"拜托了。"新田低下头，旁边的梓也随之颔首。

山岸尚美拿起听筒，按下号码。不一会儿，笑容浮现在她的脸上。

"小林先生，抱歉打扰你们休息了，我是前台的山岸。就在刚才，别的房间的客人联系到我，希望我能转告小林先生您，请您去0911 号房间。"

0911 号是森元雅司入住的房间。

"是的，正是如此。我问了那位客人的名字，客人表示只要说是'多元平衡'，您就应该知道……是的，是'多元平衡'……您的名字？没有，那位客人没有问过相关问题，他事先就知道您姓小林……是的，只有这些……那就拜托您了，容我失礼。"山岸挂断电话，放下听筒。

"是大畑接的？"新田问。

"是的。"

"他有什么反应？"

"他似乎充满怀疑。我感觉他知道'多元平衡'，但对'多元平衡'为什么知道他是用小林三郎这个名字入住的感到不可思议。刚才他问我，对方是不是在饭店里看到了他们夫妇，于是向接待员询问了名字。我说我们没有回答过那样的问题。"

"他怀疑也是正常的。不过这样一来，他就上钩了。"新田看了看梓，"我们走吧。"

手握0911号房间的房卡，新田和梓一起乘上电梯，按下九层和十五层的按钮。大畑夫妇住在1501号房间。

"等大畑离开房间，我就给你打电话。"梓说，"看他进电梯后，我再去1501号房间。他的夫人看到我穿着饭店制服，应该会给我开门的。"

"明白了。问讯结束后我们再联系吧。在那之前，我会控制住大畑的。"

"我知道了。在你联系我之前，我都会和他夫人在一起。"

抵达九层，新田走出电梯。他曾担心大畑信郎已经先一步到达，还好没有。眼前是正在走廊中前行的圣诞老人，手中的白色袋子里装着圣诞礼物。擦肩而过时，新田冲对方点头致意，对方则露出了不好意思的笑容。

新田刷卡进入了0911号房间，刚想松一松领带，梓就打来了电话。

"我是新田，大畑怎么样了？"

"我出电梯之后，他就进去了。"

"我明白了。"

新田挂断电话，面对房门站好。

终于到了摘下假面的时刻——

30

门铃响了。新田做了个深呼吸，走向门口。打开门一看，大畑信郎就站在门前。

"我等你很久了。"

大畑看到新田，意外地眨了眨眼睛。"你是森元先生……吗？"

看来他知道"多元平衡"的真名，不过似乎没见过面。

"不，不是。发生了很多事情，总之先请进来吧。"

新田一步踏出屋外，胳膊绕到大畑身后，将他推向屋内。大畑并未反抗，带着一脸尚未弄清状况的表情走了进来。他张望了一圈，问道："森元先生呢？"

"这里只有我们两个人。"为了防止大畑逃跑，新田背对房门站定，"非常抱歉，为了把你叫到这里，我们对你撒谎了。"

大畑的眼中立刻浮现出警惕的神色。"为什么你们饭店的人要对我撒谎……"

"失礼了。我虽然这副打扮，但并不是饭店的人。其实我是这个身份。"新田从内侧口袋里拿出警察手册，亮明真身。

大畑表现出了明显的动摇。"警察……"

"为了某项调查，我扮成了饭店员工。"

"果然有人通风报信了啊。"

"通风报信？什么意思？"

"不是吗？"

新田把椅子搬到大畑面前。

"请先坐下吧，看起来有必要向你充分了解一下情况。这是警方为了执行任务而进行的问讯，请你理解。针对可疑人物，警察有权询问隐私。你不想回答也没关系，但是会相应地增加你的可疑程度，请事先知晓。"

大畑弯腰坐下，视线不安地四处游移。

"那么，第一个问题。"新田站到大畑面前，指着对方的胸口，"你是用小林三郎这个名字办理入住的，是真名吗？"

大畑的脸瞬间血色全无，双颊僵硬。

"请回答我，是真名吗？话说在前头，现在也有别的警察在对你的夫人进行问讯。就算你说谎，也能立刻被识破。为了彼此，还是不要做无谓的挣扎为好。"

大畑闭上眼睛，似乎想让自己平静下来。做了好几个深呼吸后，他缓缓点了点头，睁开眼睛。"你说得没错，不是真名。"

"你的真名是什么？"

"大畑……信郎。"

"你身上有可以证明身份的东西吗？"

大畑把手伸进上衣内侧，拿出钱包，从中抽出驾照递给新田。

驾照与能势在办公楼会议室时给他们看的资料一致。

"可以了。"新田说道。接下来才是正题。"那么大畑先生，下一个问题，你们夫妇今晚为什么选择住在这家饭店？"

"这个……我不想回答。"

"为什么？"

"抱歉，原因我也不能说。"大畑深深地低下头。

新田向前迈出一步，俯视着大畑。"这可麻烦了啊。我也不想这么做，但是如果你不回答，我就不能让你离开这个房间。"

大畑抬起头，露出震惊的表情。"你刚才不是说不想回答也没关系……"

"刚才是那样的，因为只是单纯为了执行任务而进行问讯。但是现在不同了，你已经承认你是用假名入住饭店的。"

"这有罪吗？"

"有。"新田断言道，"旅馆业法第六条第一项规定，住宿机构的经营者必须准备用来登记住宿者姓名、住址、职业等各项信息的名簿。第二项规定，住宿者必须按照经营者的要求提供相应信息。如果住宿者登记了虚假信息，将被处以拘留或罚款。你的情况很适用于这项规定啊。"

这就是新田对稻垣说的"绝招"，只不过实际上很少有人因此受罚。

听到了预想之外的回答，大畑走投无路似的摇了摇头，目光飘忽不定。

"你要怎么办？你的夫人可能也在接受同样的提问，或许已经交代实情了。你也老实交代如何？还是说难得的平安夜要和夫人分开度过呢？"

大畑双手抱头，但是没过一会儿便点了点头。"我知道了，我会说的。那个，你是问什么来着？"

"你们今晚来这家饭店的理由。刚才你用了'通风报信'这个词吧？也就意味着你知道这家饭店今晚将会发生不祥之事。"

"不，我并不知道，只是读了大家的对话后，我有这种感觉……"

"对话？"

"是幽影上的对话。"

"幽影？那是什么？你能说得明白一些吗？"

大畑挠了挠花白的头发，表情依旧僵硬。"对不起，事情发展得太突然，我现在大脑里一片混乱。即便你让我说明，我也不知道该从哪里说起。"

"那就从最开始说吧。"

"最开始……那个，什么才算是最开始呢？"

"我想应该是你儿子被杀害吧。"

大畑惊异地抬头看着新田，随即点了点头。"你对我们的情况一清二楚啊。没错，就是那起案件。更准确地说，是从那起案件处理完毕后开始的。从得知凶手不予起诉的那天起，新的苦恼便出现了。"

"你们果然无法接受检方的判决吗？"

"无罪是不可接受的。"大畑控诉般说道，"我的儿子确实也有过错，把对方伤害到服用镇静剂的程度，实在不太像话。可是竟然因此丢了性命，也太荒唐了。"

"听说对方强调自己失去了记忆。"

"那不是很可疑吗？精神鉴定有那么准确吗？"大畑一个劲儿地摇头，脸颊晃来晃去，"我可不那么想。"

"然后呢？你是怎么做的？"

"我想把这种无法接受的想法与别人分享，于是到处调查，结果发现了各类案件的被害人遗属们交流信息的网站。在那里，我读到了真切讲述遗属们的辛酸的文章，了解到痛苦的并非只有我们，这让我们渐渐有种心灵得到救赎的感觉。但是……"大畑歪过头继续说道，"还是有点不同。那个网站上所写的痛苦心情和我们所感受到的，还是有着某种微妙的区别。我也说不清是什么区别，但我就是那么想的。就在那时，我看到了一个博客。"

"博客叫什么？"

"叫'无解的天平'，开设人叫'多元平衡'。"说到这里，大畑似乎突然想到了什么，抬头看向新田，"你知道那个博客吧？所以叫我来这里时用了'多元平衡'的名字。"

"请不用在意我们，接着讲吧。"新田催促般伸出右手。

大畑呼了口气，继续讲道："你们也许已经读过了。博客所主张的是，日本的刑罚与罪行的严重性相比过于轻微。比如杀人却只判有期徒刑二十年啊，未成年杀人犯甚至不用蹲监狱啊，很多案例都让人觉得是为了减轻监狱的运营负担才不予重判的。读了那个博客，我觉得就是如此。我们一直以来寻求的正是这一点，博客简直像在为我们代言。从那以后，我们每天都会浏览它。"

"只是阅读吗？就没有什么行动吗？"

大畑点了点头。"有。"他答道，"我很好奇运营那个博客的是什么人，便试着发了邮件。"

"邮件里都写了什么？"

"首先写了我经常读博客，很有同感，然后又详细讲述了我儿子的案件。当然，我没有使用真名。"

"对方回复了吗？"

"立刻就回复了。对方说非常理解我的心情，博客正是为了像我这样的人运营的。后来，我们通过邮件交流了很多次，也互相告知了真名。"

"对方的真名叫什么？"

"森元雅司。"

一张张拼图开始聚集，新田终于抓住了要害。

"看你刚才的样子，似乎没见过森元啊。你们之间的交流只是通过邮件吗？"

"那段时间是那样的。"

"那段时间是什么意思？"

"后来，我接受了森元先生的邀请。他介绍自己正在运营一个平台，能让我们这些抱有同样苦恼的人更加深入地交流。加入需要特殊的应用软件，不过与普通软件不同，对个人隐私的保护更加严密，因此无须顾虑说话的内容。"

正如梓所推测，他们应该使用了暗网。

"你参与了吧？"

"参与了。森元先生说如果感到不快，或是觉得与自己的想法不符，可以立刻退出。"

"那是个什么样的平台？"

听到新田的提问，大畑发出呻吟般的声音。"说明起来太难了。

我没办法按顺序梳理好了再说，能不能想到什么就说什么？"

"没问题，拜托你了。"新田从怀中拿出笔记本和圆珠笔。

大畑清了清嗓子，开始讲述。讲到记忆清晰的地方，他的语气便明朗起来，讲到暧昧的地方则像陷入思考般语义含混。很多内容时间顺序混乱，讲着讲着还要不断修正。

新田不时插入提问，渐渐理解了整体情况，大致如下。

这一网络团体叫"幽影会"，参与者各式各样，但是有一个共通之处，那就是他们都被荒唐的案件夺去了所爱之人，然而凶手只受到轻微刑罚，这让他们至今痛苦不堪。

令人惊讶的是，大部分参与者明知自己的身份会暴露，却仍然介绍了包括凶手姓名在内的案件详情。被强盗杀人犯夺走母亲的"多元平衡"名叫森元雅司，这是大畑已经知道的。至于儿子被少年殴打成植物人并最终死亡的"无望的母亲"叫神谷良美，女儿被色情报复逼至自杀的"真心料理人"叫前岛隆明，这些信息一搜就能查到。

他们在暗网上公开身份是有理由的，例如大畑最初参与其中时，曾读到以下内容。

"这是和'无望的母亲'有关的信息。我找到了入江悠斗工作的地方，是位于大田区多摩川二丁目的机械整修厂。最近有个社交账号发布了照片，拍到了这家公司的入口。我认为那个账号就是入江悠斗的。"

"那个账号提到了一家供应熊本料理的居酒屋，我前些日子去看了看。虽然是平民风格，但也有马肉料理这样的高档菜。入江悠斗看起来过得相当不错。"

"我是'无望的母亲'。今后我会把那个账号当作入江悠斗的来关注，谢谢各位提供的信息。"

"以下是关于'多元平衡'的信息，是高坂义广的近况。他好像开始在狛江市的某家产业废弃物处理厂工作，住址不明。"

"我就住在狛江市。我会想办法确认，我认识建筑行业的人。"

"我是'多元平衡'，非常感谢。"

"从事废弃物处理工作……很让人在意啊。听说需要上门回收废弃物，很容易患上恶性疾病。"

大畑读着读着，逐渐理解了幽影会的目的。

这里不是单纯用来互相安慰的地方。成员们合力收集那些重罪轻判后获得自由的凶手们的近况，在这里交换信息。就算是不甚准确的、模糊的信息，只要由若干人从不同角度进行验证，就会逐渐精确起来。

使用特殊软件也是理所当然的。这些信息要是被警方注意到，他们必然会遭到严重警告。

不过，成员们并没有对各个凶手做出什么，只是持续监视他们的生活状态，交流相关信息。

大概有人会问：这么下去是想干什么？对于成员们的心情，大畑也有切肤之痛。

表面上，凶手们已经回归社会。对幽影会的成员来说，没有人能接受这样的现实。他们怀疑凶手本性难移，法律判决也并不公正，并且想方设法证明自己的推断。

随着参与次数增多，大畑也想将自家的详情告知众人。当时妻子也已经开始阅读平台上的内容，两人经过商量，试着写了下来。

此前，他只是提到杀害儿子的凶手因无刑事责任能力未被起诉，但是这次他详细说明了案发时间和经过，并按例公开了凶手的真名，即长谷部奈央。

平台上立刻有了反应。大家应该是在网上搜索了关键词，确认了案件的真实性。同情的回复纷至沓来。

"我都无法相信还有这种荒唐事发生，可是真的就发生了。杀了人却没受惩罚，是绝对不能接受的。"

"我以前在电影里看过伪装成多重人格逃避杀人罪的故事。这种情况被称为'诈病'。电影里的杀人犯被识破了，可现实中的精神鉴定总是发现不了诈病。"

"我非常同情这位'小人物'。杀害儿子的凶手竟然没有受到惩罚，光是想象一下，心里就很不舒服。说什么对行凶没有印象了，绝对是在撒谎。应该留意那个女人的动向，戳破她的谎言。"

一条条回复变成巨大的鼓励，让大畑夫妇感到自己并不孤独。

当大畑表示自己也想知道凶手的近况时，许多人都回复愿意提供帮助。大畑欣喜不已。那些人应该知道他的真名是大畑信郎了。

就在那时，大畑遇到了一个人。当他前往居住地轻井泽的教堂做礼拜时，旁边坐着一个女人。他正觉得对方面孔陌生，对方竟主动跟他搭话，似乎是第一次来做礼拜的。

"我以前从没接触过基督教。只是最近发生了一些痛苦的事，怎么也打不起精神，就想来这里看看。"

"是家人遇到了不幸吗？"

"是的。"女人点点头，"不久前，我的女儿去世了。"

"您女儿……这样啊。是生病了吗？"

"不，我也不知道该怎么说……是卷入了案件。"

"哎？"大畑只能发出惊叹，不知道该如何回应。

女人立刻低声致歉："不好意思。"

对话就此中断。不过礼拜结束后，两人还是一起走向车站。

"非常抱歉。"女人一边走一边再次道歉，"听了那种话，心情不会好吧？请忘了吧。"

"不，请不要在意我，因为我和您很像。"

"很像？"

"是的，我的儿子也死于意想不到的情况，虽然已经过去好几年了。"

"您儿子……"对方一时语塞。

随后，两人走进一家咖啡厅。女人叫尾方道代，她还在上小学的女儿身亡的经历同样让人不忍听闻。女儿在放学回家的路上被一辆摩托车撞倒，因全身重创不治身亡，摩托车却当场逃逸。后来驾驶人被抓，是一个没有驾照的十六七岁的少年。车祸就发生在他被警方追踪的过程中。

"少年受到保护处分，进了少年院，可是那种地方不是很快就能出来吗？女儿死了当然让我伤心，可是判决更让我无法接受。"

"我很理解您的不甘。"

"能向您说出这些，真是太好了。"女人也露出些许释怀的表情。

大畑也讲述了儿子的案件，并坦白说出了心中的苦恼：他无论如何都无法接受凶手未被追究刑事责任这一现实，感到儿子只是白白死去。凶手就算不判死刑，难道不应该以某种形式赎罪吗？这明明是再正常不过的诉求了。

"我非常理解。"尾方道代一次又一次点头赞同。她住在东京，这次因工作来到轻井泽，但以前没怎么来过。交谈之后，两人交换了联系方式。

从那以来，两人不时通过邮件交流。一次，大畑试着向尾方道代介绍幽影会，她立刻表示想加入，于是大畑很快帮她办好了手续。

由于大畑没有事先说明详细情况，尾方道代加入后格外惊讶。她在邮件中写道："我从没想过还有能交流这些事情的地方。"

大畑告诉她，如果她能写明女儿罹难的详情，说不定能掌握从少年院出来的凶手的近况。"我会考虑的。"她这样回复。

在聊天室里，尾方道代的昵称是"死亡假面"，充分传递出了她心中的绝望。

"死亡假面"不怎么发言。有一天，她却写下了这样的内容：

"以下是关于'小人物'的信息。我找到了长谷部奈央的社交账号，年龄、出生地和学历都是一致的，大学二年级时因故退学。"

消息太过突然，大畑惊讶不已，赶忙询问对方是怎么查到的。

"我在社交媒体上寻找长谷部奈央的高中同学，结果发现了一个叫'NAO'的用户，一路追查过去就找到了。"

尾方道代写得轻巧，但是过程应该没有那么容易。大畑没想到对方会为自己做这么多。

大畑赶紧前去"NAO"的社交账号下确认，结果映入眼帘的是一名女子穿着花哨服装、品尝巨大芭菲的照片。照片下面写着"超大原创芭菲完成！下次我会上传做法"，后面跟着一串粉色心形符号。诚也的手机里保留了许多张长谷部奈央的照片，大畑已经熟悉得不想再看。可那些照片上的奈央都非常朴素，因此大畑第一眼甚至没能认出来。但是仔细一看，他确信就是奈央。

大畑也浏览了账号下的其他内容，有逗猫咪的，有玩滑板的，总之都是愉快的内容。

看到这些，大畑变得郁郁寡欢。

该如何接受这样的现状呢？长谷部奈央似乎已经将自己犯下的案件忘得一干二净，正在毫无负担地享受青春。

既然凶手已经失去行凶时的记忆，那么自己是否就该放弃仇恨？甚至更进一步，要为一个年轻人从可怖的过去中解脱出来而欣喜？

大畑无法接受，他并不是圣人。当他在幽影会中吐露心声时，立刻得到了众人的附和。

"'小人物'，你的这种感情是正常的。看到杀害自己孩子的人快乐地生活着，心里不可能平静。对方就算失忆，也应该从警方和检方那里听说了自己的罪行，可她却毫无赎罪之心。简直恶劣至极，不可原谅。"

"这个女人的父母在想什么呢？我是绝对不会允许自己的孩子到处吃喝玩乐的，也不会允许她在社交平台上发布这类内容。真让人难以置信。'小人物'，我们一起想办法让这个女人改过自新吧。"

这样的声音多少缓解了大畑夫妇内心的痛苦，甚至感觉心存芥蒂并非坏事。

"在那之后，我也定期参加幽影会的交流。大家讨论各种话题，交换各种信息。我和别人不同，提供不了什么信息，但是我会写下浏览长谷部奈央账号的感想,吐露心中复杂的情绪。然而没过多久,就发生了意想不到的事。"

"什么事?"新田问道。

"不是别的,正是入江悠斗被杀。"大畑瞪大了眼睛说道,"只要是幽影会的成员,就不可能不知道他。我们紧急召开了在线会议。"

首先发言的是"无望的母亲"。据她所说,刑警已经第一时间赶来询问了她的不在场证明。

"幸运的是,我的不在场证明非常充分,立刻就洗清了嫌疑。如果没有不在场证明,我可能至今还在被警方怀疑。"

凶手仍然逍遥法外。其他成员问"无望的母亲"有何感想,她表示心情复杂。

"说我不恨入江悠斗,那是骗人的。但是如果有人问我是否期盼着他的死亡,我会很难回答。我希望他能赎罪。自从掌握他的近况,我一直在仔细观察他是否表现出赎罪的姿态,但是到现在仍然不明不白。我想或许总算能从痛苦中解脱了,却无法释然。"

这段话让大畑的内心产生了激烈的动摇。他对"无望的母亲"的心情感同身受。罪犯可能会随着刑满释放而从案件中解脱,被害人和遗属的心中却会永久地留下伤害。

其他成员也陆续表达了相似的看法,还有人用"辛苦了""请好好休息"来宽慰她。

此时,众人都认为入江悠斗遇害与自己没有任何关系。但是过了大约两周,事态发生了变化。这次死去的是高坂义广,杀害"多元平衡"森元雅司的母亲的凶手。

幽影会的成员们再次被召集起来。

"多元平衡"表示自己也遭到了警方的怀疑，但是案发当日他因出差离开了东京，嫌疑得以迅速排除。

"说句实话，我对高坂被杀没有任何同情。我认为他活该死掉，不，是活该被杀，这种想法从未改变。不过，我想大家一定也十分在意，距入江悠斗被杀仅仅两周就发生了这种事，让人很难不心生疑虑。"

众人的发言与之前相比也产生了微妙的变化。这真的只是单纯的巧合吗？似乎每个人都在疑神疑鬼。也有人使用了"天谴"一词，但是没人表示赞同。

结果就在四天后，被杀的命运轮到了村山慎二头上。事已至此，幽影会的讨论出现了质的改变。

"作为创立幽影会的人，我在这里发誓：我与案件毫无关系。这个平台的存在也是对外人保密的。"斩钉截铁发言的是"多元平衡"。在他之后，"无望的母亲"和"真心料理人"也接连表态。

然而，无论怎么想，都难以排除幽影会与一连串案件的关系。说毫无瓜葛是不合情理的。

凶手就在成员中吗？若是如此，为什么要这么做？这里的每个人都有值得憎恨的对象，但是没有人提出过杀死那个对象的请求。

众人七嘴八舌，却没能向真相迈出一步。

最终，话题变成了推测接下来还会有人被杀死。

幽影会的成员并不固定，既有新加入的，也有不少离开的。如今经常参加讨论的主要有七人。

就在这时，大畑在长谷部奈央的社交账号上看到了惊人的内容。

"我突然决定去美国了，一年内都不会回来。圣诞节就出发，所以我打算在平安夜享受一下奢侈的饭店生活，去超一流的东京柯尔特西亚大饭店。期待满满。"

大畑愕然无语。谜一般的暗杀者若是看到这一信息会怎么做？幽影会相关的加害者们接连被杀，下一个目标不就是长谷部奈央吗？

大畑认为自己必须亲自确认。

"所以我们才在今晚住进这家饭店。我和妻子商量后，妻子说也想来，于是我们就临时从英国回来了。"

讲述完毕，大畑信郎直直地盯着新田，眼中毫无虚伪之色。应该没有说谎，新田想。虽然他讲述的内容令人骇然，但编故事的话不可能编得如此细致，而且最重要的是环环相扣，合情合理。

"你为什么使用假名？"

"当然是为了防止被警方怀疑，万一案发时的客人名单中有我的名字就麻烦了。"

"那预订时登记的电话号码呢？不是你的电话吧。"

"那是我胡乱编的。即使因为收不到饭店的联系而无法入住，我认为也无可奈何。"

新田有些失望，却也立刻接受了这个现实：他们并不是非得住宿不可。

手机接到电话，是梓打来的。"不好意思。"新田冲大畑打了个招呼，随即接起电话，"我是新田。"

"我是梓。我这边的问讯结束了，收获很多。"

"是啊，我这边也快结束了。"挂掉电话，新田再次看向大畑，"你们来这里的事告诉幽影会的成员们了吗？"

"没有，而且我也不知道他们会如何行动。但是大家都在日本，应该也有人选择住进来，没准还有人去跟警察通风报信。"

之前说的通风报信，应该就是这个意思。这也说明了为何大畑听闻森元雅司想要见面，就毫不怀疑地立刻赶来。然而在大畑的讲述中，并没有与凶手相关的线索。

"你和夫人在饭店里转悠了很久啊，是在干什么呢？"

"那是……我们在寻找。"

"寻找？寻找什么？"

"就是那个叫长谷部奈央的女孩。我们看了她的账号，发现她上传了在这家饭店里拍的照片，觉得只要去照片里的地方或许就能找到她。不过就算找到了，我们也不打算做什么……"

"这样啊。"新田明白了。恐怕别的成员也是如此，所以才在同样的地方徘徊。

"能告诉我长谷部奈央的社交账号吗？"

"好的。"大畑拿出手机。大概是因为经常浏览，操作起来非常熟练。"是这个。"他说着将画面转向新田。

"借我看一下。"新田接过手机，将照片中长谷部奈央的面部放大。

新田心里咯噔一下——这是再熟悉不过的面孔。

毫无疑问，照片中的女人就是和佐山凉同行的泽崎弓江。这么说来，她确实带着行李箱，还咨询了去成田机场的巴士在哪里发车。乘电梯的时候，旁边的女人也曾表示羡慕她能去美国。她如今与案发时照片里的朴素模样判若两人，新田完全没注意到。

这是重大线索。如果能够确定目标，阻止犯罪就会容易很多。

"来到这家饭店后，你和幽影会的成员联系过吗？"新田返还手机的同时问道。

"没有。毕竟我没和其他成员私信交流过。"

"你完全不知道还有谁来了对吧？"

"之前是的，但我遇到了一个人。"

"遇到了？在哪里？"

"在最顶层的观景台。但我们只是默默致意，并没有交谈。因为我总觉得非常尴尬，对方似乎也是如此。"

"等等，你为什么知道那个人是幽影会的成员？你知道对方长什么样子吗？"

"我只认得那个人的长相，因为是尾方女士。"

"尾方女士？就是在轻井泽的教堂认识的那位？"

"是的，尾方道代女士。"

这是第五个人。需要盯梢的人又增加了。

"你们是什么时候碰到的？"

"那个……大概是一个小时前。"

新田看了看表，现在是晚上十一点三十分。

"大畑先生，一会儿回到房间后，请你们直到退房前都不要出门。虽然不是强制的，但是希望你们能配合调查工作。"

"啊……我知道了。"

"我还有急事，就先走一步了。"新田留下这句话，便打开门走了出去。他一路小跑奔向员工专用电梯，同时拨通了梓的电话。她大概一直在等待，立刻就接通了。

"我是新田，我这边也结束了。"

"那我现在就离开房间。新田警部，你已经听说尾方道代的事了吧。"

"听说了，她和大畑夫妇在观景台见过面。"

"我已经和管理官联系了，让他帮忙确认今晚的住宿者名单，但是里面没有这个名字。"

"也就是用了假名啊。"

"那我们现在该去的就只有一个地方了。"

"没错。"新田回答，"一会儿警备室见吧。"

坐上电梯前，新田又打电话给稻垣。电话一接通，那头便传来迫不及待的声音："我听梓说了，新发现了一个可疑的女人。"

"我们正要去警备室确认监控。还有，今晚的行凶目标也查明了，是和佐山凉同行的女人。她用泽崎弓江这个名字办理了入住，真名是长谷部奈央，是杀害大畑夫妇儿子的凶手。"

"什么？"稻垣明显抬高了声音，"没弄错吗？"

"我已经亲眼确认了，没有问题。"

"到底是怎么回事？"

"之后我会详细说明的。"

现在可没有从容说明的工夫。新田挂断电话。

员工专用电梯的门打开了，里面站着三个圣诞老人。尴尬的感觉不由得涌上心头，新田还是走进电梯，按亮地下一层的按钮。警备室在地下一层。三个圣诞老人则分别在不同的楼层下了电梯。

来到警备室，梓已经到了，正站在负责操作电脑的富永身后。

"在找观景台的监控录像吧？"新田问梓。

"没错。"

"大畑夫人的问讯还顺利吗？"

"比想象中顺利，赌一把是对的。"说到这里，梓长长地舒了口气，"幽影会真让人吃惊。"

"真是。另外，还查明了一件重要的事。"

新田告诉梓，用泽崎弓江之名入住的年轻女人就是长谷部奈央。

"那个女人在哪里？"梓问道。

"应该在她的房间里开派对呢。她不是独自一人，所以只要她没出房间应该就不用担心。"

"找到那两个人了。"富永说，"是不是他们？"

新田盯住屏幕。静止的画面中，一对上了年纪的老人依偎般站在一起，正在眺望夜景。虽然是背影，但通过上衣的颜色仍能确认男人就是大畑信郎。

梓也指着女人说："肯定是大畑夫人，没错。"

"播放吧。"新田下达指示。

画面动了起来。大畑夫妇一边欣赏夜景，一边回头四下张望。不一会儿，他们就从窗边走开，但大畑信郎却突然停下脚步。微微低头致意后，夫妇二人便从画面中消失了。接下来的瞬间，一个女人出现在镜头中，从方位上看，应该是刚和大畑夫妇擦肩而过。也就是说，这个人就是尾方道代。

"这样啊……"新田低喃道，"是这么回事啊。"

"怎么了，新田警部？"

"这个女人要么是一连串案件的凶手，要么握有破案的关键。她不是用假名入住的，恰恰相反，尾方道代才是假名。她的真名是三轮叶月。"

"是你的大学同学……"

"这下我就明白她为什么会提出那些无理的要求了。她说想让我帮忙调查佐山凉的动向，其实她真正想了解的是与佐山凉在一起的长谷部奈央。"

新田拿出手机，按下三轮叶月的号码。电话立刻接通了。

"这么晚了有什么事？佐山凉那边有情况了吗？"三轮叶月问道。

"我有事想告诉你。你在哪里？"

"我在房间。喂，到底有什么事啊？"

"电话里很难说清楚，我现在就过来。"没等对方回应，新田便挂断了电话。

"你打算怎么办？"梓问道。

"事已至此，再耍小伎俩已经没有用了。我会表明自己的真实身份，逼她交代真相。"

"那我也去。"

"不用，就交给我吧。如果只有我们两人，她老实交代的可能性会更高。你去向管理官说明情况，而且万一三轮是凶手，我想拜托你做好准备，以便在她抵抗或逃走时应对。"

不满的表情只在梓的脸上出现了一瞬。她随即点了点头，上前一步，为新田系好上衣纽扣，微微一笑。"看来很快就无法见到你打扮成服务生的样子了。"

意外的举动让新田多少有些困惑。"现在就感到孤单还为时尚早呢，梓警部。"

"你说得没错。"梓离开新田，恢复了严肃的表情，"那么，就拜托你了。"

"交给我吧。"新田转身向门口走去。

31

按下门铃后不久，房门便开了，露出三轮叶月的脸。"请进。"

"打扰了。"新田说着走进房间。

三轮叶月像之前一样往沙发上一坐。"你想通知我什么？佐山凉干了什么蠢事吗？"她唇边带笑，目光却透出警惕之色。

"他们两人和朋友们正在屋里开派对，好在不是大麻派对。"

"是吗，那就好。然后呢？"

"朋友们预计会在夜里十二点前离开房间，不过佐山怎么办？你打算怎么把他赶出房间？还是说他是你的同伙？"

"啊？"三轮叶月皱起眉头，"你说什么呢？"

"你的目标是长谷部奈央吧？"

眉间的皱纹瞬间消失，三轮叶月睁大了化过妆的眼睛。"你为什么知道这个名字？"

"因为这是我们的调查对象。"

"调查对象？"

新田拿出警察手册，亮明身份。过了好几秒钟，三轮叶月才反应过来这是什么。她半张着嘴，来回看着警察手册和新田的脸。"不会吧……"她声音沙哑，"你骗我的吧？在捉弄我吗？"

新田走上前，将警察手册放到桌上。"前检察官对警察手册应该很熟悉吧？随你看个够。"

然而三轮叶月并没有要打开手册的意思，依旧凝视着新田。"不敢相信，你真的还在职？"

"我不是都说了，你要是怀疑就看看手册。"

"等等，难道是这么回事？你是警察却扮成了饭店员工？而且，不只是表面装扮一下而已，还从事实际的工作。"

"没错。"

"不敢相信，你竟然有这种才华。"

"你不是一直在怀疑我吗？听说你刨根问底地跟一名女员工打听我的情况。"

"我完全没怀疑过你改行来饭店工作这件事，毕竟你看起来就是专业的饭店服务人员。我想知道的是这家饭店与警方的关系，是不是有什么特殊的沟通渠道。"

"为什么想知道这种事？"

"因为我希望饭店能在发生意外时立刻应对。"

"意外是什么意思？"

"我也不知道，总之我很担心奈央。"

"奈央？"

"我说，你为什么打扮成这样？这家饭店难道真的会发生什么意外？"

新田没有回答。他拿起桌上的警察手册，一边盯着三轮叶月，一边将手册收回内侧口袋。她脸上并没有表演的痕迹。

"我来提问。首先，你和长谷部奈央是什么关系，能告诉我吗？"

三轮叶月不情愿地闭上嘴，垂下目光。连续做了好几次深呼吸后，她抬起头。"我们一起在同一家机构生活。"

"机构？"

"一个旨在为精神障碍者提供支持，帮助他们朝自立生活迈进，特设有单人房的集体康复之家——我读到的宣传册上应该是这么写的。地点在神奈川县三浦市。"

"你住在那里吗？"

"对。"三轮叶月若无其事地回答，"那里大半都是像我这样的抑郁症患者。"

"抑郁症……你吗？"

"住进去以后好了很多。我曾经很多天都下不了床，连活着这件事本身都让我厌烦。这也是我离婚的原因。"明快的语气反而让她内心的苦闷更加外露。

"长谷部奈央也在那里？"

"嗯，像她那样患有其他精神疾病的人也不少。刚住进去时，她不跟任何人说话。我觉得那样不太好，就主动接近她。最初她大概认为我是个烦人的大妈，不过渐渐地就向我敞开心扉。后来她坦白了她的经历，说她杀了男友。"

"事情的详细经过呢？"

"全都说了。你当然也知道吧？"

"嗯。"新田点点头。

"真是让人心痛的案件啊。死去的男人真是可怜。身边有恋人却移情别恋的事时有发生，也不必去苛责。奈央也明白这一点，所以才痛苦至今。"

"痛苦至今……怎么说？"

"简而言之，就是被罪恶感折磨。不过实际情况更加复杂，毕竟她没有当时的记忆。突然回过神来时发现男友已死，而且被告知凶手就是自己。就算想要反省忏悔，也不知道该对着什么反省忏悔。她甚至觉得，没有罪恶感本身就是一种罪恶。"

新田晃了晃脑袋，表示肯定。"确实复杂啊。"

"而且奈央也很在意遗属的处境。"

"遗属是指男友的父母？"

"当然。"

也就是大畑夫妇。"那她有什么表现？"

"她曾对我说，很想知道男友的父母现在怎么样，又怎么看待案件以及杀了儿子的女人。她明白他们一定非常恨她，但是又想知道那份恨意到底有多深。她害怕知道实情，但是又觉得如果一无所知，罪恶将更加深重。"

"我好像能理解那种心情……"

大概就像是明知没有人写什么好话，却还是忍不住上网检索关于自己的评论。

"所以我就跟她说，我来帮她调查。"

"你？"

"我好歹也当过检察官，有这个能力，也有各种人脉，调查起来并不难。当然我已经向她保证，绝对不说出她的真名。"

"那长谷部奈央的反应呢？"

"她犹豫了一阵子，最后还是同意了。"

"然后你就调查了啊。"

"对。被杀死的男人的父母住在轻井泽，我可是特意去了一趟呢，还准备了虚假的履历和名字。"

"什么名字？"

"尾方道代，是这么写的——"

"之后再写就好。"新田伸出右手制止，"继续说吧。"

三轮叶月盯着新田，微微点了点头。她察觉到新田似乎已经掌握了相当一部分情况。

"我接近的是死者的父亲，叫大畑信郎，我想你应该也知道了。我查到他每周日都去教堂，于是就以此为突破口。"

三轮叶月简单说明了她向大畑信郎搭话，谎称自己的女儿死于非命，进而与对方意气相投的过程。与大畑信郎的讲述完全一致。

"你已经把大畑夫妇对长谷部奈央的想法告诉她本人了吗？"

"当然，我就是为此才调查的，奈央也很想听。我曾经犹豫过该怎么转达给她，但是纸包不住火，最终我还是没有隐瞒，一五一十地说了。"

"长谷部奈央有什么反应？"

"她看起来很痛苦，但是也相对放下心来。毕竟她从未想过得到大畑夫妇的原谅。"

"然后呢？"

"我的任务到此为止，接下来就交给她了。"

"交给她了？什么意思？"

三轮叶月往沙发上一靠，交叠的双腿幅度夸张地交换了位置。"我说新田，你认为我为什么要做到这个地步？找出不予起诉的杀人案被害人的遗属，特意前往轻井泽演一出戏，你不觉得这样很费工夫吗？而且还花了不少钱，虽然这么说很庸俗。"

　　"因为你很喜欢长谷部奈央？"

　　"我不会只凭这点就这么做。我是想知道答案。"

　　"什么答案？"

　　三轮叶月微微侧着头，似乎正在思考。"也许，是面对罪恶的方法吧……"她似乎在问自己，"新田，你是什么时候开始想当警察的？"

　　"为什么问这个？"

　　"看来你不想说啊。我是上初中的时候决定将来进入法律界的。后来我终于成为检察官，于是埋头追查罪恶。可是，疑问也渐渐出现，因为无论给予怎样的刑罚，都有许多被告人毫无反省之意。如果不去直面自己的罪恶，刑罚就没有意义。为了与被告人走得更近，我改行成为律师。然而律师也有很多无能为力的时候，审判到头来只是检察官和律师之间以罪行轻重为赌注的游戏，谁都不去关照犯罪之人的内心。这样走下去没问题吗？我就是为此才努力至今吗？我越想越苦恼，结果引发了健康问题，这就是抑郁症的开始。"

　　新田也认同三轮叶月的部分观点。迄今为止，他已经逮捕了很多犯罪者，也曾在公审时以证人的身份出庭。但是，被告人真心反省的案件寥寥无几，大都只是在律师的指导下做出反省的样子。偶尔还会有被告跪倒在地，但也并非出于反省，而更近乎祈求法律饶他一命。

"奈央的坦白立刻引起了我的关注，因为她就没有直面自己的罪行——不，应该说是无法直面自己的罪行。如果与被害人遗属接触，她会变成什么样子？我对此非常感兴趣。所以我才决定为她调查遗属的情况，而且还帮她做好了后续交流的铺垫。"

这句话可不能当成耳旁风。"你给她做什么铺垫了？"

"我把大畑和我虚构的人物尾方道代的邮箱告诉了她，还给她讲述了尾方这个人物的设定。然后我对她说：'如果你想更进一步了解大畑夫妇，用这些信息联系他们就好。'"

"这……是真的吗？"

"都到这个地步了，我为什么还要撒谎啊。"

"那后来呢？你就没再和大畑联系了吗？"

"怎么可能联系，我的任务就到此为止了。"

"那幽影会呢？"

"幽影？那是什么？"

新田感到一股热浪腾地冲上脑门，心跳也随之加快。通过邮件与大畑信郎交流的不是三轮叶月，而是长谷部奈央。加入幽影会并与神谷良美等人对话的人也是她。

"你今晚为什么来这里？你说你担心长谷部奈央，为什么？"新田已经无法控制自己的语速。

"我是从佐山那里听说的啊，他说平安夜要和奈央等人开派对。"

新田睁大眼睛。"你认识佐山？"

"他也在我们那家机构待过一阵子，时间不长，但我们关系不错，时不时一起喝酒，我就是在那时听说的。奈央表示由她出钱，请大家在饭店开个奢侈的圣诞节派对。而且奈央第二天就要去美国。我觉得很奇怪，因为她是突然染的金发，生活也变得快活起来。我认为她绝对有什么隐情，便过来观察情况了。结果你正好在这里，我就准备利用你。我做梦也没想到你是在调查。对不起，我骗了你。"三轮叶月爽快地低下头，"能告诉我是什么调查吗？和奈央有什么关系？"

新田没有回答，而是拿出手机。电话是打给身在警备室的富永的。

"我是富永。电话来得正好，我刚想联系您。"

"发生什么了吗？"

"就在刚才，佐山凉的朋友们从 1610 号房间出来了。那些家伙真是胡闹，圣诞老人的衣服都没脱。"

"只有那三个朋友吗？"

"应该是的。"

"这是什么话？你没确认人数吗？"新田的语气尖锐起来。

"那些人隔一会儿出来一个，而且扮成圣诞老人派发礼物的饭店员工正好在各个房间进出，非常混乱……我马上回放确认。"

新田看了一眼手表。刚过十二点，正是派发礼物最集中的时段。

"不好意思。"富永说道，"我看漏了，离开房间的有四个人。"

也就是说，现在房间里只剩一人。

新田一言不发地挂断电话，冲向屋外。三轮叶月似乎在身后说了什么，但是新田已经无暇顾及。他一边在走廊上狂奔，一边打通了山岸尚美的电话。

"我是山岸。"

"我是新田，马上拿万能卡去 1610 号房间，拜托了！"

"我明白了。"尚美立刻挂断电话。大概是察觉到了事态紧急，她一句话都没有多问。

新田坐上电梯来到十六层，电梯门一开便冲了出去，沿着走廊一路跑向 1610 号房间。门前竟然已经有人到达，是梓，似乎正在等待新田。

"梓警部，管理官那里有什么指示？"

梓目光严肃地看向新田。"新田警部，我有个提议。让我们等五分钟吧。"

"等？等什么？"

"给她……给长谷部奈央一些时间吧。"

"你在说什么？你知道她打算干什么吗？"新田压低声音。要是让房间里的长谷部奈央听到就糟糕了。

"我知道，她打算自绝性命——没错吧？所有案件的凶手都是她。"梓也小声说道，"在以尾方道代的身份加入幽影会后，她逐渐认为代替成员们完成复仇就是自己的使命。然后，她自己也将选择死亡。她相信那正是她的赎罪。"

梓的话语让新田愕然。

"你为什么连这些都知道？你又没有听到我和三轮的对话……"说到这里，新田突然察觉到了什么，立刻摸向自己的上衣。衣襟内侧贴着黑色的东西，是窃听器。他想起梓曾触碰过那里。

"新田警部，反正都是极刑。"梓说道，"她本人也明白，这次再也逃不掉了。我们难道不能成全她吗？就等五分钟。过了五分钟就进去，如果她还活着就逮捕她，怎么样？"

"不行，请你让开。"

"她已经受到了足够的惩罚，她想赎罪。"

"我都说了请你让开！"

梓像要封锁房门般伸开双臂，脸上浮现出痛苦的表情。"请你想想，是谁在逼她？是什么让她发狂？正义并非只有送进监狱判处死刑。"

"正义？那种东西随它去吧！"新田情不自禁大喊起来。

"新田先生——"身后传来声音，是山岸尚美赶来了。

"请你打开房门。"新田指着 1610 号房间。

山岸尚美穿过两人身旁，走近门口。然而梓却用手遮住感应器，试图阻止尚美用万能卡开门。

"你干什么？"新田抓住梓的肩膀向后拉。

就在这时，新田只觉得胳膊被人一扭，身体悬空了。等他回过神来，自己已经倒在地上，胳膊被梓紧紧勒住。

新田抬起头，眼看着山岸尚美打开门进入房间。听到梓"啊"了一声，新田没有放过机会。他猛地起身，反过来将梓的胳膊扭到身后，压倒在地上。

"啊！"屋里传来惨叫，是山岸尚美的声音。

新田站了起来。房门没有完全关闭，中间夹着门闩，想必是山岸尚美当机立断。新田打开门冲了进去。

"别过来！"女人的声音撕裂了空气。

身穿白色礼服的长谷部奈央握着一把尖利小巧的刀。看到刀上沾着血，新田吓得一颤。

山岸尚美倒在一旁，血从捂住右腕的左手间汩汩渗出。

"请你把刀扔掉。"为了不刺激对方，新田尽量让语气平稳下来。

"出去。"长谷部奈央细声说道，"拜托了，出去吧，让我一个人待着。"

"你不能那么做，没人希望你死。"

"……你是谁？"

"我只是个认为谁都无权怠慢生命的人。"

新田注视着长谷部奈央的手。她手背朝上握着刀，但是应该不会发起攻击，山岸尚美负伤大概是意外。只要手背朝上握刀，就很难刺向自己的身体。

"我想赎罪。让我赎罪吧，拜托了。"

"那就请你活下去。你应该活着赎罪，死是赎不了罪的。"

长谷部奈央脸上瞬间掠过一抹犹豫之色，目光摇摆起来。

"挂念你的人是有的，三轮叶月是，我也是，从现在起你就是我重要的人，所以请你不要那么做。"

然而，长谷部奈央就像要把什么东西吹散似的用力摇了摇头，将刀反手握住，高高举过头顶。

"你知道什么？"新田喊道。看到长谷部奈央停下了，他也降低了音量。"你可能记不得杀害男友的经过了，但是现在呢？杀害三个人的记忆应该是清清楚楚的。他们无论做过什么，都有活下去的权利。你的行为真的是赎罪吗？是正确的吗？用某个人的话来说，你反正会被判死刑，让你死在这里也无所谓。但是我不那么想。需要给你的不是惩罚，而是时间。自我救赎的道路究竟在哪里，你需要时间去思考。我希望你能在思考之后发现，能够拯救你的，只有你自己。"

长谷部奈央高举着刀僵在原地，一动不动。新田慢慢地走上前。她目光虚无地望着前方。新田见状，抓住她的手臂，小心翼翼地夺过了刀。

"长谷部奈央，"新田说，"我以伤害他人和违反枪械刀具管制法的罪名逮捕你。"

仿佛被切断线的人偶一样，长谷部奈央瘫软下来。她蹲在地上，放声痛哭。

新田看向门口。梓真寻正茫然若失地站在那里。

32

以下是长谷部奈央的供述。

命运般的邂逅发生在刚升入大学二年级的时候。我走在校园里，发现有个男生正在弹着吉他唱歌。虽然是第一次听到的歌，动人的旋律立刻就抓住了我的心。我不由得停下脚步，听得入了迷。

一曲终了，男生问我："你喜欢吗？"

"是的。"我回答。问了歌名，竟然是他自己创作的，还没有取名字。

他就是大畑诚也。他虽然在上大四，但是因为复读了两年，年龄比我要大四岁。他似乎组建了乐队，对毕业之类的事情毫无打算，将来想以音乐为生。

"接下来我要去练习，你也来看吧？"

听到他的邀请，我稍微犹豫了片刻。那天没有什么安排，我还是决定去看看。

他带我来到一间仓库，在那里见到了乐队的其他成员。

听了他们的练习，我十分惊讶。他们的水平很高，也很有个性，已经达到了能随时走上职业道路的程度。

从那以后，我就成了他们的歌迷。只要有演出，我就会想方设法赶过去，练习也尽量参与，尽所能帮助他们。

但是说句实话，我并不是乐队的拥趸。我的眼中只有诚也，他的歌声让我感到幸福。包括他的音乐才能在内，我爱他的一切。他也渐渐察觉到了我的心情，开始和我交往。这是我第一次恋爱，简直就像在梦中。

有一次，我问诚也喜欢我的什么。诚也回答说，他喜欢我关注的不是他作为男人的样子，而是作为艺术家的样子。以前的女友经常问他音乐和女友究竟哪个更重要，让他烦躁不已。听他这么说，我吓了一跳。其实我也不时想问他这个问题。不过，我还是装出深表赞同的样子说："听到那种问题确实很扫兴啊。"

此后，我刻意减少了对诚也的索求。我对自己说，能与大畑诚也这个才华横溢的人产生交集，时而享受女友的待遇，就已经足够。我压抑着自己的愿望，一切都以保证他专注于音乐活动为优先。

仿佛是对我这份感情的回馈，诚也的乐队越来越受欢迎，演出变得座无虚席。人气一高，接近他的女生也多了起来。诚也来者不拒，对每个人都亲切有加。我虽然不太乐意，但还是忍耐下来，也从来没有逼问过他。我想相信诚也，相信他无论与其他女生之间发生什么，都只不过是一时玩乐，与我们的关系存在本质区别。诚也时常对我说的那句"只有奈央真正理解我"，也成了我内心的支柱。

然而，自我欺骗总是有限度的。反作用随之而来。我的身体突然出现了各种奇怪的反应，浑身无力，连站着都费劲，再加上食欲减退、耳鸣和严重的头痛，我明明失眠，却无法从床上站起来。请假的日子越来越多。

　　来到医院检查，医生认为是焦虑症，给我开了镇静剂类的药物。症状确实在服药之后得到改善，一能重新活动，我便赶紧去找诚也。如果不尽快见面，我总觉得他会移情别恋。

　　医生让我转换心情。焦虑症的根源应该就存在于我当时的生活之中，必须构建起不同的人际关系，尝试改变生活习惯。

　　但是，我什么都没能改变。诚也是我生活的中心，只要他不改变，我也不会改变。我认为这是理所当然的。

　　诚也确实没变。他自由自在地作曲、唱歌、玩乐、喝酒，似乎还同时与多个女生保持关系。不过他的伙伴们对我说："正因为奈央在，那家伙才能做自己想做的事。"

　　"我知道。"我总是露出从容的笑容，因为我必须这么做。

　　我有时会在半夜发抖。走在路上，还曾被突如其来的恶心感侵袭。每次我都服用镇静剂，但是效果越来越弱。每家医疗机构能够开具的药量有限，于是我便前往别的诊所开药。我知道这样不好，却还是一次次增加了服药量。脑子昏昏沉沉，心情却很轻松。

　　就在那时，诚也的态度发生了变化，处处透着冷淡。我希望那只不过是我的错觉，却又确信那是真的。改变他的是一位女主唱。在演唱会上见到两人站在一起的瞬间我就明白了，诚也注视着她的目光里蕴含着一种我从没见过的热烈。

　　如果只是出轨，我或许会像之前一样视而不见，但是这次不同。诚也不仅被那个女孩的性格吸引，更被她的才华征服。他找到了无法与我分享的、层次更高的东西。

如今回头再看，其实我那时要是能直白地嫉妒就好了。将不甘的情绪扔给诚也，大哭一场，哪怕被他厌烦地甩掉也没关系。我应该那么做就好了。

但是我没有。我仍然佯装不知，继续着没有发觉诚也变心的表演。为此，药物是必需的。神经不迟钝下来的话，我就无法熬过去。

后来，诚也打来电话，说有重要的事情想找我谈谈。我嘴上回答"可以啊"，内心却陷入了绝望。他应该是打算来跟我一刀两断的。

我对自己说：可不能搞得那么难看。如果不无理取闹，而是展现出豁达的态度——分手虽然痛苦，但为了你的幸福我愿全身而退，诚也或许还能改变心意。当时的我做了这样自我满足的想象。

但是悲伤是抑制不住的。一想到从前那些快乐的日子可能会一去不复返，我就伤心欲绝，哭着从抽屉里拿出药来，比平时多吞了一些。其实平时的药量已经超出正常范围了。

然后，我就失去了意识——似乎是这样的。等我再次回过神来，已经躺在医院的床上了。

对不起，能稍微让我休息一会儿吗？

我说到哪里了？啊，说到在医院醒过来了。没错，我没有任何记忆。自己为什么在这种地方，左臂上为什么缠着绷带，我都一无所知。医生和护士也没有告诉我。

不一会儿，一对陌生男女走进病房。听到他们自我介绍，我吃了一惊，竟然是警察。

女警察问我最后一次见到诚也是什么时候。我试图回想，大脑却一片混乱，怎么也想不起来。

女警察从包中拿出手机问我："有这个的话，你能想起来吗？"那是我的手机。

我也不知道自己的手机为什么在警察手里，就那样接过来，首先确认邮件。最后收到的邮件是诚也发来的，说他有重要的事情想找我谈谈。于是我想起他确实要来我住的地方，为了平复情绪，我还服了药。

然而，服药后的记忆已经全部消失。无论我怎么回想，大脑中都是一片空白。

两名警察面面相觑，一副为难的模样。

女警察拿出照片问我："你记得这个吗？"照片上是一把尖利的厨刀。我不知道她为什么要给我看这种东西，于是回答说和我平时用的刀很像。结果她立刻抛出了一连串奇怪的问题，什么刀平时收在哪里啊，最后一次使用是什么时候啊。

我忍不住拜托他们告诉我发生了什么。

恰巧就在这时，病房的门开了，一个男人走了进来，将信封递给女警察。女警察从里面抽出一张纸，用郑重的语气对我说："长谷部奈央，对你的逮捕令已经下达。我们以涉嫌杀害大畑诚也的罪名逮捕你。"

对不起，请让我再休息一会儿。另外……能给我一杯水吗？

在警察局的审讯室里也好，在检察官面前也好，我都只能说出同样的事。我什么都不记得，只能不停地道歉。

父亲请来的律师给我讲了那天的情况。考虑到我的感受，律师的遣词用句避重就轻，但是骇人的内容仍然足以让我的心坠落到地狱最底层。听着律师的讲述，我一次又一次觉得头晕眼花。

我无论如何都不敢相信，但事实就是如此。受到法律惩处是理所当然的，不如说我希望自己尽早受罚。死刑也无所谓，我甚至想立刻赴死。之所以没能死，是因为拘留所和做鉴定的医院都戒备森严。

因此，当得知判决结果是不予起诉、立即释放时，我脑中一片空白，心里没有任何喜悦，只有一连串的疑问在不停盘旋。

父母欣喜异常，但如何安排我今后的生活显然困扰着他们。首先是离婚，目的在于改变我的姓氏。户籍上跟随母亲，我正式的姓名就能变成泽崎奈央。

随后，他们让我住进神奈川县的一家机构，是面向精神障碍者的集体康复中心。

父母选择了搬家。尽管案件以不予起诉告终，但毕竟女儿杀了人，他们很难再维持此前的社交生活。我悔恨万分，无颜面对父母，让他们不用来看我，可他们还是经常过来，尽管每次见面都只有尴尬。

幸运的是，我没有什么经济上的困难，总能收到充足的生活费，还持有母亲名下的信用卡和手机。不过，我也没有机会去过奢侈的生活。

集体生活是那家机构的基本原则，但是我一直与其他人保持一定距离。我害怕与他人来往。

然而世上什么人都有，也有人主动接近我，那就是三轮叶月女士。我最初以为她是个固执的怪人，但是渐渐地关系便融洽起来。她谈吐幽默，和她交谈非常愉快。可是我内心的角落依旧充满不安：如果知道了我的过去，她肯定会离我而去。后来我心一横，向她坦白了一切，告诉她我杀了人。

　　叶月女士的反应完全在我的意料之外。她确实沉默了片刻，却很快说了句"噢，是吗"，表情没有丝毫变化。我问她不惊讶吗，她说："这里不都是这样的人吗？大家都干过些不正常的事，我也一样。"

　　我详细讲述了事情的经过。不过我毕竟什么都不记得，因此只是重复了从律师那里听到的话。叶月女士一直认真听到了最后。

　　"你对这件事怎么想？"她问我，"已经放下了吗？"

　　我回答说，我没有一天不想起诚也，不愿回忆与不愿忘记的心情交织在一起。我承认自己杀了人，却又无法接受这样的现实。

　　同时，我也很在意诚也的家人，不知道他们如何看待杀害儿子的凶手。

　　结果，叶月女士竟然对我说，她愿意帮我调查，去打听遗属们现在的心境。我不相信她能做到，但她却让我放心交给她去办。

　　两个星期后，叶月女士来到我的房间。她竟然大胆地假扮成被害人遗属，去和诚也的父亲大畑信郎见了面。

　　叶月女士向我详细转达了大畑先生的话。诚也的父母至今不能接受现实，仍然生活在痛苦之中。尽管我已经预料到这样的情况，内心还是疼痛不已。

　　"如果你想更加深入地了解他们，用这个就好。"叶月女士给了我两个邮箱地址，一个是大畑信郎先生的，另一个是她虚构出来的"尾方道代"的，账号和密码就写在旁边。

意想不到的信息就这样摆在面前，我也不知道该如何对待。总之先在手机上设定好邮箱，以备今后使用吧。可是没多久，邮件就来了。看到发件人，我吓得不知所措，竟然是大畑信郎先生。

"前些日子非常感谢。"邮件以这句话为开头，全篇都在感谢尾方道代能与他分享遗属的绝望心情，最后还写道："如果可以，今后我们也多多交流吧。"

我震惊又为难。大畑信郎先生应该做梦都不会想到，收件人就是他们憎恨的女人。

我该怎么办？我思考了整整一天。不能无视，又不能实话实说。烦恼过后，我决定以尾方道代的名义回复。在与大畑先生接触之前，叶月女士已经周密地设计好了尾方道代这个人物，并将全部信息都告诉了我。如果是尾方道代，会怎样回复呢？我绞尽脑汁反复思考，最终回复道："我也很高兴能遇到您，期待今后继续交流。"

对方立刻就发来回应："您能同意真的太好了。我还认识其他抱有同样苦恼的人，有机会很想介绍给您。"

从那天起，我们开始通过邮件交流。大畑信郎先生的文字不仅饱含悲伤和愤怒，还透着不知该如何克服这些情绪的苦恼。阅读这些内容让我心如刀割，但是我对自己说，绝对不能逃避。这正是我必须接受的惩罚。

忘记是第几封邮件了，大畑先生向我发出了意外的邀请："您要不要参与其他被害人家属在网上的交流？"

我找不到拒绝的借口，而且也很想知道那种交流是什么样的。再加上大畑先生表示可以视自己的感受随时退出，我便决定参与。

　　幽影会中交流的内容让我震惊。我知道社会上每天都会发生各种各样的案件，却从未想象过被害人遗属们的苦恼竟然如此不同。而且，那份痛苦并不会随着时间流逝而缓解，反而会久久地、残忍地侵蚀着他们的内心。

　　遗属们监视着那些被不合理地轻判了的凶手，想知道那些人在刑期结束后是如何生活的。我能理解他们为什么这么做。凶手根本就没有重新做人——他们就是要确认这一点。确认了这一点，然后增加心中的憎恨，甚至将憎恨当作活下去的食粮。

　　我的心中充满悔恨。当我思考自己是否已重新做人时，答案是模糊不清的。我不记得行凶时的情形，甚至从未反省。我一声不吭地生活在机构里，并不等同于赎罪。

　　那种想法从脑海中冒出，是在参与了好几次幽影会的交流之后。在了解遗属们内心苦闷的过程中，我逐渐形成了这样的观念：只有憎恨之人离开这个世界，遗属才能从诅咒中解脱出来。名为"多元平衡"的遗属就是一个很好的例子，距离母亲遇害已过去二十年，但他仍无法走出凶手未被判处死刑这一现实。只要凶手被施以极刑，遗属的心情应该就能焕然一新。

　　若是如此，让我成为死刑执行人不就好了？

　　这个想法一萌生，强烈的义务感便随之在头脑中急速膨胀。如果说有哪种赎罪是我能做到的，那么无疑就是这一种了。对罪人们施加制裁后，我当然也会自绝性命。如果做到那一步，是否就能得到原谅了呢？

在幽影会中，入江悠斗、高坂义广和村山慎二的姓名、住址是众所周知的，三人都住在东京。我又追加了一个人的信息——长谷部奈央，也就是我。我开设了社交账号，向幽影会的成员们公开了账号的存在。我故意只上传花哨明快的内容，因为我认为应该把自己打造成符合一般想象的受刑人。

关于行刑方式，我没有一丝犹豫，决定沿用杀害诚也的方法，将刀从正面刺入对方的胸口。我原本并不记得杀害诚也时的情形，都是从警察、检察官和律师那里听来的。也正因此，对我来说，那完全等同于他人的行为。我认为这样是不行的，必须清楚地意识到那是我自己的所作所为，所以这次才选择了相同的方法。

接下来就是亲眼确认入江悠斗、高坂义广和村山慎二的行动。这并不困难，幽影会的成员们一直通过各种渠道收集他们的信息，我也因此掌握了各种情况，比如入江悠斗是走哪条路上班的，高坂义广下班后去哪家餐厅吃饭、沿哪条路回家，而村山慎二又是在哪一带招揽客人的。

我在商业街的咖啡厅里等待，看到入江悠斗走过便尾随了他。经过数次跟踪，我发现他居住的公寓周围总是安静无人。看着他的背影，我决定把他作为我的第一个目标，因为他的年龄和诚也相仿。

十二月一日晚上九点多，我来到入江悠斗的公寓。我身穿快递员那样的工作服，戴着帽子，抱着一个空纸箱。

"有您的快递。"我按响门铃，门立刻开了，入江悠斗没有任何防备。我告诉他快递很重，我帮他搬进去，便抱着箱子进了屋。我将箱子放到玄关处，说了句"请签字"，便将单据和圆珠笔递给他。

入江悠斗把单据放到箱子上，开始签字。我用右手紧紧握住藏在裤子后侧口袋里的刀。

"签好了。"入江悠斗把单据还给我。这正是我在脑海里演练了无数遍的场景。我挥动刀子，整个人向入江悠斗撞去。刀刃深深刺进了他的胸膛，遇到的阻力比想象中小得多。事先用磨刀石细致打磨过真是太正确了，这是我在那一瞬间的想法。

拔出刀后，入江悠斗一声不吭地捂住胸口蹲了下去。我恍惚地看着他，不禁想道：就是这样吗？那天我像这样刺向诚也，而诚也就是像这样死去的吗？

如果没能一击毙命，我是打算再补上几刀的，但是入江悠斗很快就不再动弹了。我脱掉工作服，拿着纸箱离开了他的房间。

回到家中，我的心情平静得不可思议，从某种情绪中解脱出来的充实感包裹着我。或许是因为从这一刻起，我终于成了真正的罪人。

对高坂义广动手，是在他下班回家的路上。他喝得醉醺醺的，行动迟钝，并没有对接近他的女人抱有任何疑心。直到被刺中，他连想要逃跑的迹象都没有。

高坂义广倒下后还有动静，但是我害怕被人看见，便立刻逃跑了。不过看他那副样子，我觉得他一定会气绝身亡。

处理村山慎二就更简单了，毕竟是他主动跟我搭讪的，还把我带到了暗处。刀刺入他身体时，他大概都不知道发生了什么。

三个人的行刑就这样结束了。我明白幽影会的成员们对此都非常困惑，于是决定通知他们最后一次行刑的地点和时间。我通过社交账号，发布了要去美国以及动身前将入住东京柯尔特西亚大饭店的消息。我猜想他们或许会为此在平安夜前往饭店。这条消息正是我发出的邀请函。

选择东京柯尔特西亚大饭店是有理由的，因为我听叶月女士说过，那是"世界上最安全的饭店"。饭店里曾两次险些发生命案，但最终都被警方成功制止。如果杀人案真的在那里发生，一定会成为大新闻。如此一来，这一系列案件死者的共同点就会公之于众，世人也会关注到那些苦于不合理轻判的遗属。

但是年轻女人在平安夜独自入住饭店实在不太自然，于是我邀请了佐山凉。我们是通过叶月女士相熟的。我跟他说由我出钱，让他平安夜召集伙伴们来开派对，他立刻兴致勃勃地答应了，对我第二天就要去美国的事也信以为真。

最重要的是，我不能让别人看出我死于自杀。这一点也许早晚都会暴露，但眼下要想让案件耸人听闻，就必须伪造成他杀。为此，我买好了前往美国的机票，还准备了护照，将行李箱塞得满满当当。

困难在于怎样安置佐山他们。我的尸体一旦被发现，他们就会首当其冲成为嫌疑人，所以我决定让他们在不露脸的情况下依次离开房间。幸好平安夜时饭店有"圣诞老人的礼物"活动，饭店员工会扮成圣诞老人来回走动，我打算利用这一点。于是我向佐山他们提议，只要他们穿着圣诞老人的衣服走出饭店，就能获得奖金，他们也痛快地答应了。

当然，这种诡计大概也会立刻被警方看穿，不过查明这些圣诞老人的真实身份应该需要不少时间，这就够了。

饭店时光愉快美妙。我逛了很多地方，逐一拍照发布到网上。

这样做的目的有两个：其一，我要让警方认为如此情绪高昂的女孩不可能自杀；其二，我期待遇见也许会来饭店的幽影会成员们。

昨晚真的非常开心。一想到再过几个小时就能离开这个世界，就能从一切痛苦中解脱，我便感到无比欢欣。

明明就差一点点了。

明明已经能死去了。

我已经换好了白色礼服，只差把刀刺入胸口。

到现在我也不太明白为什么那个女人会突然闯进来。我当时吓坏了，拿着刀一通乱挥，结果伤到了她，真是抱歉……

还有，为什么有警察埋伏？他们为什么知道我打算死在那家饭店里？

直到现在，我都觉得应该让我去死。只要我死了，一切就都结束了。

这么想难道不对吗？活着的价值也好，获得救赎的方法也好，真的存在吗——

33

东京柯尔特西亚大饭店的婚礼场地内侧设有一个单间，工作人员与新人会在这里讨论仪式和婚宴的细节。由于会在桌上摊放涉及隐私的资料，这个空间必须与周围环境隔开。

一大早在警视厅本部结束对泽崎奈央的问讯后，新田再次回到饭店，在单间里等候。时间已过中午一点。

据陪同山岸尚美前往医院的女侦查员说，尚美已经恢复精神。出血量看起来不少，但是伤口并没有很深，也不影响活动，只是暂时无法工作。警方要对山岸尚美道歉自不用说，也必须正式向饭店致歉。

可是，事情并没有这么简单。

普通人被卷入案件的调查工作，又因此受了伤，还被目击到送上救护车的情形。在社交网络发达的当下，警方无法再糊弄民众，卧底调查本身恐怕也会受到责问。必须有人站出来担责。

新田正想到这里，敲门声响起。"请进。"他应声站了起来。

门开了，富永探进头来。"我把人带来了。"

"进来吧。"

在富永的催促下，神谷良美战战兢兢地走了进来，目光中带着警惕与胆怯。

新田冲她微微一笑，又朝部下点了点头。富永站在门外低头致意，随后便关上了门。

"请坐。"待神谷良美在沙发上坐下，新田也弯腰坐到正对的沙发上，"突然有刑警来找您，一定很困惑吧？"

"是的。"神谷良美细声答道，"我正打算退房，他就叫住了我，说他是警察，请我配合调查。我问他要做什么，他说让我在房间里等候，所有事情都会在饭店里解决。"

"命令是我下的。"新田出示身份证明，"我是警视厅搜查一科的新田。"

神谷良美的眼睛眨了又眨。"您是警察吗？我见过您好多次，一直以为您是饭店的人。"

"到昨天为止——准确地说是到今天凌晨为止，我都穿着饭店的制服。为了近距离监视你们，我必须装扮成饭店员工。"

"我完全被骗了。"神谷良美双颊稍微松弛下来，又立刻露出认真的目光，"监视……也就是说警方至今还在为入江悠斗被杀的事怀疑我吧。"

"非常抱歉。"新田低下头，"我一直命令部下监视您，包括您在家的时候。"

神谷良美露出无力的笑容。"我想这也是没办法的事。如果我是警察，大概也会有同样的怀疑。没错，我一直憎恨入江悠斗，但是请你们相信，我没有杀害他。"

"嗯，我明白。"新田点了点头，"凶手已经被捕了，就在昨天深夜，在这家饭店。"

神谷良美睁大了眼睛，猛地吸了一口气。"果然是这样啊。我从窗户看到有警车和救护车停在饭店前，就想会不会发生了什么事。"

"您预想到这家饭店会发生案件了吗？"

"我并没有那么确信……但是，如果发生案件，也只能是在这里了。"

"因为第二天，她——长谷部奈央就要前往美国了……是吗？"

神谷良美震惊地张大嘴巴。"您怎么知道？"

"我刚才也说了，为了近距离监视你们，我装扮成了饭店员工。我说的不是您，而是'你们'。我们监视的不只有您。您有分担痛苦的、志同道合的伙伴吧？我们也必须监视他们。"

神谷良美露出恍然大悟的表情。"我一直都在这么猜测。果然其他人也来这家饭店了啊。"

"我们已经从其中一人那里了解了详情，包括你们在网上交流的平台。"

"是吗？"神谷良美垂下目光，却又像突然察觉到了什么似的抬起头来，双目圆睁，"难道那个人就是凶手？难道是森元先生？或者是前岛先生……"

新田摇了摇头。"不是的，您的伙伴都不是凶手，请放心。"

"这样啊。那么……昨晚没有人被杀死？"

"是的，我们阻止了案件的发生。长谷部奈央还活着。"

"太好了。"神谷良美安心地低喃了一句，随后抬眼看着新田，"凶手是谁呢？"

"现在还不能告诉您，虽然您迟早会从报道中知道。"

"凶手是什么样的人也不能说吗？比如动机是什么……"

"您觉得动机是什么？"

"那个……对于夺人性命却未受到应有惩罚的人，凶手感到愤怒。我是这么认为的。"

"这样啊。一般来说都会这么想吧。"

"不对吗？"神谷良美有些意外。

"凶手确实对你们的绝望处境心生同情，但是'感到愤怒'这个说法可能并不准确。"

神谷良美惊讶的表情显露出她内心的不解。

"现在我来提问。您和其他遗属交流的网络平台叫什么名字？"

"您不知道吗？"

"我需要跟您确认。"

神谷良美做了个深呼吸。"叫幽影会。"

新田点点头。"能讲讲您加入它之前的经历吗？"

"好的。"

神谷良美语气平和地讲了起来，内容与大畑所述的有很多共通之处。

失去儿子文和的打击是巨大的，神谷良美历经多年仍无法忘记那起案件，也无法消除对入江悠斗的恨意，始终在痛苦中徘徊。就在这时，她遇到了森元的博客，深受刺激。不久，她在森元的邀请下加入幽影会，并在那里结识了前岛和大畑。不过这些交流仅限于网上，他们在现实中从未见面。

"加入幽影会后，我确实有种心灵得到救赎的感觉。有人怀抱同样的痛苦，能理解我的心情。一想到这点，我就感到格外舒畅。我也因此不再那么厌恶自己了。"

"厌恶自己……什么意思？"

神谷良美悲伤地垂下目光，再次露出虚弱的笑容。"持续憎恨一个人是需要消耗能量的，却不会由此生成任何新的东西，也无法带来幸福。明知这一点却仍放不下恨意，我觉得这样的自己十分卑劣，对自己越来越心生厌恶。但是，加入幽影会后，我发现大家都是如此，于是放下心来。憎恨源于心中的软弱，但不必为这份软弱感到羞耻。"

"后来，案件就发生了。"

神谷良美叹了口气。"我很震惊。"

"得知入江悠斗被杀，您是怎么想的？"

"我的心情……很复杂。憎恨的人突然死去，不知道该说是失望还是空虚，总之我陷入了一种上下都不着边际的奇怪情绪。我也想过，自己是不是能就此解脱，很多事情是不是能就此得出结论，但实际上根本不是这样。我心里仍然像是有什么在爬来爬去。"

"他终归要死的话，还是想亲手杀了他——您有没有这么想过？"

神谷良美闭上眼睛，歪了歪头，身体也随之侧向一边。就这样保持片刻后，她恢复了原本的姿势，睁开双眼。"或许因为我是女人吧，我从没这么想过。其实我一直在思索凶手的情况，是怎样的人，又因为什么杀了入江悠斗。是不是有人遭遇了和我儿子一样的厄运，遗属为了报仇雪恨而痛下杀手？真是这样的话，不是很悲哀吗？入江悠斗至死都没有任何反省，儿子的离开也没有丝毫意义。"

神谷良美的语气中听不出一点儿虚伪，她眼中闪烁着真挚透彻的光芒。新田感到自己胸口发热。"但是您很快就发现事实并非如此，幽影会成员们身边陆续发生了同样的事。"

"我非常困惑。如果您已经问过其他人，那么我想您也知道，我们曾在网上讨论过这些案件和凶手的身份，但大家都一无所知。就在那时，我们得知长谷部奈央准备前往美国，而动身前一天她会住在东京柯尔特西亚大饭店。"

"于是您就打算也住进来。"

"我没有什么犹豫的。就算住进来我也做不了什么，而且凶手的目标本来就不只是长谷部奈央。我想或许能在这里见到凶手，对方也可能会注意到我，进而主动接近我。我是这么期待的。"

"期待……您想见到凶手吗？"

"我想见他，还想和他聊一聊。"

"您想聊什么？"

"首先我想知道他行凶的理由，然后我想说：如果你是因为同情我们才这样做的，那就大错特错了。"

"怎么错了？"

"杀死一个人并不等于对其处刑。刑罚必须伴随着受刑者的反省，能否直面自己的罪行才是最关键的。关于入江悠斗，我想知道的就是这一点，但已经永远都不可能了。"神谷良美的声音回响在房间中。这是她第一次流露出强烈的情绪。或许是有些不好意思，她立刻低下了头。"对不起，我声音太大了。"

新田思考了片刻，从内侧口袋里拿出手机。

"发现入江悠斗的尸体后，我们彻底调查了他的日常活动，结果发现了一件怪事。根据他手机里的定位信息，每到周六傍晚，他都会在家附近的街道徘徊大约两个小时，不进任何店铺，只是一个劲儿地走。他有时会在某个地方停留好几分钟，因此看起来也不像是在健走。也有人猜测他是在散步，但我不太认同。二十四岁的年轻人每周六都在家附近散步，这似乎不太可能。"

神谷良美困惑地听着，不知道新田要表达什么。

"直到最近，我才明白入江这一行为背后的含义。我亲自走了那条路很多次，终于注意到他停下来的地方有个共通点，那就是步道上有这个——"新田把手机画面转向神谷良美。

神谷良美前一秒还在恍惚地望着画面，下一秒便突然瞪大了双眼。她大口呼吸着，一只手捂住了嘴。

"正如您所见，是盲道。入江悠斗总是沿着铺设了盲道的路段徘徊。这样做究竟是为了什么？我们很快便找到了目击者。据那人说，总有个年轻人把停在盲道上的自行车一辆辆移开。我们给那人看了入江悠斗的照片，确认了就是他。"

"停在盲道上的自行车……"

"您已经明白了吧？入江悠斗没有忘记自己犯下的罪行，从心底感到追悔莫及。将文和推入死亡，他已经无法挽回，因此至少不能忘了文和对他的提醒。他尊重文和的正义之举，并用这一行为表达自己对文和的敬意，我是这么认为的。"

"能给我看一看吗？"

"请。"新田递出手机。神谷良美凝神望着画面，红了眼睛。

"您好像对山岸小姐说过吧，憎恨这种东西只是人生沉重的负担，而卸下负担的方法只有一个，不过您连那个方法都没有了。"

"山岸小姐？啊，是那位女士吧。是的，我是这么说过。"

"卸下负担的方法，应该就是原谅吧？您一直在等待能够原谅入江悠斗的那一天。"

神谷良美抬起头，泪水充盈在眼眶之中。"您说得没错。不过，如今我终于能向前迈出一步了。"

"真是太好了。"新田递上了手帕。

34

距离泽崎奈央被捕已经过了一个月。

望着东京柯尔特西亚大饭店的大堂，新田深深地叹了口气。为了进行追加调查，他曾多次派部下过来，但自己自结束和神谷良美的交谈后就没来过这里了。他本想早些拜访，可是公事私事忙个不停，结果一直拖到了现在。而且今天也不是他主动要来的。

"新田先生。"

新田朝声音的方向转过身，山岸尚美正向他走来。今天她也没穿制服，而是身着普通的西服。

"你怎么在这里？"

"总经理让我来的，说新田先生你会来，让我到大堂迎接。"

"这样啊。不过你应该不在这里工作了吧？"

"我现在的正式工作不在这里。不过机会难得，我请了长假，正在享受饭店生活。"

"原来如此。那个，山岸小姐——"新田看向她的右腕，"伤势已经不要紧了吗？"

"不要紧了，本来就是擦伤。"尚美甩了甩右腕。

"很抱歉，也没能去医院探望你。"

"没什么可探望的，我只有事发那天在医院里，而且只待了半天。"

"我又给你添了大麻烦，真抱歉。"新田轻轻低下头。如果不是周围有人，他其实是想下跪道歉的。

"不，新田先生，必须道歉的是我。听说你要辞职——"

新田抬起头。"你是听谁说的？"

"两天前稻垣先生来见总经理了。"

"管理官吗？"

"他是来道歉的，还提到你提交了辞呈。"

"这样啊。"

"是我的错吧？"山岸尚美露出悲伤的目光，"我帮了倒忙，还受了伤，让你不得不承担责任。"

"不是的。"

"但是——"

"那时……"新田说道，"如果你没有冲进房间，泽崎奈央可能就死了。如果事情变成那样，我也必须递交辞呈。明明在追查连环杀人案的凶手，却在逮捕之前就让凶手死了，对负责人来说这可是最严重的失职。多亏了你，我们才避免了最坏的结果。"

"听到你这么说，我心里多少轻松了些，可是……"山岸尚美沮丧的表情并未消失。

新田改变了话题。"话说回来，既然管理官都来了，总经理找我又有什么事？他说有事要拜托我，不会是让我道歉吧？"

山岸尚美苦笑着摆了摆手。"总经理从未认为你有什么过失。"

"那就好。不过到底是什么事，你有听说吗？"

"我什么也不知道，只是服从安排来这里迎接你。总之我先告诉总经理你来了，没问题吧？"

"麻烦你了。"

山岸尚美开始打电话，表情依然僵硬，或许是担心藤木把新田叫来这件事与她受伤有关。

对于提交辞呈，新田没有丝毫犹豫。案件详情已公之于众，人们在关注案件特殊性的同时，也对警方的调查方法提出了不少异议。尤其是让普通人受伤这一点引发了众怒。警方上层始终静观事态，但是如果没有人站出来担责，事情是无法告一段落的。而新田认为，这正是自己该做的。搜查一科的科长自不用说，就连稻垣也没有挽留。在新田看来，这是他们对他尊严的一种尊重。

抗议的只有一人，是梓真寻。她打电话把新田叫了出来。

刚一见面，梓就直言不讳："你递交辞呈太奇怪了，无论怎么想，错都在我这里。对泽崎奈央的同情让我一时失去了方向，做出了无法挽回的错误的判断，这是我一生的污点。那时听了你对她说的话，我第一次意识到，我们不应该只考虑如何惩罚犯罪的人，还应该考虑如何拯救他们。赎罪与自救是共存的。我大概一辈子都会后悔自己的无知。应该受到处分的是我，我也这么跟管理官说了……"

"那管理官的回应呢？"

"他让我不要多管闲事。"

"是啊，我提交的报告里没有提及你的行动，就当你并不在场。

他们没有理由处分不在场的人。"

"可是那就——"

"你父亲还好吗？"新田打断了梓的话。

"哎？"

"你的父亲，听说以前也是刑警。他现在过得怎么样？"

"正过着安稳的退休生活……"

"那就好。"新田笑了，"就算你写了辞呈，我作为实际上的调查负责人也难辞其咎。辞职只需一个人就好，你应该继续当警察，可不能让你父亲失望。在这点上，我家老头子倒可能会欢呼雀跃呢。他是个帮助美国企业钻法律空子的缺德律师，儿子却是个刑警，他一直忍受不了这种反差。"

"新田警部……"

"我可是第一次被女人背摔出去啊。你的合气道那么厉害，一定无所不能。请连同我的那份一起，好好保护普通人吧。"新田做出握手的姿势。

话已至此，梓真寻无法反驳。"是！"她坚定地答道，伸出右手回应，目光中饱含着决心。

新田也和能势聊过了，对方并没有阻止他，只是说了句"我做梦都没想到新田先生会比我更早离开警视厅"。

"等我们都脱了警服，再一起去喝一杯吧。"

"好，我很期待。"能势笑道。

新田想到了泽崎奈央。她正再度接受精神鉴定，不过这次大概不会出现像上次那样的判决了，她应该要承担刑事责任。据说神谷良美、森元雅司、前岛隆明和大畑夫妇都在请求为她减刑，但是判决结果尚不明了。

新田回想着前一段时间的种种经历，身旁传来山岸尚美的声音。"新田先生，总经理请你现在就过去。"

"好的。"

两人并肩迈开了脚步。

"你打算在这里待多长时间？还要回洛杉矶吧。"

"可能不回了。原本在洛杉矶就是有任期的，早晚都要回来，总经理也说这次正是个好机会。"

"是吗，那你的想法呢？"

"说句实话，我正在犹豫。那边还有没做完的事，但是我又想把在那边锻炼出来的能力拿到这边发挥出来。"

"真是美好的烦恼啊，两种选择都很光明。"

"新田先生要——"说到这里，山岸尚美闭上了嘴，"不好意思，没什么。"

新田明白她要说什么。"我想暂时休息一段时间，或许和你交换一下，时隔许久去趟美国也不错，毕竟很长时间没见到我家那个糟老头子了。"

说着说着，两人已经来到总经理办公室前。山岸尚美敲了敲门，里面传来藤木的声音："请进。"

山岸尚美打开门，鞠了一躬。"打扰了，我把新田先生带来了。"

新田在尚美的示意下走进办公室，藤木立刻站起身。"新田先生，让你百忙之中过来，实在不好意思。"

"您知道的，我完全不忙。"

"哈哈哈。"藤木笑着请新田坐到沙发上。

但是新田并没有立刻就座，而是面朝藤木站得笔直。"总经理，非常抱歉，我的答谢来得太迟了。非常感谢您之前对调查的协助。我曾说过要保证所有员工的安全，却未能遵守约定，请允许我从心底向您致以歉意。"他深深鞠了一躬。

"请抬起头。稻垣先生已经道过歉了，山岸的伤势也不严重，这个话题就到此为止吧。你先请坐。"

"好的。"新田在沙发上坐下。

"那么我就告辞了。"山岸尚美正要离开，藤木却叫住了她："不，你也留下，我也想让你听一听。"

"好。"山岸尚美留在了原地。

藤木在新田对面坐下，露出温和的笑容。"我从稻垣管理官那里听说了，警视厅好像失去了优秀的人才啊。"

新田耸了耸肩。"如果真的优秀，就不至于写辞呈了。"

"警察说到底是公务员，不可能灵活运用规则。在这一点上，饭店就不同了。毕竟，制定规则的不是我们。"

"制定规则的是客人，没错吧？"

"正是。"藤木满意地点了点头，"关键在于如何让客人舒适地度过饭店时光。为此，我们必须创造更加安全的环境。这次的案件让我再次深刻地认识到这一点，因此我打算进一步强化现在的安保系统。具体来说，就是不单单依赖外部，而是创立专门的警备部门。"

"创立警备部门……"

"所以我才把你叫来。"藤木探出身子，"新田浩介先生，我希望你能担任东京柯尔特西亚大饭店警备部的负责人。"

"啊？"新田发出了傻瓜般的声音，"您说什么？"

"你没听到吗？我希望你今后也能继续保护这家饭店，我是在拜托你这件事。"

新田震惊得说不出话来，大脑已经无法正常运转。他求助般看向山岸尚美。

山岸尚美露出了最优雅的微笑。

"这里是东京柯尔特西亚大饭店，欢迎你的到来。"

图书在版编目(CIP)数据

假面游戏 / (日)东野圭吾著；史诗译. —— 海口：
南海出版公司，2024.3
（东野圭吾作品）
ISBN 978-7-5735-0607-8

Ⅰ．①假… Ⅱ．①东… ②史… Ⅲ．①长篇小说－日
本－现代 Ⅳ．①I313.45

中国国家版本馆CIP数据核字(2023)第176843号

假面游戏

〔日〕东野圭吾 著

史诗 译

出 版	南海出版公司	(0898)66568511
	海口市海秀中路51号星华大厦五楼	邮编 570206
发 行	新经典发行有限公司	
	电话(010)68423599	邮箱 editor@readinglife.com
经 销	新华书店	

责任编辑 张 锐
特邀编辑 尹子粤 王心谨
营销编辑 李琼琼 杨美德 陈歆怡
装帧设计 李照祥
内文制作 张 典

印 刷 山东韵杰文化科技有限公司
开 本 850毫米×1168毫米 1/32
印 张 9.5
字 数 212千
版 次 2024年3月第1版
印 次 2024年3月第1次印刷
书 号 ISBN 978-7-5735-0607-8
定 价 59.00元

著作权合同登记号　图字：30—2023—079

MASQUERADE GAME by Keigo Higashino
Copyright © 2022 Keigo Higashino
All rights reserved.
First published in Japan in 2022 by SHUEISHA Inc., Tokyo.
Chinese (in simplified character only) edition published by arrangement with
SHUEISHA Inc., Tokyo
through THE SAKAI AGENCY, INC.
and BARDON CHINESE CREATIVE AGENCY LIMITED.